KB265494

向上一路 1

禪心詩心

지은이 · 達空 조홍식
펴낸이 · 김인현
펴낸곳 · 도서출판 도피안사

2002년 10월 5일 1판 1쇄 발행
2004년 1월 30일 2판 1쇄 발행

편집진행 · 이상옥
영업 · 法海 김대현, 惠國 정필수
관리 · 惠觀 박성근
인쇄 및 제본 · 동양인쇄(주)

등록 · 2000년 8월 19일(제19-52호)
주소 · 경기도 안성시 죽산면 용설리 1178-1
전화 · 031-676-8700
팩시밀리 · 031-676-8704
E-mail · dopiansa@kornet.net

ⓒ 2004, 조홍식

ISBN 89-90223-08-3 04810
    89-90223-07-5 (세트)

向上一路——1

達空居士의 禪詩

조흥식 지음

禪心詩心

선심 시심

DOPIANSA 到彼岸社

책머리에

　「불광(佛光)」지에 1991년부터 1997년까지 '선심시심(禪心詩心)'의 제하(題下)에 연재한 글을 간추려서 한데 모으고 몇 편을 더 넣었다. 주로 조사(祖師)들의 선시(禪詩)를 풀이하고 거기에 부연(敷衍)을 달았다. 선사들의 어록을 들추어 그 이미지를 오늘의 상황에서 재조명해 본 것이다.

　그리고 게송 범위를 넓혀 당송팔대가(唐宋八大家) 중에서 몇몇 시인들의 작품을 뽑은 것은 선지(禪旨)에 어울린다고 여겼기 때문이다. 게다가 우리나라 한시(漢詩) 몇 편도 골라 구색을 갖추려 하였다.

　동서고금을 통하여 역사상 풍파가 일지 않은 곳과 때가 있었으랴. 단지 크고 작음과 강약이 달랐을 뿐이었지. 우여곡절과 파란중첩은 사람마다 원하는 바 아니지만, 그것을 피하기도 어렵고, 뜬구름 같다는 입신양명과 부귀영화도 사람마다 구하지 않는 바 아니지만, 또한 제마다 구하기도 쉽지 않다. 풍파를 막을 길도 순풍을 맞을 길도 또한 그러하다. 그래서 역경을 초월해 보려는 인간의 지혜 역시 순탄한 가운데서는 창조되지 않았다. 시련이야말로 인간을 제 길로 이끄는 자극제가 됨이 분명하다.

　오늘을 사는 우리는 불행하다고 느낄는지 모르지만, 행복의 길이 없는 것은 아니다. 오히려 그것을 찾는 데는 어느 때보다 수월해졌다. 바로 선각자들의 은덕에 힘입은 바다. 그러므로 우리가 행복의 길을 찾고자 하면, 찾을 수 있다는 확신까지도 갖게 되었다. 단지 그 길을 알고 모르고의 차이일 뿐. 그러나 조만간 그 길을 다 알게 될 것이다. 그 길을 묻는 이를 위하여 네거리의 돌사자가 서 있는지는 벌써 오래기에.

길을 모르면 묻고, 알면 가고, 가면 이를 것이다. 등하불명(燈下不明), 너무 가까워서 찾기가 어려울까? 나 자신처럼 길을 헤매는 이들을 위하여 선각자들은 일찍이 그 길을 분명하게 가리키고 있다. 이 글이 그런 길잡이의 구실을 얼마간이라도 할 수 있다면 그것으로 족하다.

도서출판 도피안사 관계자 여러분들에게 감사한다.

2002년 9월

하남 古州山房에서 達空居士 趙洪植 合掌

차례

제3장 광명의 저 언덕

제4장 비 그치니 산은 더 맑고

제5장 일 없는 도인〔閑道人〕

무문관(無門關)

삼계를 윤회하는 중생의 고통이 불난 집보다 더한데,
어찌 참고 오래 머물러 긴긴 고통을 감수하려 하는가.
윤회를 면하려면 부처를 찾는 길밖에 없고,
부처를 찾으려면 부처는 곧 이 마음이다.

신심명(信心銘)

겨울이 가고 또 봄이 왔다. 그러나 막상 봄을 맞이하고 보면 생각한 것처럼 그렇게 따뜻하지만은 않다.

봄이 오는 동안은 언제 봄이 오는 것인지 아직도 겨울이 계속되고 있는지 분간할 수 없게 눈도 내리고 찬바람도 불어, 달력은 3, 4월을 가리키고 있어도 봄을 실감하지 못하기가 일쑤다. 그래서 자고로 춘래불사춘(春來不似春)이라고 하였던가.

이렇듯 어정쩡하게 얼마 동안을, 특히 도시인들은 만원버스 속에서, 붐비는 지하철 틈에서 아침 저녁 출퇴근길에 시달리다 보면, 어느새 속옷을 갈아입어야 하는 초여름이 성큼 다가오고 만다. 산야에는 녹음이 꽃잎을 대신하게 되니 녹음방초승화시(綠陰芳草勝花時)라고 해서 어느새 놓친 봄을 위로하고 있다. 이즈음은 벌써 따라 잡을 수 없을 만큼 봄을 완전히 놓쳐버린 때이다.

추운 겨울에는 기다리기만 하고, 막상 다가와도 만족스러움을 느끼지도 못한 채 어느 사이에 저만치 달아나 버리는 것이 봄이던가.

그러고 보면 봄은 기다리기만 하는 것이고 또 가버리기만 하는 것인지 모른다. 나는 한 번도 봄을 만끽한 적이 없었기 때문이다.

고희가 되도록 인생을 그렇게 기다리다 그렇게 놓쳐버렸다. 그러니 인생을 봄에 비유할지, 봄을 인생에 비유할지, 아무튼 인생과 봄은 비슷한 느낌이 든다.

바로 이런 삶이 범부(凡夫)의 그것이 아닌가 싶다. 겨울을 겨울 아닌 것으로 볼 줄도 모르고 봄을 봄답게 볼 줄도 모르는 까닭을 『신심명(信心銘)』의 다음과 같은 구절에서 찾아볼 수 있을지 모르겠다.

지극한 도란 어려운 것이 아니므로 차별심을 버리고
(따라서) 증애심만 없으면 명확히 드러난다.
至道無難　唯嫌揀擇
但莫憎愛　洞然明白

이것은 『신심명』 첫머리에 있는 구절이다. 나는 『신심명』을 읽으면 읽을수록 그만큼 더 많은 것을 배우고 있다. 이 『신심명』은 내가 가장 좋아하는 책 중의 하나이며 또 나의 좌우명으로 삼고 있다.

나는 이 책을 내가 존경하는 한 법우(法友)로부터 오래 전에 선물로 받았다. 이 『신심명』은 불자뿐만 아니라 누구라도 두고두고 배우고 익힐 만한 좋은 교양서라고 생각한다.

'이 『신심명』 가운데는 팔만대장경이 다 들어 있고 대소승(大小乘)이 다 들어 있으며, 동시에 각종 원리가 다 들어 있을 뿐 아니라 선종(禪宗)의 전등(傳燈), 염송(拈頌)의 뜻이 모두 담겨 있다. 게다가 1,700화두(話頭)까지도 낱낱이 다 들어 있어서 일상생활 속에서 불교를 알 수 있도록 간단 명확하게 설명한 것이다.'

‘직지인심 견성성불(直指人心 見性成佛)’하라는 초조(初祖) 달마 스님의 가르침이 문자(文字)를 전혀 배우지 말라는 뜻으로 후세에 잘못 전해질까 이것을 염려하여 삼조(三祖) 승찬(僧燦)대사가 지은 이 『신심명』은 선종의 최고 소의경전의 하나로 전해지고 있다.

이 글은 4언(言)으로 된 148구(句) 592자로 엮어진 운문(韻文) 명체(銘體)이다.

다시 본문으로 돌아가 몇 구절 생각해 보기로 한다.

앞의 구절에서 보았듯이 이 내용은 차별심을 초월하여 평등에 이르러 중도정견(中道正見)을 파악하도록 설파하고 있는 점에서 아무나 이해하기 쉬운 책은 아니다.

어느 구절에 있어서나 유무(有無)나 단상(斷常), 두 변견(邊見)에 치우쳐 삿된 소견에 떨어질 것을 경계하고 있는 점에서 비록 그 표현은 다르지만 같은 선지(禪旨)를 담고 있음을 알 수 있다.

원래 우리 마음자리는 허공처럼 원만해서 모자람도 남음도 없다고 한다. 원동태허(圓同太虛)하여 무흠무여(無欠無餘)언만, 양유취사(良由取捨)하여 소이불여(所以不如)니라.

그러나 도리어 취하고 버리는 망상 때문에 무차별 평등을 잃는다는 것이다.

우리 중생심은 쉴새 없이 무엇을 한없이 구하여 잠시도 만족할 줄을 모르며, 또 그것이 그것이건만 공연히 자기 업에 따라 집착하며 나쁘고 좋은 것을 따지고 가리는 까닭에 우리 마음은 한시도 편안하지 않다고 한다. 잔잔한 호수에 공연히 돌을 던져 평지풍파를 일으키고 있는 셈이다.

우리 마음은 본래 맑은 거울 같고 잔잔한 물과 같건만 차별심 때문에 무엇에 미혹되어 갈등을 일으켜 괴로움을 자초하고 있나니, 이 점에 착안한다면 이제부터라도 우리의 하루하루를 그냥 지나쳐 버릴 수만은 없는 일같이 생각된다.

말이 많고 생각이 많으면 도리어 서로 통하지 못하고
말과 생각이 끊어지면 통하지 않는 곳이 없다.
多言多慮 轉不相應
絶言絶慮 無處不通.

우리는 흔히 말을 많이 하고 생각을 많이 하면 시원히 이해가 되어서 무엇이나 서로 잘 통할 것 같고 말이나 생각이 없으면 꽉 막혀서 답답할 것 같다.

하지만 말이란 한계가 있는 것이고 또 언어의 표현이란 언제나 일방적이어서 이해보다는 오해의 소지가 더 많은 것이다. 어떤 주장이란 그 사람의 업(業)의 표현에 지나지 않기 때문이다.

노자도 지자(知者)는 무언(無言)이고, 언자(言者)는 무지(無知)라고 했으며, 불가에서도 구시화문(口是禍門)이라 하고, 속담에도 말 많은 집이 장맛이 쓰다고 한다.

또 『신심명』을 일관한 평등사상의 실례는 저 유명한 황희(黃喜)의 삼가(三可)에서도 찾아볼 수 있지 않은가.

종(從)의 생사여탈권을 주인이 전제하던 시대에 하녀가 귀중한 벼루를 깨뜨렸다. 하녀는 제 목숨을 부지하기 위하여 그 죄를 다른 하녀에게 뒤집어 씌웠다. 이 무고(誣告)를 들은 황 정승은 그 하녀의 말을 긍정해 두었다. 이번에는 누명을 쓰게 된 다른 하녀가 이 억울함을 주인에게 눈물로 호소하여 왔다. 이 억울한 사정을 듣고 난 주인은 '네 말이 옳다'고 하였다. 이 사실을 지켜본 주

인 마님이 하도 답답해서 시비를 분명히 가리지 못하는 대감의 처
사를 꼬집었다. 역시 황 영감은 이 말에도 '당신 말이 옳소' 하였
다.

황 노인이 그런 태도를 취한 것은 두 하녀의 소행을 판단할 능
력이 없어서도 아니고, 시비곡직을 가리는 것을 잘못이라고 생각
해서도 아니다. 아무리 가보(家寶)라도 그것은 물건이고 아무리 천
한 종이라도 그 하녀는 사람인 것이다. 차별세계에서는 비록 주종
관계가 성립된다고 하더라도 본래의 실상의 세계에서는 주종관계
를 떠나서 사람은 다 평등하기 때문이다.

본래부터 주인이 있고 종이 있는 것이 아니고 인연따라 주인도
되고 하인도 되는 데 불과한 것이기 때문이다. 시비를 가려서 아
까운 인명을 상하게 하기보다는 벼루의 손실을 실수로 덮어두고
사람을 구하는 편이 현명하기 때문이다. 끝내 시비를 가리다 보면
가보 잃은 것도 큰 손해인데 사람의 목숨마저도 잃게 되면 그처럼
어리석은 일은 없을 것이다.

앞에서 말했듯이 이 『신심명』의 저자 승찬스님이 선사이고 또
그 내용이 모두 선지를 담고 있기 때문에 화두를 들고 직접 참선
공부를 한 사람에게는 이 책이 담고 있는 실상을 더욱더 잘 이해
할 수가 있으리라 믿는다. 화두를 참구하여 의단이 독로할 때 비
로소 중도 정견(中道正見)을 맛볼 수 있기 때문이다.

불성은 항상 청정한데

어찌 자기 성품이 본래부터 청정한 줄 알았으며,

어찌 자기 성품이 본래부터 나고 죽음이 없는 줄 알았으며,

어찌 자기 성품이 본래부터 구족한 줄 알았으며,

어찌 자기 성품이 본래부터 동요함이 없는 줄 알았으며,

어찌 자기 성품이 만 가지 법을 내는 줄 알았으랴.

何期自性本自淸淨　何期自性本無生滅

何期自性本自具足　何期自性本無動搖

何期自性能生萬法

위의 게송은 육조혜능(六祖慧能) 스님이 오조홍인(五祖弘忍) 대사에게서 인가(印可)를 받고 그 자리에서 지어 올린 오도송(悟道頌)이다.

참으로 부처님 법은 만고에 다시없는 최고 최대의 가르침이 아닐 수 없다. 부처님의 가르침이 아니었다면 누가 이러한 진리를 알 수 있으랴.

우리가 다 아는 바와 같이 육조스님은 원래 당나라 때 광주(廣州)의 어느 벽지에서 살던 노(盧)씨라는 속성을 가진 무식한 나무

꾼 소년이었다.

아버지를 세 살 때 여의고 집이 가난하여 산에 땔나무를 해다 팔아 어머니를 봉양하며 그날그날을 살아갔으므로 공부할 겨를이 없었다.

하루는 여관집에 땔나무를 팔고 돌아설 즈음, 어떤 스님의 『금강경』 읽는 소리를 접하게 되었다. 응무소주 이생기심(應無所住 而生其心)이란 구절을 듣는 순간, 노(盧) 도령은 대번에 깨치었다. 이것은 그의 나이 24세 때 일이다.

그 법사의 호의로 금(金)을 몇 냥 얻어 그것으로 노모(老母)의 봉양을 친구에게 부탁하고, 그 길로 황매산(黃梅山) 오조 홍인대사를 찾아갔다.

일자무식의 노 도령은 홍인대사를 뵈옵고, 영남 신주 백성으로서 부처가 되는 법을 배우러 왔다고 아뢰었다.

몇 마디 문답이 오고가는 가운데 홍인대사는 노 도령이 비범한 인물임을 알아차리고 주위 사람들의 눈치를 피하기 위하여 짐짓 노(盧) 행자를 오랑캐라 부르며 나가서 장작이나 패고 방아나 찧으라고 시켰다.

홍인대사가 하루는 느닷없이 이제 제6대로 법을 전할 테니 자성반야(自性般若)의 게(偈)를 지어오도록 하라고 문하생들에게 일렀다.

당시 오조의 문하에는 신수(神秀)라는 교수사(教授師)가 있었다. 천 명 대중은 모두 이 신수가 법을 이어받으리라 확신하고 있었다.

몸은 곧 보리수요

마음은 명경대와 같으니
때때로 부지런히 털고 닦아서
먼지가 묻지않게 하리라.
身足菩提樹 心如明鏡臺
時時勤拂拭 勿使惹塵埃

이런 신수의 게송을 전해 듣고 혜능스님은,

보리는 원래 나무가 없고
명경 역시 대가 없는 것
불성은 항상 청정한데
어디에 티끌이 있으랴.
菩提本無樹 明鏡亦非臺
佛性常淸淨 何處有塵埃

라고 대구를 지었다.

이 게송을 읽은 홍인대사는 방앗간으로 가서 주장자로 방아를 세 번 치고 돌아왔다. 삼경(三更)에 방으로 찾아오라는 암호였다.

홍인대사는 방으로 찾아온 혜능에게 의발(衣鉢)을 전하며 "그대를 육대의 조(祖)로 삼는다"고 하였다. 그리고 남방으로 가서 시절인연이 도래할 때까지 숨어 지내도록 부탁하고 하직인사를 나누었다.

이 기미를 알아챈 대중들이 홍인대사에게 물으니, "나의 일은 끝났다. 이제 조용히 쉬고 싶으니 구구하게 묻지들 마라"라고 대답할 뿐이었다.

그러나 신수를 중심으로 한 대중의 중생심은 그것으로 끝나지 않았다. 의발을 빼앗기 위하여 온 대중은 집요하게 그 행방을 뒤쫓았다. 잡히게 된 노 행자는 의발을 내놓아 주었다. 그 중의 가장 힘이 센 한 무인이 앞질러 다가가서 의발을 잡으려 하였다.

그러나 의발은 그 자리에서 떨어지지 않았다. 이에 그 장군은 머리숙여 노 행자에게 절하고 용서를 빌며 "정법을 일러주소서" 하니 "불사선불사악(不思善不思惡)하라"고 그에게 법을 일러주었다.

육조 혜능스님이 세상에 법을 펴기 시작한 것은 그로부터 15년 뒤의 일이었다.

평상심의 회복

도(道)는 닦을 것이 없으며 물들지만 않으면 된다. 무엇을 물듦이라고 하는가. 생사심으로 조작(造作)과 추향(趨向)이 있으면 이것이 모두 오염(汚染)이니라. 도를 당장 알려고 하는가. 평상심이 도니라(平常心是道). 무엇을 평상심이라 하는가. 조작이 없고, 시비가 없고, 취사(取捨)가 없고, 단상(斷常)이 없고, 범인도 성인도 없는 것이다.

『능가경』에 이르기를, '범부의 행위도 아니요 성현의 행위도 아닌 것이 보살행이다. 지금 가고 머무르고 앉고 눕고 때에 따라 사물을 접하는 이 모든 것이 도라' 하였고, 또 같은 경에서 이르기를 '……일체법이 모두 평등하여 순일무잡(純一無雜)하다' 하였다.

『마조어록(馬祖語錄)』의 한 대목이다.

"기왓장을 갈아서 거울이 못 된다면 좌선을 한다고 어떻게 부처가 되겠느냐?"

마조도일(馬祖道一)을 경책하는 남악회양(南岳懷讓)의 유명한 반문(反問)이다.

이에 도일은 그러면 불법이 무엇이냐고 서슴없이 물었다.

남악은 다음의 게송을 읊어 이에 주저없이 답했다.

심지(心地)가 부처될 종자를 품고 있으니
못〔澤〕만 만나면 다 싹이 트느니라.
삼매(三昧)의 꽃은 모양이 없는데,
무엇을 무너뜨리고 무엇을 이룬다 하리오.
心地含諸種　遇澤悉皆萌
三昧華無相　何壞復何成

인인(人人) 개개가 다 원만 구족하게 갖추고 있는 자성불(自性佛). 그래서 비〔雨〕라는 조건만 갖추면 싹이 터서 꽃이 피리라. 깨닫는다 하여도 나타나는 모양이 없으니 말로 표현하기는 어려우리라.

마조는 이 게송을 듣고 그 자리에서 마음이 열렸다. 이어 회양 밑에 10년 간 머물렀다. 그후 남악의 회상(會上)을 떠나 여기저기 선림(禪林)을 창건하니, 마조에게 법을 듣고 도를 물으러 오는 이가 구름같이 모여들었다.

백장회해(百丈懷海)나 서당지장(西堂智藏) 같은 전법제자가 1백39명에 달했다 하니 도일스님의 법력(法力)을 과연 알 만하다.

이토록 마조의 선풍이 천하에 널리 전파되니 중국의 선종이 크게 번창하게 됨은 말할 것도 없다. 마조스님은 평상심이 도라 하였고, 도는 물들지 않은 마음이라 하였다.

이 어록은 오늘날 더욱 절실하게 느껴진다. 오염 속에 심히 찌들어 살기 때문이다.

대부분의 삶이 이해관계에 얽혀 타산적이다. 돈을 중심으로 이익과 손해, 그 사슬에 묶여 자유를 잃은 지 오래다. 돈이 아니면 권력, 그 중 하나가 아니면 둘 다. 이것을 잡느냐 놓치느냐, 거기에 삶의 기준을 둔다. 인생의 성공과 실패도 이것이 표준이 되고 있으며, 요람에서 무덤까지 이것을 위해서 산다.

이 쟁취를 위한 지략의 배움이 교육인 것처럼 그렇게도 생각된다. 사업이나 정치분야는 빼놓고라도 학문이나 예술까지도, 다분히 종교나 성직까지도 적지 않게 그렇다. 없는 이는 잡기 위하여, 잡은 이는 잃지 않기 위하여 사력을 다한다.

이런 계략에 대처하는 법망이 아무리 강해도 기는 자는 이것을 찢고, 뛰는 자는 이것을 넘어간다. 간혹 걸리는 자도 있다. 기술적으로 미숙해서. 걸려도 좀처럼 단념하지 않는다. 재기(再起)를 포기하는 자는 간이 작거나 손이 크지 못한 때문이다.

이런 존재들은 기삿거리도 안 된다. 기껏해야 1단짜리이다. 사회면 톱이 되려면 손이 커야 하고 일면 톱이 되려면 더 커야 한다.

도둑 하나를 열이 못 잡는다 하였다. 이것은 옛말이다. 이제는 세 사람을 삼만 명이라도 지키기 힘들다. 비리를 오로지 공권력으로만 저지한다는 그런 생각은 아무래도 구시대적인 발상 같다. 달리 생각해 볼 일이다. 달리. 그 원인이 그저 평상심을 잃은 데 있으니 해결의 실마리도 거기서 찾아야 하지 않을까.

지난 겨울의 엄동설한을 생각하면 올 봄 매화의 향기도 한결 맑을 것이다.

말법·정법은 사람이 만든다

슬프다! 말법시대 악한 세상에
중생은 박복하여 제도하기 어렵구나.
성인과는 멀어가고 사견만 깊어가서
마는 강하고 법은 약하니 원구만 늘어간다.
嗟末法 惡世時 衆生薄福難調制
去聖遠兮邪見深 魔强法弱多怨害.

(『영가집』「증도가」에서)

교(敎)가 있고 행(行)이 있고 증(證)이 있는 시대를 정법(正法)시대라 하고, 교와 행만 있고 증이 없는 시대를 상법(像法)시대라고 하며, 교만 있고 행이나 증이 없는 시대를 가리켜 말법시대라고 한다.

그 연대로 보면 지금은 말법시대에 해당한다. 이런 설이 있어온 것은 부정할 수 없다. 그렇다고 그것을 믿고 긍정하기는 어렵다.

부처님 재세시에도 좋은 세상만은 아니었을 것이다. 또 박복한 중생이 어찌 없었겠는가. 성인을 따르는 이도 있었지만 사견(邪見)을 고집하는 이들도 없지는 않았을 것이다. 게다가 진리에 순종하고 그대로 살기보다는 진리를 등지고 마구니에 끌려가는 이들 역시 적지 않았을 것이다. 그래서 부처가 있고 중생이 있지 않았으랴. 그리고 갈등과 원구를 일삼는 그런 무리들도 예나 지금이나 드물지 않으리라. 아마 그때와 이때의 차이가 있다면 그 양과 질의 문제가 아니었을까.

그저 정법을 믿고 배우고 행하고 증득하는 거기에 어찌 정법과 말법이 따로 있으랴. 여법한 수행자에게는 오직 정법만이 있을 뿐이다. 그래서 정법시대는 연면(連綿) 무궁한 것이다.

여기 이 금수강산에 황국단풍이 한창 무르익던 저 순간에도 이 땅의 큰스님 한 분이 장엄하게 열반에 드셨다. 우리의 선지식이며 대선사이신 성철(性徹)스님은 이른바 말세와는 아랑곳없이 부처님의 혜명을 잇고 생사를 초월하여 이 시대를 다시 한번 장엄하였다.

어느 신문에는 '이 땅의 마지막 선사'라 운운하는 기사가 있었다. 어찌 성철스님을 이 땅의 마지막 선사라 하랴.

명산마다 큰절이 있고 큰절마다 고승대덕이 없지 않다. 예전에도 있었고 지금도 있으며 앞으로 끊임이 없을 것이다. 초조 달마대사가 동쪽에 건너와서 중국에 그 씨를 심었고, 그 가지는 다시 동쪽을 뻗었으며, 이렇듯 과거·현재, 그리고 미래에 걸쳐 허공계가 다하도록 이 땅에서도 퍼져 나가리라. 그래서 무궁한 불국토를 장엄하리라.

성철 큰스님은 시종일관 간화선을 주장하여 참선 공부에 있어 화두를 참구함이 견성에 가장 첩경이라고 하였다.

견성방법은 불조(佛祖) 공안(公案)을 참구함이 가장 첩경이다. 불조

공안은 극심난해(極深難解)하여 자재(自在) 보살도 망연부지(茫然不知)하고 오직 대원경지로써만 요지(了知)하나니, 공안이 명료(明了)하면 자성을 철견(徹見)한다.

그러므로 원증불과(圓證佛果)인 견성을 할 때까지는 공안 참구에만 진력하여야 하나니, 원오(圜悟)가 항상 공안 참구하지 않음이 큰병〔大病〕이라고 가책함은 이를 말함이다.

공안을 타파하여 자성을 철견하면 삼신사지(三身四智)를 원만증득하고 전기대용(全機大用)이 일시에 현전한다. 이것이 살활자재(殺活自在)하고 종횡무진한 정안종사(正眼宗師)이니 정안(正眼)이 아니면 불조의 혜명을 계승하지 못한다.

마조(馬祖) 제자 80명 중에 정안은 수삼인(數三人)이라고 황벽(黃檗)이 지적함과 같이 정안은 극난하다. 그러나 개개가 본래 비로정상인(毘盧頂上人)이라 자경자굴(自輕自屈)하지 않고 끝까지 노력하면 정안을 활개(豁開)하여 출격대장부가 되나니 참으로 묘법 중 묘법이로다.

(『禪門正路』 서언 중에서)

무상대법에는 재가도 출가도 없는 것

지금으로부터 100년 전에 니체는 '신은 죽었다'라고 선언했다. 신을 비롯해서 인간이 어리석게 집착하고 있는 상(相)이 허망한 것이라는 것을 서구인들에게 일깨워주는 계기가 되었다. 상이란 인간 스스로가 절대자임을 모르고 무지해서 외부의 환상에 끌려다니는 일체의 것을 의미한다.

그때까지 그들이 절대적으로 의존해 오던 그 타력의 존재가 허수아비에 불과하다는 것을 알게 되자 당황하지 않을 수 없었다.

하지만 '무릇 상(相)이 모두 허망한 것'이라는 진리를 그들은 아직 완전히 체득하지는 못했다. 그래서 '죽은 신' 대신 각자 자기 나름대로의 상을 취하게 되었다. 과학, 역사, 국가, 민족, 이데올로기 등에 집착하게 되었다.

그래서 각자 나름의 관(觀)을 세워 역사관이 다르고 국가관이 다르게 되자 거기서 충돌이 불가피하게 되었다.

20세기를 접어들면서 인지(人智)가 한없이 발달했다. 그러나 이 인지는 갈등과 대립과 차별에 기초를 둔 그것이었기 때문에 인지가 발달하면 할수록 대립은 그만큼 더 격화되어 갔다. 두 차례나 세계대전이 일어났다. 국제연맹, 국제연합 같은 제도적인 평화기

구도 마련되었지만 이것 역시 세계 시민의 부푼 기대를 저버리고
말았다.

미·소의 냉전 속에 한국전쟁, 월남전쟁이 일어났다. 미·소의
냉전만 사라지면 틀림없이 오리라고 믿었던 평화도 환상에 지나
지 않았다. 걸프전쟁도 일어나고 여기저기서 그간 억눌렀던 약소
민족의 보복과 독립을 위한 살상으로 피비린내를 온 지구에 풍기
고 있다.

세상만사가 그렇듯이 전쟁과 평화 그것도 사람 마음에 달려 있
다. 사람의 마음에 탐욕과 차별과 아집이 가시지 않는 한 50억 인
구가 전쟁과 공해와 불안을 여읠 수는 없을 것이다.

비록 불법을 만나기가 백천만겁에 어려운 일이긴 하지만 그러
나 인간의 근본문제를 근본적으로 해결하는 방법은 오직 정법을
바로 믿고 실행하는 그밖에는 찾을 수가 없을 것이다.

在欲行禪知見力
火中生蓮終不壞

"욕망 가운데 있으면서 참선을 행한 지견의 힘이란 집에 있으면서
공부하는 것을 말합니다. 이 공부는 꼭 출가를 해야만 성취할 수 있
느냐 하면 그렇지는 않다는 것입니다. 무상대법에는 재가도 없고 출
가도 없으며 오로지 이 무상대법을 바로 믿느냐 믿지 않느냐 하는
신심에 있는 것입니다.

참으로 이것을 바로 믿고 신심있게 공부를 잘 해나가면 재가한 사
람이라도 이 대법을 성취할 수 있는 것이고, 만약 이 대법을 믿고 실
천하지 않는다면 머리를 천번 만번 깎아 승려가 된다 하여도 아무
소용이 없습니다. 공부를 성취하느냐 못하느냐는 이 법을 믿고 실행

하느냐 않느냐에 있는 것입니다. 누구든지 부처님 말씀이나 조사님의 말씀을 잘 믿고 공부를 하면 성공할 수 있지만, 믿지 않으면 아무리 출가 아니라 출가보다 더 나은 것을 한다 하여도 소용이 없다는 말입니다. 그렇지만 재가하여 공부하면 그래도 여러 가지 방해되는 것이 많으므로 부처님이 방편으로 출가제도를 만드신 것인데, 근본은 재가나 출가에 있지 않고 바른 법을 믿느냐 안 믿느냐 하는 여기에 있습니다.

재가하여 참선을 닦은 사람의 지견의 힘은 마치 불속에서 피는 연꽃이 시들지 않는 것과 같다고 하였습니다. 보통 연꽃은 물에서 나는 것이므로 물 밖에 내놓으면 죽어버리고 말지만 불속에서 연꽃이 필 것 같으면 이것은 영원토록 절대로 죽지 않는다는 것입니다.

집에 있으면서 참으로 발심하여 정법을 바로 믿어서 정법을 성취한 사람은 불속에서 피는 연꽃과 같아서 영원토록 없어지지 아니하고 자유자재한 진리의 길을 걸을 수 있다는 것입니다.

이 말은 재가를 선전하기 위해서가 아니라, 우리의 불법이란 재가나 출가의 구별이 없이 그 범위가 넓어서 이 정법을 바로 믿고 누구든지 노력하면 모두 성불할 수 있다는 것을 말하고 있습니다.

그러므로 바로 믿으면 팔세(八歲) 용녀도 성불하는 것이고, 바로 믿지 않으면 부처님 아들이라도 산 채로 지옥에 떨어지게 되는 것입니다.”

(성철스님 법어집 『증도가 강설』 중에서)

조주스님의 청빈

저 위에는 원래 맑고 고요하고 평화로운 세계가 있지만, 오락가락하는 구름 때문에 하늘 자체가 흐렸다 개었다 하는 것으로 착각하기가 쉽다.

이렇듯이 요즈음 종단 일각에서 일고 있는 소란을 보고 일반은 마치 조계종단 전체가 분규에 휘말리고 있다는 인상을 받기가 쉽다. 아무튼 비록 일부라곤 하더라도 분규가 있다는 사실은 종단 본분사에 크게 어긋남은 두말할 나위도 없다.

『선가귀감』에는 이런 구절이 있다.

출가하여 중이 되는 것이 어찌 작은 일이랴! 몸의 안일을 구하려는 것도 아니고, 따뜻이 입고 배불리 먹으려는 것도 아니며, 명예와 재물을 구하려는 것도 아니다. 나고 죽음을 면하고 번뇌를 끊으려는 것이며, 부처님의 지혜를 이으려는 것이며, 삼계에 뛰어나서 중생을 건지려는 것이리라.

또 조주(趙州)스님은 법문에서 "오래 참선을 하여 온 납자라면 진실치 않은 사람이 없고 고금을 통달하지 않은 사람이 없겠지만,

신참자(新參者)는 반드시 이치를 캐야 한다. 그대들은 이쪽으로 삼백, 오백 또는 천 명의 대중을 쫓아가지 말라. 저쪽으로도 비구·비구니 대중을 쫓아가지 말라. 총림의 주지 한답시고 자칭하면서 막상 불법에 대하여 물으면 마치 모래를 쪄서 밥을 짓는 것처럼 아무것도 못하고 한마디 말도 할 줄 모른다.

그러면서도 도리어 남은 그르고 나는 옳다고 하며 얼굴에 열을 올려서 세간 사람들이 법답지 못한 말들을 하게 한다. 진실로 이 뜻을 알고자 한다면 노승의 말을 저버리지 말라"는 간절한 말씀을 하고 있다.

임제종 남전보원(南泉普願)의 법제자, 조주스님의 행장 가운데 손꼽을 만한 것들 중의 하나는 청빈(淸貧)이다.

조주성(趙州城) 동쪽 관음원(觀音院)에서 80세에 주지를 맡았다. 동네는 황량하고 절은 퇴락하여 겨우 공양을 끓일 정도로 가난한 절살림을 꾸려 나갔다. 심지어 부러진 선상(禪床) 다리 하나를 타다 남은 부지깽이로 잡아매어 쓰면서도 누구에게서도 새로 만들어 받기를 허락지 않았다.

'도를 닦는 사람은 음식 먹기를 독약을 먹는 것같이 하고 시주를 받을 때에는 화살을 받는 것과 같이 하여야 할지니, 두터운 대접과 달콤한 말은 도를 닦는 사람의 두려워할 바라'고 한 『선가귀감』의 이 말이야말로 조주스님의 실천덕목이다.

스님의 유명한 12시가(時歌), 축시(丑時)부터 자시(子時)까지 십이지(十二支)로 12수의 시를 읊은 것이 있다.

한밤중 자시,
마음경계가 잠시라도 언제 그칠 때가 있었더냐.

생각하니 천하의 출가인 중에
나 같은 주지가 몇이나 있을까.
흙자리 침상에 해진 갈대 돗자리
해묵은 느릅나무 목침에 덮개는 아예 없네.
부처님전엔 안식향을 사르지 못해
재 속에서 우분향 냄새만 난다.
半夜子 心境何曾得暫止
思量天下出家人 似我住持能有幾
土榻床破蘆簟 老楡木枕全無被
尊像不燒安息香 灰裏唯聞牛糞氣

열두 수(首)의 시 속에 하루 열두 때의 가난한 절생활을 담고 있다. 거의 모두가 스님의 청렴결백에서 오는 적빈무의(赤貧無依)를 노래한 것이다.

가사는 형체만 남았고 속옷은 허리가 없고 바지는 괴침이 없으며 덮을 이불이라곤 아예 없으니, 등을 구위주는 따뜻한 햇볕이 도솔천보다 좋았다. 지난해 먹은 떡만두를 생각하고 군침만 다시는데, 손님은 찌꺼기 차를 마실 수 없어 화를 내고 간다. 동네가 가난하니 시주는커녕 차 좀 꾸어달라, 종이 좀 빌려달라 하기가 일쑤였다.

이런 어려운 살림에 쪼들리면서도 조주스님은 어느 시주에게 보시를 간청하는 편지 한 장 결코 쓴 일이 없다.

행복으로 가는 길목

걸인 부자(父子)가 어느 마을에서 집에 불난 것을 보게 되었다. 아들이 아버지에게 "우리는 집이 없으니 불날 걱정을 안 해도 되겠습니다" 하니, 아버지가 그 말을 받아 아들에게 "그러니 네가 내 아들된 것을 부끄럽게 생각지 말라" 하였다는 이야기가 있다.

물론 집이 없으면 불날 걱정은 없다. 하지만 우리 삶의 행위는 행복을 추구하는 데 있기 때문에 불날 걱정이 없다고 해서 걸인의 삶이 정당화될 수는 없다. 삶에 괴로움이 따르는 것은 사실이다. 그렇다고 인생 자체를 포기할 수는 없다. 삶은 만사에 전제가 되기 때문이다.

어떻게 하면 괴로움 없이 살 수 있을까 여기에 문제가 있다. 그리고 이 문제를 푸는 데 행복의 열쇠는 주어진다. 행복의 추구, 이것이 우리 삶의 목표이니까.

불교도 바로 이 행복을 추구하는 종교 중의 하나임에 틀림없다. 석존도 "이 세상에서 행복을 추구하는 데 있어서 나보다 더한 사람은 없다"고 하였다.

부처님은 일찍이 행복을 추구하여 그것을 얻었다. 세존이 얻은 행복은 만들어진 것이 아니라 발견된 것이다. 부처님은 이 행복에 혼자 만족하지 않았다. 우리에게 그 방법을 제시하고 있다. 중생을 그 길로 인도해 주고 있다. 그래서 석존은 삼계의 도사(導師)이다.

단지 부처님은 그 길을 제시할 뿐, 가고 안 가고는 중생에게 달렸다. 그 길에는 한 가지 어려움이 없지 않다. 행복으로 가는 그 길목에는 관문(關門)이 있다.

문제는 이 관문을 통과하는 데 있다. 이 문제를 해결하기 위하여 부처님은 여러 가지 방편을 만들어 냈다. 여러 중생의 근기에 맞도록.

이 관문을 뚫기 위하여 지혜가 필요하다. 이것은 수행을 통해 얻어진다. 수행은 고귀한 행복을 위하여 치러야 할 대가인 것이다. 치러야 할 그 대가는 그리 안이한 것이 아니다.

혜가(慧可)가 달마스님에게 도를 구하러 가서 허벅지까지 내리는 눈을 맞으며 창가에서 밤을 지새우고 "너는 법을 위하여 능히 신명을 바칠 수 있느냐?"는 달마의 질문에 그 자리에서 계도(戒刀)로 팔을 끊어 순간적으로 솟아난 파초와 더불어 스님께 올렸다. 이것은 구도자로서의 진실을 입증하는 것이다.

당(唐)대에 통달선사(通達禪師) 같은 이는 태백산에 들어가 풀뿌리, 나무열매로 연명을 했다. 누더기 한 벌로 사철을 지내고, 미투리 한 켤레로 신발을 대신했다. 피나는 수행에 힘쓰기 5년, 드디어 확철대오하니 조사의 관문을 뚫고 말았다. 원효스님의 「발심수행장」에도 이런 대목이 있다. 옛 사람들의 구도정신이 더할 나위 없이 지극함을 알 수 있다.

높은 산 험한 바위는 지자(智者)가 거처할 곳이요

푸른 솔 깊은 골은 수행자가 살 곳이라.
배고프면 나무열매로 주린 창자를 달래고
목마르면 흐르는 물로 갈증을 풀지어다.
高嶽峨巖　智人所居
碧松深谷　行者所棲
飢餐木果　慰其飢腸
渴飮流水　息其渴情.

모든 것은 무상하니 이는 곧 생멸의 이치니라
생과 사를 아울러 다하면 곧 적멸이 낙이 되리라.
諸行無常　是生滅法
生滅滅已　寂滅爲樂

『대승열반경』에서 볼 수 있는 부처님 전생담, 악귀에게 목숨까지 바쳐서 진리를 구하는 설산동자의 구도정신이 여기 있다. 영원한 행복의 문으로 들어가기 위해서 그만한 보상을 치러야 하는가 보다.

연꽃의 수난

기이한 뿌리는 눈빛을 띠어 깨끗한데
어느 대에 서천에서 왔는지도 모르고
진흙에 묻혀 깊고 얕음도 모르지만
물위에 나오니 이제사 백련임을 알겠노라.
奇異根苗帶雪鮮
不知何代別西天
淤泥深淺人不識
出水方知是白蓮.

『조주록(趙州錄)』고존숙어록(古尊宿語錄)에 있는 인련화유송(因蓮花有頌)이다.

연꽃을 불가에서는 더러운 곳에 있으면서도 거기에 물들지 않고 항상 깨끗함을 유지하고 있다 하여 처염상정(處染常淨)의 상징으로 여기고, 여느 꽃들과는 달리 꽃이 피는 동시에 열매를 맺는다 하여 방화즉과(方花卽果), 즉 동시인과(同時因果)를 표상하기도 한다.

원효스님의 『법화경종요』에도 묘법연화경(妙法蓮華經)의 표제를 이렇게 설명하고 있다.

　이것은 문리(文理)가 다 묘하여, 현묘(玄妙)하지 않음이 없고 분별의 틀〔軌〕을 벗어났으므로 묘법(妙法)이라 일컫는다. 방편의 꽃이 피어나자 진실한 열매〔實菓〕가 드러난다. 물듦이 없는 아름다움을 연꽃에 비유했다.

그리고 이 연꽃은 그 꽃색으로 구분하여 백련·홍련·청련이 있고, 또 유사한 종류로 수련(水蓮)·화련(火蓮)·토련(土蓮, 土卵)·목련(木蓮)·금련(金蓮)이라 불리는 꽃들이 있다.

우리는 모두 꽃을 좋아한다. 하지만 꽃을 좋아할 수 있기에는 꽃을 바라보는 우리 자신의 순수성이 앞서야 할 것이다. 꽃 자체가 무구한 존재이기 때문이다. 티없는 대상을 티없는 그대로 볼 수 있기 위해서는 바라보는 안목에 때가 없어야 하겠기에.

꽃을 사랑하는 행위, 그것이야말로 무상의 행위가 아닐 수 없다. 꽃이 꽃을 피우는 행위, 거기에는 대가를 바라는 작위(作爲)는 없다.

꽃은 누구를 위하여 존재하지 않는다. 하물며 어떤 특정한 사람, 특정한 계급, 특정한 종교나 종파를 위하여 꽃을 피우겠는가. 꽃은 아예 자기를 보아주는 대상을 위하여 존재하는 그런 속물은 아닐 것이다.

꽃에게 내가 있고 네가 있고, 파벌이 있고 당파가 있겠는가. 국경도 종족도 없다. 미워하는 사람도 없고 따로 좋아하는 사람도 없다. 시공을 초월하고 대상에 무관하게 인연따라 피고질 뿐이다.

우리가 꽃을 좋아한다고 할 때, 이런 꽃의 속성을 우리는 얼마나 이해하고 있을까. 이런 숭고함에 외경을 아니 느낄 수 없다.

연약하다고 해서, 말이 없다고 해서, 대항하지 않는다고 해서, 여기에 함부로 폭력을 써서 무참하게 짓밟는 인간이 있다면 그 얼마나 수치스러운 일이랴. 이 사실을 안다면 같은 사람으로서 누구나 우러러 하늘을 쳐다보기가 부끄러울 것이다.

"새로 바뀐 관리책임자 되는 사람이 왜 이런 곳에 불교의 꽃을 심어 놓았느냐고 화를 내면서 당장 뽑아 치워버리라고 해서 그리 됐다"는 독립기념관의 백련(白蓮)의 수난을, 그것도 팔천 평이나 되는 그 연못에 수많은 그 꽃의 존엄한 생명이 무지한 그 누구누구에 의해 무참히 살상됨을 생각하니, 더욱이 그것이 권력의 위세로 이루어진 방자한 행위라고 생각하니 같은 인간으로서 책임을 회피할 수가 없다.

경복궁·창덕궁도 역시 그러하다니 '새로 바뀐 관리책임자' 어찌 그 한 사람만의 우발적인 소행이겠는가! 바라건대 지체없이 원상대로 회복되어 훗날 우리의 후대들이 연못을 구경하며 이런 이야기가 나오지 않기를 바란다. "아무 정권 때 새로 바뀐 관리책임자가 연꽃을 모두 뽑아버리고 이렇게 빈 못을 만들어 놓았지."

돌 한 개, 나무 한 그루도 함부로 건드리지 못하는 공원에서 그것도 문민시대에 이런 무법행위가 자행되다니 참으로 한심한 일이다.

출가의 의미

세존께서 출가하신 날을 맞아 그 의미를 되새겨 본다. 불가에서는 출가 입산의 생활을 가장 이상적인 삶의 방법으로 여기고 있다.

정든 집을 떠나고 부모 형제와 인연을 끊는 일이 그리 쉬운 일은 아니다. 하지만 도를 이루기 위하여 세속을 등져야 한다. 석존의 말씀대로 세속은 욕망의 소굴이고 몸과 마음을 불태우는 화택이니까.

원효대사도 「발심수행장」에서 '마음 가운데 애욕을 여의는 이를 사문이라 하고, 세속을 생각지 않는 것을 출가라 한다(離心中愛 是名沙門 不戀世俗 是名出家)'고 하였다.

기존의 모든 것을 털어버리고 홀홀 단신으로 하루아침에 몸과 마음에서 인습의 사슬을 끊어 버린다는 것은 그 자체로도 장한 일이 아닐 수 없다. 이런 점에서도 출가자는 무조건 존경을 받아 마땅하다.

도를 구하는 이에게는 집이란 이토록 무거운 짐으로 여겨진다. 세속의 번거로움이 성불에 그토록 방해가 되기 때문이다.

2,500년 전에 싯달타 태자가 수행을 위하여 비장한 결심으로 왕

궁을 탈출한 까닭도 바로 여기에 있음을 알 수 있다. 더욱이 부귀와 영화가 보장되어 있는 제왕의 미래마저 버리고 험준한 미지의 세계로 자진하여 뛰어든다는 것은 참으로 예삿일이 아니다. 목숨을 거는 그런 참담한 각오가 아니고는 아무나 감행하기 어려운 일대사가 아닐 수 없다.

아무튼 무량한 세월 속에 무수한 수행자들이 영원한 행복, 무애자재한 해탈을 위하여 석가 세존의 뜻에 따라 이런 모험을 무릅썼다. 출가란 진실로 장엄하고 거룩한 무량공덕이 될 것이다.

유마거사의 말처럼 재가자라도 수행이 청정하고 삼계에 집착이 없고 번뇌를 벗어난다면 도를 이루기가 불가능하지 않으리라.

"일상의 평범한 생활을 영위해 가는 것이 좌선이고, 윤회의 미혹을 끊어 버리지 않은 채 그대로 열반에 드는 것이 좌선이다"라고 유마는 재가자의 입장을 주장하고 있다.

수행은 수행 자체도 중요하겠지만 그 과정도 또한 강조되어야 한다. 한 인간으로서 세속과 더불어 살아가는 일상생활 속에 도가 없다고 하면 도란 우리 삶과는 별개의 것으로 여겨질 수도 있다. 이런 점에서는 출가 우위의 주장이 반드시 긍정될 수만은 없을 것이다.

그러나 출가를 넓은 의미에서 생각할 때, 물이 고이지 않기 위해서는 끊임없이 흘러야 하듯, 우리의 삶도 썩지 않기 위해서 머무른 그곳에 안주하는 것처럼 위험천만한 일은 없다.

이런 의미에서 출가란 어찌 보면 거듭 나는 행위가 될 것이다. 해가 나고 지듯이 우리의 삶도 자고 깨는 일로부터 시작한다. 이런 되풀이가 창조적일 때 우리는 거듭날 수 있다.

우리가 일상생활 속에 권태를 느끼는 것은 이런 반복 속에 거듭

나지 못하기 때문이다. 수시로 기지개를 켜서 권태를 풀려는 것은 창조적인 무엇이 아쉬워서가 아닐까.

본능적인 반복 속에서도 권태를 모르는 동물과는 달리 인간은 반복만으로 삶이 될 수는 없다. 그러므로 우리가 일상적인 삶에서 의미를 발견할 수 없을 때 권태는 필연적일 수밖에 없다.

비록 제왕의 생활이 물질적으로는 부족을 모르는 삶이라 하더라도 거기에 의미가 내재해 있지 못하다면 이 또한 권태가 불가피하게 뒤따르고 만다.

다행히 인간은 권태를 느낄 줄 아는 동물이기에 일상적인 반복 속에서도 창조를 희구하게 된다. 이런 욕구가 극에 다다랐을 때, 기존의 삶을 송두리째 뒤엎어 버리고 등을 돌리기에 이른다.

막힌 물꼬를 트기 위하여 과감한 도전이 필요하다. 도전은 언제나 모험을 수반한다. 좌절은 모험의 부수물(附隨物)이다. 실망도 모험의 질서 속에 갖추어 있다. 하지만 사막에 도전하는 이는 오아시스를 발견할 수 있다. 출가의 의미가 여기에 있지 않을까.

> 세상의 즐거움 뒤에는 고통이 따르거늘
> 어찌 탐착을 가지며,
> 한 번 참으면 길이 즐거움이 있거늘
> 어찌 수행하지 않으리오.
> 世樂後苦 何貪着哉
> 一忍長樂 何不修哉

(원효대사 「발심수행장」에서)

어찌 도(道)에 승속이

이런 대로 저런 대로 되어 가는 대로,

바람 부는 대로 물결치는 대로,

죽이면 죽 밥이면 밥 이런 대로 살고,

옳다면 옳다고 그르다면 그르다고 그런 대로 보고,

손님 접대는 집안 형편대로,

시장에서 물건 사고팔 때는 시세대로,

만사가 내 맘대로 되지 않아도,

그래서 그렇고 그런 세상 그런 대로 보내리.

此竹彼竹化去竹　風打之竹浪打竹

粥粥飯飯生此竹　是是非非看彼竹

賓客接待家勢竹　市井買賣歲月竹

萬事不如吾心竹　然然然世過然竹

(「浮雪傳」 '八竹詩'에서)

안팎에 걸림 없는 무애자재 불기인(不羈人)의 경지.

요즈음 산사에는 선(禪) 수행하는 재가자들의 수가 부쩍 늘어가고 있다. 이것은 한국불교계의 새로운 경향 중의 하나다. 종래에 선 수행이란 것은 출가자들의 한계를 벗어날 수가 없었다. 재가자

들은 누구를 막론하고 선방에는 얼씬도 못하는 것이 상례가 되어
왔다. 선방 구경조차 금기의 사항이었다.

이제는 산사 여기저기에 재가자 전용 선방이 생기고, 일 년에
두 차례씩 안거(安居)를 맞이하여, 여법하게 방부를 들일 수 있다.
그리고 석달 동안을 깨끗이 마친다. 급행열차를 탄 출가자들에 비
하여 비록 완행밖에 탈 수 없지만 거북의 입장이 된 것을 스스로
비하(卑下)할 바도 아닌 것 같다.

물론 방부하는 재가 선객들은 대부분이 연로(年老) 층이다. 대개
가 직장에서 정년을 맞이한 거사님들이거나, 자녀들이 다 장성하
여 그들에게 살림을 내맡기고 난 보살님들이다. 이제부터 한가한
여생을 즐길 수 있는 그런 분들이다.

기계적 조직사회의 소음과·먼지의 공해 속에서 일개 부품으로
시달리다가 자의든 타의든 거기서 풀려났다는 그것만으로도 어떤
의미에서는 다행이 아닐 수 없다. 게다가 어떤 인연으로 부처님
법을 알고 더욱이 맑은 산사에서 조용히 선 수행을 할 수 있다는
것은 그 자체만으로도 무상의 행복이 아닐 수 없다.

원래 불법에는 출가와 재가 따로 없거니 어찌 도(道)에 승속이
있으랴. 그래서 일찍이 인도에는 유마거사가 있고, 중국에는 방거
사가 있으며, 우리나라에는 부설거사가 있지 않은가.

어찌 무량겁 동안 도업을 이룬 재가자가 유마거사나 방거사나
부설거사뿐이리오. 무수한 부처님이 성도(成道)하고, 미진수의 선
지식이 있고, 알려지지 않은 스님도 얼마나 많이 견성성불을 하였
을까. 이렇듯 백의(白衣)의 야인(野人)이 도업을 이룬 그 수를 헤아
리기가 어려우리라. 팔죽시의 첫머리는 부설거사가 묘화(妙花) 부
인과 속세의 인연을 맺고도 속진(俗塵)에 물들지 않은 거진불염(居

塵不染)의 경지를 노래한 것이다.

부처님의 도(道)는 옷의 치소(緇素)를 불구하고 삶에 화야(華野)가 없이 때와 곳을 가리지 않고 중생을 이롭게 하는 데 있기 때문에, 부설은 자리(自利)와 계행을 위하여 한 중생을 저버리기보다는 한 여인을 살리는 자비를 택하였던 것이다.

그렇다고 재가수행이 출가수행보다 우월하다는 취지는 결코 아닐 것이다. 다만 재가자도 도업을 이루기가 불가능한 것이 아니라는 불법의 평등함을 말하고 있는 것이리라. 같은 시대에 원효와 의상의 예를 보아도 의상은 자기를 흠모하는 선묘(善妙)를 끝까지 거절하여 계를 굳게 지키면서 도업을 이룬 표본이 된다.

길을 가는 사람 중에는 치석(置石)을 피하여 가는 이도 있고, 치석을 치워놓고 가는 이도 있다. 설사 물병을 깨뜨리더라도 병 속의 물만 흩어지지 않으면…… 부설거사의 법력의 경우처럼.

적료(寂寥)가 절실한 계절

세상은 그지없이 험난하건만
산문은 변함 없이 고요하구나.
본래 맑고 한적함을 좋아하거니
항차, 더욱 말세를 만나서랴.
世路多危險　山門鎭寂寥
從來愛淸散　況復値時澆

고려 대각국사(大覺國師)가 가야산 천성사에 머물면서〔宿伽倻山
天城寺〕, 지은 5언절구이다.

길을 잘못 들어 기로에서 방황하는 사람은 언제나 세상살이에
갈팡질팡하게 마련이다. 그러나 제 길을 잘 찾아든 이들은 일로평
안(一路平安)하게 뜻있는 하루하루를 걸어갈 수 있다.

인생의 길은 멀고 목적지는 보이지 않기 때문에, 어느 길을 접
어들어야 이상적인 삶을 찾을 수 있는지 미리 분간하기란 그리 쉽
지 않다.

그래서 선대(先代)들은 그 후대(後代)에게 자기들이 걸어온 길을
가도록 극구 권유하고 있다. 혹시 길을 잘못 들까 그것이 염려되

어서.

개중에는 자기 자신들도 걸어오고 또 걷고 있는 길에 확신이 있는 것도 아니지만 더 험한 길로 접어들까 그것이 걱정이 되어서, 아니면 그 길 이외의 길을 모르고 있기 때문이기도 하다.

이제까지 우리가 잘 살 수 있다는 확신에 찬 높은 기치 아래 너도나도 모여서 외길로 숨차게 달리다 보니, 회의 속에 날이 저물어 갔다. 그러나 과도기라는 험산준령을 수없이 넘었지만 이상향은 끝내 나타나지 않았다.

길을 잘못 들었음을 개탄하여도 후회막급으로 이미 때는 늦는 수가 많다.

천릿길을 앞에 놓고, 인생의 갈림길은 큰 나무의 가지만큼이나 수없이 많다. 시작의 첫걸음, 그것은 극락과 지옥처럼 천리만큼이나 현격하게 갈라놓을 수도 있는 실마리가 된다.

세상에는 길을 잘 아는 이도 적지 않다. 그러나 누가 길을 제대로 알고 있는지 범인의 눈으로는 그것을 식별하는 일 또한 어려운 것이다. 기실 길을 안내한다는 가이드 중에는 확신에 찬 이가 드물기 때문이다. 이런 때를 말세라 이르는가.

길목에서 방황하는 이들에게 감언이설만큼 더 좋은 유혹은 없다. 그 뒤에는 풍부한 논리의 미사여구가 마련되어 있다. 이런 화려한 논리가 있기 때문에 그 유혹은 그 힘으로 세력을 확장할 수 있는 것이다.

대개의 경우 지식인들은 이런 정연한 논리를 가장 믿음직한 신(神)으로 섬긴다. 반면에 논리를 가장 꺼리는 인물은 경험자이다. 체험자는 논리가 갖는 이중성의 덫을 잘 알고 있기 때문이다.

처음 길을 떠나는 젊은이들은 흔히 다른 이의 체험을 중시하기보다는 이론 밝은 제스처에 더 매료되기도 한다. 첫 출발에는 자신만만하였지만 얼마쯤 가다보면 자신의 시행착오를 깨닫게 된다. 자신의 본래 뜻이 그것이 아니었음을 알고 가던 길을 되돌아설 수 있다면 그런 용기는 가상한 편에 속한다. 하지만 체면에 묶이어 그런 용단도 갖지 못하는 수가 드물지 않다.

무엇에나 확신을 잃으면 주저가 그 자리를 대신하게 마련이다. 주저를 기다려주는 시간은 어디에도 없다. 잘못 든 길을 돌이킬 여유조차도 이제는 남아 있지 않다. 오도 가도 못하는 그런 이들에게 오직 한 가지 파멸의 문만이 열려 있다.

세상에 이런 위험은 도처에 도사리고 있다(世路多危險). 그러기에 길은 잘 아는 이에게 물어가야 한다. 훌륭한 스승이란 인생이 가야 할 길을 가르쳐 줄 수 있다. 그러나 좋은 스승을 만나기도 역시 어려운 것이다.

요세(澆世)라고 해서 길을 가르쳐 주는 그런 가이드가 없는 것은 아니다. 오직 우리 자신이 진가(眞假)를 식별하지 못할 뿐이다. 가짜가 많다면 진짜도 그만큼은 있다. 참만이 있을 수 없듯이 거짓만이 있는 것은 아니다.

우리 자신이 혼란스럽기 때문에 세상이 어지러운 것이다. 나부터 차분히 마음을 가라앉힐 일이다. 그러면 만사정관 개자득(萬事靜觀皆自得), 스스로 길을 발견할 수 있을 것이다. 이 세상에 산문(山門)이 존재하는 이유가 여기에 있다. 맑고 고요해서 만고불변의 진리를 개발할 수 있는 곳이다.

참으로 적료가 절실한 계절이다.

해와 달보다 더 분명한 가르침

지금 산사(山寺)에서는 동안거가 한창이다.

좌선 수행하는 수좌(首座)들의 그 고요하고 거룩한 모습, 거기서 우리는 바로 부처를 본다. 그리고 여기서 한국불교의 현주소를 찾을 수 있다. 한국불교에 있어서 이와 같은 하안거와 동안거의 두 차례의 연례 집단 수행은 긴 역사와 훌륭한 전통을 연면히 이어오고 있다. 바로 여기에 한국불교의 명맥이 있고 전수가 있다 하겠다.

하지만 세상 사람들의 눈에는 지상(紙上)을 더럽히는 종단의 분규나 문중간의 갈등은 보일지라도 우리 불교의 실상이라고 할 수 있는 이런 수행상(修行相)의 참모습은 별로 눈에 띄지 않을 것이다.

본래 부처를 밖에서 찾는 이들은 상(相)에 집착하게 마련이지만, 마음 안에서 부처를 구하는 구도자들은 상을 떠나 있기 때문일 것이다.

아무튼 심지어 불교관계 전문지들까지도 하나같이 불교의 외적 파동에는 그토록 예민하고 신속하게 반응을 보이면서도 우리 불교의 참모습이 어떤 것인지, 얼마나 피나는 정진을 하고 있는지 그런 것에 대해서는 너무도 무감각한 데 새삼 놀라지 않을 수 없다. 이제 다시 석 달이란 긴 겨울 동안 일사불란하게 정진을 계속하고 있는 말 없는 수좌들과, 한국불교의 앞날을 걱정한 나머지 좌불안석으로 안거 중임에도 불구하고 드디어 거리에까지 뛰쳐나와 시비곡직을 가리려는 그 충정의 지사들을 비교할 때 아래와 같은 옛 송(頌)은 우리에게 큰 교훈을 주리라 믿는다.

> 만약 어떤 사람이 잠시라도 고요히 앉아 있다면
> 항하의 모래 수만큼의 칠보탑을 세우는 것보다 뛰어나리라.
> 보탑은 필경 티끌로 돌아가지만
> 한 생각 맑은 마음은 정각을 이룬다.
> 若人靜坐一須臾
> 勝造恒沙七寶塔
> 寶塔畢竟化爲塵
> 一念淨心成正覺

이 게송은 보조스님의 저서 「진심직설(眞心直說)」에 인용되고 있다. 보조스님이 살던 시대도 우리의 오늘만큼이나 어지러웠던 것 같다. 국가적으로는 무신(武臣)들의 권력다툼과 정변의 와중에 있었고, 불교 자체로서는 선(禪)과 교(敎)의 대립이 그 극에 이르고 있었다.

이런 현실에 직면하여 그의 뜻은 '명예와 이익을 버리고 산속에 들어가 함께 뜻을 맺고 항상 선정(禪定)을 익히고 지혜(智慧)를 닦기에 힘쓰자……'는 데 있었다.

이것이 그 유명한 정혜결사(定慧結社)의 요지였다. 마음닦는 일을 통해서만 정법(正法)이 세워지고 선과 교의 대립이 해소될 뿐만 아니라 어지러운 사회의 시비 갈등도 해결될 수 있다고 스님은 확신하였기 때문이다.

「권수정혜결사문(勸修定慧結社文)」에서 스님은 '……세월은 급하고 빨라 조용히 늙음을 재촉하는데 마음은 닦지 않고 죽음의 문 앞에 그대로 다가서려는가……. 그럼에도 함부로 지내면서 탐욕과 분노, 질투와 교만, 방종으로 명예나 이익을 구하며 허송세월로 공연한 말재간을 부려 세상일에 참견하고 있으니……'라고 후학들을 엄히 경책하고 있다.

우리는 환경이 어지럽고 마음이 괴로울 때 대개 그 해결방법을 물리적·물질적인 것에서 찾는 수가 많다. 하물며 불교인들까지도, 심지어 다년간 수행을 익혀온 스님들 중에서도 이런 경우를 많이 본다.

이것이 바로 우리 중생심의 소치인지도 모른다. 그러나 이것이 근본적인 해결방법은 아니다. '시비곡직을 가리지만, 바로 이 시비가 마음의 병이 된다(違順相淨 是爲心病)'는 것이다.

'예전 성인들의 가르침이 해와 달보다 더 분명한데 어찌 잡다한 뜻만 찾으면서 자신은 찾지 않은 채 영겁을 두고 헤매는가. 때때로 관행(觀行)하는 여가에 성인의 가르침과 옛 어른들의 도에 들어간 인연을 자세히 살펴어 삿됨과 바름을 분명히 가리어 남도 이롭게 하고 자신도 이로워야 한다. 한결같이 밖으로만 이름과 모양을 찾아 분별하기를, 바다에 들어가 모래를 세듯 하여 헛되이 세월만 보내서야 되겠는가'고 보조스님은 또 「진심직설(眞心直說)」에서 고구정녕 이렇게 타이르고 있다.

마음의 병을 치료하는 길

'돈을 잃는 것은 조금 잃는 것이고, 명예를 잃는 것은 많이 잃는 것이며, 건강을 잃는 것은 전부를 잃는 것이다.'

이런 표어가 자주 눈에 띈다.

일리가 없지 않다. 돈도 명예도 귀하지만 건강이 더 귀중하다는 것은 틀린 말이 아니다. 하지만 사람에게는 몸보다 더 귀중한 것이 있다.

육신은 헛것이어서 생이 있고 멸이 있지만 참 마음은 허공과 같아서 끊어지지도 않고 변하지도 않는다. 그러므로 이 몸은 무너지고 흩어져 물로 돌아가고 바람으로 사라지지만, 마음은 항상 신령스러워 하늘을 덮고 땅을 덮는다고 한 것이다.

(보조선사 「수심결」에서)

누구에게나 노병사(老病死)가 있다는 사실을 모르는 사람이 없건만 대개의 경우는 젊음과 건강이 언제까지나 존속될 것처럼 착각을 하고 산다. 그래서 젊음과 건강에 어떤 변화가 오면 예삿일이 아닌 양 놀라고 당황한다. 이것은 평소의 생에 대한 애착 때문일까.

당연한 일에 놀라고 당황한다는 것은 평소에 준비가 부족한 때문인지도 모른다. 장차에 필요한 여축(餘蓄)이 없듯이.

집착이 바람직하지 않다고 해서 건강을 소홀히 하고 청춘을 낭비해도 좋다는 의미는 아니다. 농부가 일년의 사철을 충실히 살듯이 우리도 인생의 사계절을 뜻 있게 보내야 할 것이다. 건강하고 아름답고 보람되게.

이제 바야흐로 세계는 고령화시대로 접어들고 있다. 하지만 고령화가 반드시 무병장수와 일치하는지는 잘 모르겠다. 그도 그럴 것이 요즈음은 전례 없이 원인 모를 악질적 난치·불치의 폐질(廢疾)들이 유행하고 있기 때문이다.

아닌 게 아니라, 한밤중에 깊은 산길을 가면서 호랑이를 만날까 두려워하는 만큼이나 이런 질병들을 무서워하고 있다. 그래서 이런 질병에 걸린 사람이나 아직 걸리지 않은 사람이나 전전긍긍하기는 마찬가지다. 이 고질(痼疾)을 고칠 명의(名醫)도 없고 치료할 영약도 없으며, 그 병의 원인도 알 수 없기 때문이다.

원인과 까닭을 모르기 때문에 치료 방법도 또한 알 수 없다. 하지만 밝혀지지 않았다고 해서 원인이 없을 수는 없다. 밖에 있거나 안에 있거나 어딘가에 있을 것이다. 안팎으로 있을 수도 있다. 그간의 변화는 우리 밖에도 우리 안에도 생겼다. 밖의 그것은 공해라는 그것이고, 안의 그것은 생활패턴이 바뀐 그것이다.

그 원인과 까닭이 어디에 있건, 이 병마에 대하여 우리가 가장 먼저 취해야 할 자세는 무엇일까. 무엇보다도 자신을 되돌아보는 일이 선행되어야 하지 않을까. 공해도 우리가 만든 것이고 생활패턴도 우리가 즐겨 바꾼 것이다.

그럼에도 불구하고 우리의 대부분은 그 해결책을 타력에 의존하고 있다. 밖에서 그것을 구하고 있다. 우리가 무엇에 기대어 의지할 때 거기에 예속되기 마련이다. 예속은 집착을 더욱 키울 뿐이다. 그러나 원래 집착할 대상이란 아무것도 없다고 하지 않는가. 세상일은 인연따라 모이고 흩어질 뿐이니까.

아무튼 병에 대한 일차적인 책임은 우리에게 있다. 우리의 삶이 병을 만들었다면 우리의 삶은 병적일 수밖에 없다. 병의 원인이 바로 우리의 삶 자체에 있다는 것을 알기에 충분하다. 그러므로 그 숙질(宿疾)의 치료법을 삶 밖에서 구할 때 우리는 필연적으로 방황할 수밖에 없을 것이다.

보조선사도 「수심결(修心訣)」에서 괴로움을 여의는 법을 밖에서 찾지 말라고 하였다.

'삼계의 뜨거운 번뇌가 마치 불타는 집과 같은데, 어찌하여 그대로 머물러 긴 고통을 달게 받을 것인가. 윤회를 벗어나려면 부처를 찾는 것보다 더한 것이 없다. 부처란 곧 이 마음인데 마음을 어찌 먼 데서 찾으려고 하는가! 마음은 이 몸을 떠나 따로 있는 것이 아니다.'

옛 명의(名醫)들도 심자일신지주(心者一身之主)라고 하였다. 몸의 병도 우선 마음에서 그 치료법을 찾아야 마땅할 것이다.

삼일 동안 마음을 닦아도
천 년의 보배가 되지만
백 년 동안 탐내어 얻은 것은
하루아침의 티끌로 돌아간다.
三日修心 千載寶
百年貪物 一朝塵

백 년 동안 밖으로 명리(名利)를 구해 봐도 그것은 허망한 것이고, 안으로 마음을 닦으면 비록 사흘 간이라도 지혜 보배를 누리고 필경에는 깨달음을 이룬다는 것이다.

무문관(無門關)

삼계를 윤회하는 중생의 고통이 불난 집보다 더한데,
어찌 참고 오래 머물러 긴긴 고통을 감수하려 하는가.
윤회를 면하려면 부처를 찾는 길밖에 없고,
부처를 찾으려면 부처는 곧 마음이다.
三界熱惱　猶如火宅
其忍淹留　甘受長苦
欲免輪廻　莫若求佛
若欲求佛　佛卽是心

(보조국사 「수심결」에서)

이 무상심심미묘법(無上甚深微妙法)은 백천만겁에도 만나기가 어렵다고 한다. 마치 허공에 던져진 바늘이 겨자씨에 꽂힐 만한 행(幸)과 눈먼 거북이가 태평양 넓은 바다에서 나무 조각을 만나는 운(運)이 없이는 불법을 만날 인연을 가질 수 없다고.

사람으로 태어나서도 정법(正法) 만나기가 쉽지 않으며, 깨닫기는 더욱 어려워서 생사를 걸고 한사코 수행해 온 선각자들의 실례를 우리는 본다.

이들이 도업을 이룬 그 수단과 방법도 가지가지. 그 사람의 기류근성(機類根性)에 따라 같지 않다. 세존께서도 선교방편(善巧方便)이 필요했던 것은 이때문이었을 것이다.

지난 윤3월 7일, 우리나라에 제2의 무문관(無門關)이 문을 열었다. 무문관, 이것은 아마 우리나라만의 독창적인 것이리라. 인도에도 이런 전례는 없고, 중국에도 없다. 전하는 바에 의하면 중국에 사관(死關)이란 것이 언제 어디선가 있어, 일단 그 관문에 들어가면 깨닫기 전에는 다시 나올 수가 없어, 이런 이름을 붙였던 것 같다.

얼마 전에 도봉산 천축사(天竺寺)에 우리나라 불교사상 최초로 무문관 제도가 생긴 것은 우리가 다 알고 있다. 그곳에서 6년 간 수행을 마치고 나온 몇 분 스님들 중에 손꼽을 수 있는 직지사 조실 관응(觀應)스님과 송광사의 구암(九庵)스님은 현재 생존해 계시다.

계룡산 갑사 대자암(大慈庵)에 삼매당(三昧堂)을 세운 영파(靈波)스님은 20여 년 전에 천축사에 제1 무문관을 창설한 바로 그 스님이다. 현 마곡사 조실로서 대자암에 주석, 그 원을 이루어 착공 2년 만에 문을 열게 되었다. 이 삼매당에 입실한 11명의 수좌는 6개월 기한으로 무문관을 본따서 두문불출 수행 중이다.

우리나라 근세의 도인들 중에는 이런 무문관과 유사한 형태로서 토굴을 많이 이용하여 왔다. 토굴 중에도 이런 무문관식의 출입문을 폐쇄하고 하루 한 끼의 밥으로 연명한다. 효봉스님의 토굴이 이런 예에 속한다. 금강산 토굴에서 일년 6개월 만에 화두를 타파하고 스스로 토굴을 깨뜨리고 나온 이야기는 너무도 유명하다.

정진이 일단 열을 받게 되는 경우, 입선과 방선이 따로 있을 리 없고 결제와 해제도 무의미하리라. 효봉스님의 경우 이런 절차와 구분을 따르고 지키기에는 그 출가의 동기와 무상의 느낌이 얼마나 절박하였는가를 아는 사람은 안다. 이런 상황에서 무문관은 꼭 필요한 토굴인지도 모른다.

우리의 일상생활 속에서 6근(根)이 6진(塵) 경계를 대할 때마다 시시각각으로 생겨나는 알음알이, 즉 6식(識)의 흐름은 좀처럼 막을 길이 없을 것이다. 식(識)이 계속 흐르고 있는 한 우리의 마음의 거울은 아무래도 맑아지기가 어렵다.

흙탕물을 가라앉혀 맑은 물로 바닥까지 볼 수 있기 위해서는 흐르는 물을 차단해야 하듯이, 우리의 식심을 막는 일, 이것이 중요하다. 우리가 거각(擧覺)하는 화두는 바로 이 차단기의 기능을 한다.

더욱이 주위가 하도 어수선한 현대를 사는 이들에게는 조용하고 평화롭던 그 옛날에 비하여, 그 방편도 바꾸어지지 않으면 안 될 것이다.

때와 곳에 따라 수단과 방법이 바뀌어지는 것, 이것이 바로 선교방편일 것이다. 무문관은 이런 방편의 하나다.

다시 무엇을 구하랴

계곡에 나가 나의 발을 씻고
산을 보고 나의 눈을 맑히며,
부질없이 영욕을 꿈꾸는 일 없으니
이 밖에 다시 무엇을 구하랴.
臨溪濯我足　看山淸我目
不夢閑榮辱　此外更何求

고려 진각혜심(眞覺慧諶) 선사의 '유산(遊山)'이란 제목의 5언절구.
맑은 시내나 푸른 산이나, 비록 그 높낮이가 없지 않지만 원래
청정하기는 다르지 않다. 계곡을 흐르는 물은 우리의 발을 씻기에
알맞고, 높은 산은 눈으로 바라보기에 적당하다. 하나는 우리의
몸을 깨끗이 하는 데 소용이 되고, 하나는 우리의 마음을 맑게 하
는 데 소중하다.

이와 같이 산하대지는 그 안에 머무르고 있는 뭇 생명을 끊임없
이 정화시켜 주고 있다. 자연에 순응한다면 우리도 자연대로 맑고
깨끗하여지리라.

역시 혜심선사의 '선당시중(禪堂示衆)'이란 제하의 이런 선시가

있다.

> 푸른 눈이 청산과 마주하니
> 그 사이에 티끌을 허용치 않고
> 자연의 청정함이 골수에 이르니
> 다시 어찌 열반을 구하리오.
> 碧眼對靑山　塵不容其間
> 自然淸到骨　何更覓泥洹

대자연의 품안에 안겨 그 섭리에 따라 우주의 법계의 진리를 쫓는다면 다시 더 구할 것이 없도록 만족이 게 있으련만. 하지만 영화(榮華)를 구하여 덧없는 꿈속에 헤매면서 치욕 속에 빠지기 때문에 지옥을 자초하고 있는 것이다.

사람은 명리(名利)를 찾되 치욕을 멀리하려 한다. 그러나 치욕은 영화 속에 함께 있기 때문에 하나는 갖고 하나는 버리기가 도무지 불가능한 것이다. 본시 불가능한 것을 애써 이루려는 거기에 바로 괴로움이 있다. 애초부터 얻으려는 거기에 괴로움이 있었다.

자연은 진리의 표현인지라, 천지의 청정함과 사람이 늘 함께 있다면 우리도 그 사이에 유유자적하여 얻을 명리도 피할 곤욕도 더는 없을 것인데.

천당을 찾으니 지옥이 생겼고, 부귀를 구하니 곤욕이 나타났다. 지옥을 피하려면 먼저 천당을 멀리해야 하고 곤욕이 싫다면 부귀를 좋아하지 말아야 할 일이다. 그래서 구하지 않는다면 본래 아무 일도 일어나지 않는다. 거기에 천당보다 더 높은 극락이 있다. 이 사실을 불법은 우리에게 부단히 암시하고 있다. 더 이상 무엇을 구하겠는가.

진각국사는 보조국사의 수제자로서 수선사(修禪寺, 지금의 송광사)의 제2세가 된다. 무의자(無衣子)라 자호(自號)하고 진각국사의 시호를 받았다. 나주 화순 출신의 최(崔)씨로서 진사시에 합격, 태학에 입학하였다.

모친이 사망하자 수선사에서 재를 올린 후 곧 삭발 입산하여 지눌의 제자가 되었다. 일사불란한 정진으로 바위에 앉아 주야를 가리지 않고 수행, 오경(五更)이면 게송을 읊어 그 소리가 십리 주위에 들렸고, 지리산 금태암에서는 대(臺) 위에서 정진할 때 눈에 묻혀도 부동의 자세를 지속하였다.

30세에 이르러 그의 스승 지눌스님이 그에게 법석(法席)을 전하려 하였으나 이를 굳이 사양하고 행방을 감추기까지 하였다. 그가 칙명으로 법석을 이어 받은 것은 보조국사가 입적한 후, 33세 때의 일이다. 그가 개당하니 많은 학인들이 모여들어, 비좁은 강당을 왕명에 의하여 확충하기까지 하였다.

진각국사 비명에 의하면 지혜가 뛰어나고 시문에도 능할 뿐만 아니라 무신정권 아래 어지러운 세태에서 수행자의 자세를 바로잡는 데도 크게 이바지하였다.

그의 저서로는 『고훈(古訓)』 1,125종과 『선문염송(禪門拈頌)』 30권, 그리고 제자들이 집성한 어록 2권과 시집 2권이 전한다.

제2장

낮닭 우는 소리에 깨치다

머리는 세어도 마음은 안 센다고
옛 사람 일찍이 일렀거니
이제 닭울음 한 소리 듣고
장부의 할 일을 마쳤노라.

나물 먹고 물 마시고

장애가 다하니 기쁨과 걱정이 없고
찾는 객이 드무니 보내고 맞을 일도 별로 없네.
굶주림 끝에는 산나물이 연하고
갈증이 있으면 돌틈의 샘이 더욱 맑아라.
累盡無欣慼　賓稀少送迎
飢餘林蔌軟　渴有石泉淸

(「閑中偶書」의 한 절구)

　도(道)를 구하는 수행자만이 느낄 수 있는 진실한 청빈의 체험이다. 괴로움은 모이고 쌓이는 데 있나니, 모든 것을 놓아버리면 기쁨도 슬픔도 역시 사라질 것이다.

　가진 것이 없다면 무엇을 구하여 찾아올 손님도 많지 않아 그들을 맞고 보낼 일 어찌 분주하랴.

　산중에 홀로 사는 이, 나물 먹고 물 마시어 허기와 갈증을 달래며 정진에 여념이 없으니 실로 대원(大願)을 성취할 대장부의 삶이라 아니하랴.

여기에 비하면 우리의 삶은 얼마나 분주다사한가. 번뇌 속에 영일이 없고 망상 속에 안도가 없다. 이것은 누구 때문이 아니다. 번잡의 조건을 스스로 만들어 가고 있기 때문이다. 온갖 잡념이 가지를 만들고 그 가지가 또 가지를 만드니 바람이 불면 가지 많은 나무가 조용할 리가 없다.

애당초 팔고살 물건이 없는데 무슨 손님의 내왕이 있으며, 사람과 시비할 거래가 없는데 그들을 보내고 맞을 일 또한 있을 수 있으랴.

이 과소비시대에 청빈을 운운하면 흘러가 버린 옛 이야기의 전설처럼 들릴 것이다. 지나친 소비욕은 풍부한 물질이 만들고 있다지만, 가난하다고 해서 청빈이 되는 것은 아니다. 그것으로 진정 낙도(樂道)가 되지 않는다면 청빈과는 아예 거리가 먼 이야기이다.

고인(古人)들은 나물 한 접시 냉수 한 그릇에 족함을 알고 냉방에서 팔을 베개삼아 누웠어도 그 속에서 즐거움을 느낄 줄 알았다 하지 않는가.

이런 거울에 오늘을 사는 우리의 모습을 비추어 본다면 아마 추잡하리만큼 역겨운 속물의 상(相)이 드러날 것이다.

과소비와 청빈을 있고 없고·많고 적고 그런 조건으로 규정짓는다면 우리는 과욕의 악덕에서 벗어나 청빈의 고결한 즐거움을 영원히 알 수 없으리라. 지나친 물욕이 그것대로 있어서 무관한 것은 결코 아니다. 물질에 압도된 현대인은 그만큼 인간의 본래의 의미를 상실해 가고 있지 않은가.

청빈이란 가난이 만든 것은 결코 아니다. 물질적 향락의 거부일 뿐 아니라, 인간 본래의 모습대로 살아가는 미적(美的) 현상이기도 하다.

충지(冲止)스님은 고려시대 16국사 중의 한 분. 원감국사(圓鑑國師) 충지스님은 1226년 전남 장흥 출신으로 9세에 유학 공부를 시작, 17세에 사원시(司院試)를 마치고, 19세에 장원으로 공직에 올랐다. 일본에 사신으로 파견되어 국위를 떨치기도 하고 돌아와서 금직옥당(禁直玉堂)에까지 관직이 높았으나, 그의 장한 불심은 결국 입산 삭발로 본래의 참모습을 되찾게 되었다.

도를 구해 원근 제방을 주유한 후, 41세에 선원사(禪源寺)에서 원오국사(圓悟國師)의 뒤를 이어 조계(曹溪) 제6세가 되었다. 스님의 명성이 높아짐에 따라 원나라의 세조가 북경으로 스님을 청하여 빈주(賓主)의 예를 다하고 금란가사와 백불(白拂)을 선사, 이런 명예를 누리기도 하였다.

수선사에 7년 간 머물며 많은 학인을 제접하는 한편 보조국사를 위시한 역대 조사님들의 업적을 더욱 빛내기도 하였다.

충지스님이 입적한 때는 세수 68세로 충렬왕 18년. 보명(寶明)이라는 탑액(塔額)과 원감국사라는 시호가 내려졌다. 문집으로는『원감국사집』한 권이 전해진다. 그리고 국사의 향리, 장흥 부산면 구룡리에는 비록 오랜 세월 풍마우세(風磨雨洗)로 알아보기 어려우나, 수십 장(丈) 절벽 암석에 스님의 진영(眞影)이 남아 있다.

명리 탐착에 머리만 세었구나

어제는 봄이 왔나 했더니 오늘은 가을이라.
연년세세(年年歲歲) 세월은 시냇물처럼 흘러가는데
명리(名利)를 탐애하여 구차히 사는 이들,
품은 뜻도 못 채우고 헛되이 머리만 세었구나.
昨時新春今是秋　年年日月似溪流
貪名愛利區區者　未滿心懷空白頭

『나옹록(懶翁錄)』 '경세오수(警世五首)' 중의 한 게송이다.

예나 지금이나 세월이 빠른 것과, 사람이 허명(虛名)을 쫓고 이권에 탐착하는 것은 다름이 없나보다.

빠른 세월을 유수에 비유하고 있지만 실은 흐르는 물보다 더 빠른 것이 시간. 엊그제 봄이 왔다 했는데 어느새 가을, 그 가을도 이미 저물고 있다. 계절의 변함이 참으로 주마등 같다.

세월의 무상함을 사람이 저마다 아니 느끼는 이가 없으련만 그 행위에 있어서는 자기만은 이런 시간의 제약에서 국외자(局外者)인 듯 처신하기가 일쑤이다. 야운(野雲) 비구의 「자경문」에도 앞의 게송과 유사한 시구가 있다.

달이 뜨고 지니 늙음을 재촉하고
해가 돋았다 지니 세월만 간다.
명예와 이익을 구함은 아침이슬 같고
영화롭고 괴로운 일도 저녁 연기로다.

또 원효스님의 「발심수행장」에도 '시간이 지나가 어느새 하루가 되고, 하루하루가 어느새 한 달이 되고, 한 달 두 달이 흘러 문득 한 해가 되고, 한 해 두 해가 바뀌어 어느덧 죽음에 이르게 된다'고 했다.

이에 앞서 '백 년이 잠깐인데 어찌 배우지 아니하며, 일생이 얼마기에 닦지 않고 게으름만 피우나…… 세상의 즐거움이란 고통이 뒤따르는 것인데 무엇을 탐착하나. 한 번 (자성을) 찾아 놓으면 오래도록 즐거움이 거기 있는데, 어찌 이를 닦으려 하지 않는가'고 고구정녕하면서도 냉혹하리만치 준엄한 경책을 하고 있다.

삶이란 결국 시간과 싸우는 일. 인생의 승리자란 시간에 대한 승리자일 수밖에. 가장 귀중한 우리 목숨도 아침이슬처럼 사라지는데, 부귀영화가 어찌 이보다 더 소중하랴.

알고 보면 우리의 삶도 일종의 착각 속에 있다. 도시 사느니 죽느니 하며 헤매고 있음이 분명하다.

고려 공민왕 때 명승(名僧)으로서 왕사(王師)였던 나옹화상은 1월 15일 경북 영해부(寧海府, 영덕군에 병합)에서 출생하였다. 속성은 아(牙)씨요, 초명은 원혜(元慧), 시호는 선각(禪覺)이며 나옹은 법호이다.

어머니는 정(鄭)씨. 금빛 새매가 날아와 정씨의 머리를 쪼다가 떨어뜨린 알이 품에 드는 태몽을 꾸고 스님을 낳았다. 스님은 날

66

때부터 골상이 특이하고 자라면서 근기가 비상하였다. 고려에 왔던 인도 스님 지공(指空)화상에게 보살계를 받은 것이 8세 때 일이다.

20세 때 친구의 죽음을 보고 무상을 느껴 이것이 출가의 동기가 되어 요연(了然)스님에게 득도하였다.

양주 회암사(檜巖寺)에서 정진 중 1344년 크게 깨친 후 원(元)으로 건너간 것이 1348년. 연경에 있는 고려 사찰 법원사(法源寺)에서 지공스님을 친견하고 도를 배웠다. 이를 계기로 중국 각지를 편력, 평산처림(平山處林)과 천암원장(千巖元長)에게서 달마선의 깊이를 더했다.

지공스님은 스님을 방장실로 맞아들여 선지(禪旨)와 더불어 법의(法衣), 불자(拂子), 범어로 된 서찰 한 통을 스님에게 전했다.

그 내용은 이러하다.

> 백양에서 차 마시고 정안(正安, 방장실)에서 과자 먹으니
> 해마다 매하지 않는 한 통의 약이로다.
> 동서를 보건대 남북도 그렇구나
> 명종 법왕에게 여기 천검을 주노라.
> 百陽喫茶正安果　年年不昧一通藥
> 東西看見南北然　明宗法王給千劍

이에 나옹화상의 화답이 여기 있다.

> 스님이 주신 차를 받들어 마시고
> 그 자리에 일어나 세 번 절합니다.
> 다만 이 참 소식은

예로부터 지금까지 변함 없이 이룹니다.
奉喫卽茶了　起來而禮三
只這眞消息　從古至于今

스님이 고려에 돌아온 것은 만 10년이 되는 1358년. 그후 왕사
로서 회암사에 머물면서 많은 후진을 길렀다.

구도(求道)의 장애

가을바람이 한바탕 불어 미혹의 구름이 걷히니
대지의 산봉우리 묘경(妙境)을 드러내고,
이 달빛조차 밝고 밝게 비치니
수미산과 겨자씨가 서로 용납함이 또한 친함이 아니랴.
金風一陳掃迷雲　大地峯巒妙色新
從此銀蟾光皎潔　須彌芥納也非親

나옹화상 「가송집」에 실려 있는 '추산(秋山)'이란 제하의 7언절구.

가을은 낙목한천(落木寒天)의 소슬한 풍경을 연상케 한다. 하지만 황국단풍이 무르익어 산하대지를 찬란하게 수놓는 아름다운 계절이기도 하다. 게다가 오곡백과가 그 만삭에 이르러 풍요를 상징하는 결말의 한 철이며, 무더위가 가시고 추위가 멀리 있는 비서비한(非暑非寒)의 상쾌하기 그지없는 그런 시간이다.

가을의 노래라면 우리는 이런 서정시를 생각할 수 있다. 그러나 여기 가을산[秋山]에서는 그런 풍치는 나타나지 않는다. 그 대신 선시(禪詩)를 접하는 순간 깊고 묘한 유수(幽邃)경에 다다를 수 있다.

시절인연이 도래하여 한차례 가을 바람이 일어나니 그토록 꽉 막혀 답답하던 운무가 일시에 확 걷혀 맑은 창공에 온 우주가 제 모습을 역력히 드러낸다.

교교한 은색의 달빛에 온 천지가 홀연히 밝아 오니 수미산과 겨자씨가 조금도 차별 없이 그 본연의 자취를 나타낸다.

시제(詩題)가 비록 가을이로되 가을도 아니고, 봉만(峯巒)이 대지에 솟았다지만 이 또한 산봉우리가 아니다. 은섬이 교교하다 하지만 오직 청정한 자성이 거울처럼 맑고 밝을 뿐이다.

둘이 없는 자성 앞에서 분별이 사라지니 크고 작은 구별 없이 수미산이 큰 것도, 겨자씨가 작은 것도 아니로다.

가을을 맞아 거두는 열매, 그간 얼마나 인고(忍苦)의 세월을 겪었던가. 씨가 있어 밭에 심으니 해도 나고 비도 내려 기약 없는 세월 속에 가꾸어 왔다. 이 또한 인연도래임에 틀림없다.

이런 인연 시절을 지내고 맞아, 때맞게 당처(當處)를 얻으니 추풍에 낙엽이 지듯, 온갖 마음의 티끌이 자취도 없이 흩어지네.

텅빈 허공 중에 휘영청 밝은 달이 그간의 칠흑 같던 혼돈의 천지를 환히 밝힐 뿐이다. 일미진중(一微塵中)에 시방세계를 머금은〔含十方〕듯 겨자씨 속에 수미산이 용납되니 실로 불가사의가 아닐 수 없다. 말 길이 끊어지고〔言語道斷〕, 마음 간 곳도 없도다〔心行處滅〕.

유무가 있고 선악이 존재하고 크고 작은 것을 떠날 수 없으며 아름다움에 혹하고 추예에 염오를 느끼는 것은 이것 또한 일종의 망상의 소치라 하리. 하지만 우리 중생은 잠시도 그 굴레에서 벗어나지를 못한다.

이 차별의 사슬에서 풀려날 때 우리는 비로소 자유의 몸이 될 것이다. 이런 분별심이 없는 세계를 소동파는 아무것도 없다〔無一物〕고 하였다. 하지만 아무것도 없는 가운데 무진장으로 있어 꽃도 있고 달도 있고 누대도 있다(無一物中無盡藏 有花 有月 有樓臺)하였다.

　차별의 들뜬 마음이 가라앉았을 때, 우리는 평온한 세계로 돌아간다. 우리가 평화를 잃어버리고 갈등 속에 방황하는 원인이 바로 여기에 있음을 알 수 있다.

　　도에 이르기는 어렵지 않으나
　　오직 간택심을 버려야 한다.
　　증애하는 마음만 없으면
　　마음이 밝고 맑게 탁 트이리라.
　　至道無難　有嫌揀擇
　　但莫憎愛　洞然明白

　『신심명』의 첫 구절은 구도(求道)에 있어 장애가 무엇인가를 단적으로 보여주고 있다.

함정은 스스로 파는 것

옥토끼가 오르고 잠김은 늙음을 재촉함이요
금까마귀가 나오고 들어감은 세월을 재촉함이로다.
명리를 구하는 것은 아침이슬과 같고
괴롭고 영화로운 것은 저녁 연기와 같음이로다.
玉兎昇沈催老像 金鳥出沒促年光
求名求利如朝露 或苦或榮似夕烟

(야운비구 「자경문」에서)

을해년을 보내고 병자년을 맞는다. 송구영신의 새아침에 새로운 감회가 없을 수 없다.

세월이 빠른 것을 유수에 비한다. 달이 뜨고 지는 것〔玉兎昇沈〕이나 해가 나고 드는 것〔金鳥出沒〕이 사람을 늙게 하고 세월을 재촉하는 것이다.

이 속에서 명예를 구하고 이익을 챙기는 것도 아침이슬과 같이 덧없는 것이고, 고뇌와 영화 속에 울고 웃는 것도 한낱 저녁 연기에 불과하다 하였다.

그러기에 만약 금생에 이 말을 쫓지 아니하면(今生若不從斯言),

후세에 가서는 당연히 두고두고 한탄하게 되리라(後世當然恨萬端)고 고인들은 우리를 경책하고 있다.

일찍이 우리가 선각자들의 이런 교훈에 좀더 세심하게 귀를 기울였던들 오늘 그토록 모진 괴로움 속에 시달리지 않아도 될 터인데.

원래 부귀와 영화는 뜬구름과 같다 하지 않았는가. 허공을 지나가는 구름과 바닥을 흘러가는 시냇물은, 하늘의 별을 쳐다보듯 바라보는 것으로 족한 것이다.

이것은 본래가 실체가 없는 것이어서 이것에 욕심을 느끼면 사람 자신만 상처를 받는다. 자연은 무심해서 사람과 멀리도 가까이도 하지 않건만, 이를 대하는 이가 공연히 탐심을 내어 그 보복을 받는다.

천고의 역사는 이런 사실을 소상히 일러주건만, 여기 귀를 기울이는 대신 대개는 등을 돌리고 만다. 역사는 지나가 버린 것이 아니라, 새로운 교훈을 주기 위하여 항상 우리 앞에 있는 것이다.

체험하지 않고도 알 수 있는 것이 역사라면, 우리가 시행착오를 반복하지 않기 위하여, 이 훌륭한 스승의 교훈을 명심해야 하리라. 이 교훈은 그대로 지난날 현장의 생생한 기록이기 때문이다.

지장보살님으로 하여금 지옥문 앞에서 눈물을 흘리게 하는 것은 우리가 너무도 종종 지난날의 가르침을 세월과 더불어 망각하기 때문이다.

오늘 돌을 맞은 사람도 아마 어제는 돌을 던진 그 사람이었는지 모른다. 이렇듯이 오늘 돌을 던지고 있는 이가 내일은 또다시 돌을 맞는 이가 되지 말아야 한다. 돌을 던지는 일도 또 역사를 만들어 가고 있는 것이라면 돌을 던지는 거기에 의미가 있어야 마땅하다.

우리는 행위에 자유가 있기를 바란다. 그만큼 의미가 있어야 하지 않을까. 의미 없는 행위는 자칫 스스로의 함정을 파는 수도 있기 때문이다.

일단 함정에 빠지고 나서도 그것이 스스로의 탓임을 깨닫지 못하는 수가 많다. 함정은 본래 파놓아진 것이 아니라, 적선하는 사람에게 경사가 따르듯이, 하루하루의 그릇된 행위가 그 함정을 만들어 가고 있었을 것이다. 하지만 탐욕의 유혹이 하도 강해서 미처 이것을 살피지 못했을 뿐이다. 이것이 바로 자업자득이란 것이 아닌가.

보리밭에는 깜부기가 없을 수 없고, 논에는 돌피가 있어 왔다. 그것들이 사라지는 것은 농부가 게으르지 않기 때문이다. 하지만 아무리 부지런한 농부의 논밭이라고 해서 자고로 깜부기나 돌피가 생기지 않는 법은 없다. 그러나 일정수를 초과한다면 그것은 농부의 게으름 때문이라 할 수 있다.

마음을 고요히 하면

음력 7월 보름은 삼복더위 속에 하안거(夏安居)를 마친다.

좌선법은 그 기원을 인도 요가에서 찾는다. 중국 고유사상에서도 유사한 좌선법이 있다. 도교의 좌망(坐忘)이라는 것과 유교에 경(敬)이라는 것이 그것이다.

인도의 요가에도 여러 가지 명상법이 발달했다. 이 명상을 통하여 마음의 수련을 쌓고 또 육체적 단련도 아울러 행한다.

요가 수행의 육체적 단련법은 주로 동물의 심신 안정법에서 따온 것이 많다. 선정삼매에 들기 위하여 거북처럼 네 발과 머리와 꼬리를 그 갑(甲) 밑에 감추어 한 덩어리로 뭉치는 것을 장육(藏六)이라고 한다. 이것은 결가부좌를 하고 앉아 육식(六識)을 안으로 거두어 들여 심신일체로 선정을 닦는 것과 유사하다.

요가에서 의식을 집중하는 명상법은 잠재의식을 개발하는 데 그 목적이 있다. 잠재의식의 개발은 육체적 활동도 강화할 수 있기 때문이다.

육체적 활동을 강화하기 위하여 요가에서는 특히 체위법(體位法)을 중요시하고 있다. 이 체위법은 바른 자세를 유지하기 위한 것이다. 그리고 비뚤어진 자세를 바로잡는 법이다. 바른 자세야말로 심신의 안정을 가져올 수 있고, 또 선정을 닦는 데 지름길이 되기 때문이다.

불교에 있어서도, 우리가 좌선에 임할 때 바른 자세가 얼마나 중요한가는 두말할 나위가 없다. 따라서 부처님의 가르침을 배울 때 제일 먼저 주목해야 할 것이 부처님의 바른 자세이고 또 그것부터 배워야 할 일이 아닌가 생각한다.

하지만 우리가 일상생활 속에서 무의식중에 얼마나 기울어진 자세로 살아가고 있는지 이것을 분명히 의식하는 사람은 매우 드물 것이다. 또 이 비뚤어진 자세로 말미암아 우리 몸과 마음에 일어나는 부작용이 얼마나 큰 것인가를 의식하는 사람도 드물다.

요가에서 모든 신체부위 가운데 척추를 가장 중요시하는 이유는, 척추가 몸 전체에 미치는 영향이 70% 이상을 차지하기 때문이다. 그만큼 척추의 기능은 몸 여러 부분에 작용하지 않는 곳이 거의 없다. 선방에서 좌선을 할 때 청룡골을 바로 세우도록 거듭 주의를 주는 까닭을 바로 여기에서 알 수 있다.

인체의 기둥을 이루고 있는 이 척추는 33마디 혹은 34마디로 이루어져, 경추(頸椎) 7마디, 흉추(胸椎) 12마디, 요추(腰椎) 5마디, 선추(仙椎) 5마디, 미추(尾椎) 4(5)마디로 분류되고 있다.

그리고 이 등뼈는 몸의 각 주요부분과 연결되어 있다는 사실이 매우 주목할 만하다. 이를테면 경추는 뇌(腦)와 얼굴의 여러 부분, 그리고 인후 갑상선뿐만 아니라 심장과 폐에까지 영향을 미치고 있기 때문이다.

흉추나 요추도 흉곽부위와 소화기 계통에 각각 연결되어 있을 뿐만 아니라 그외에 여타 부문에도 관계되어 있어, 그 이상은 곧 내장기관과 혈압에까지 미치게 되어 있다.

신체의 다른 부위에 있어서도 마찬가지다. 우리 몸이 좌로 기울었을 때 왼쪽에 위치한 기관들, 심장이나 위장이 부지불식간에 압박을 받게 되고, 우측으로 몸이 기울었다면 간장 등이 받는 피해도 적지 않을 것이다.

하지만 우리는 일반적으로 체위에 대해서 매우 소홀히 하고 있기 때문에, 몸에 이상을 느끼면 주로 약에 의존하거나 고작 식이요법에 한정하는 수가 많다.

그러므로 요가 수행에서 약보다 체위조정을 중요시하고, 좌선 수행에서 좌선의(坐禪儀)를 금과옥조로 잘 지켜야 하는 소이가 바로 여기에 있는 것이다.

「천태소지관(天台小止觀)」에 아래와 같은 좌선에 대한 게송이 있다.

몸이 편안하면 공부에 장애가 없다.
음식의 적당한 양을 알고
항상 한가한 곳에 있으며
마음을 고요히 하면 정진이 즐거우리.
이것이 부처님의 가르침이다.
身安則道隆 飮食知節量
常樂在閑處 心靜樂精進
是名諸佛敎

자신을 되돌아보며

부처님이 이 땅에 오신 목적은 부처의 지견(智見)을 열어 보여 중생들로 하여금 깨달음에 들게 하는 데 있다.

(『법화경 방편품』에서)

하지만 중생들이 가지고 있는 불성이 아직 개발되지 않았기 때문에, 이제까지의 그 소견으로는 부처님의 지견을 이해하기가 쉽지 않다.

천태지의(天台智顗) 스님은 『마하지관』에서 사바세계에서의 인생의 모습을 게송으로 이렇게 전하고 있다.

> 몸은 괭이 같고
> 입은 봄 개구리 같으며
> 마음은 바람에 등불인양
> 흩어져 어지러워
> 진리가 드러나지 못한다.
> 身如獨落 口若春蛙
> 心如風燈 以散逸故
> 法不現前

이 게송에는 오늘의 현실을 단적으로 표현한 느낌도 없지 않다. 거대한 지구가 하나의 마을로 화하여 국경은 엄연히 존재하면서도 사람은 누구나 세계시민으로 살아가야 하게 되었다. 물건도 이젠 국산품이란 관념은 점점 희박해졌다. 질 좋고 값싼 상품이면 세계시장 어디에나 군림하게 된다.

바야흐로 아이디어와 기술의 경쟁시대가 도래했다. 이제 올림픽대회의 스포츠 경주처럼 그렇게 숨가쁜 경쟁의식은 온 세계 전 인류에게 본의든 아니든 지워지게 되었다. 이런 격심한 생존경쟁에서 살아가기 위해서는 세계 시민은 누구나 지구라는 공 위를 지상으로 공중으로 분주하게 달려야 한다.

전파로 무한공간에 얽히고설킨 통신망, 정보에 뒤지지 않기 위하여 긴장 속에 초(秒)를 다투는 입과 귀의 25시. 이런 와중에서는 마음도 자연 풍전등화(風前燈火)가 될 수밖에 없다. 이런 풍파 속에서 자성(自性)을 바라볼 수 있는 그런 명경지수(明鏡止水)의 고요를 기대하기는 불가능에 가까운 일이다.

이런 현실 앞에 사람들이 자칫하면 허수아비로 전락할 위험도 없지 않다. 주체(主體)가 설 자리를 잃어버리기 때문이다.

국제사회가 크건 작건 경제대국을 꿈꾸고 있기 때문에 이런 풍조는 사람 개개인을 경제적 동물로 만들어 가는 그런 느낌도 없지 않다. 이런 명리에 압도되어 양심이 마비되면 인간의 본연의 모습은 차츰 그늘에 가려지게 된다.

부처님 오신 날을 맞아, 인간다운 삶이 어떤 것인지 나 자신을 되돌아보고 싶다. 『법화경』에 일곱 가지 비유 중의 하나인 의내명주(衣內明珠)의 이야기를 소개해 본다.

한 친구가 잠자고 있는 친구의 옷 속에 값진 보물을 넣어 주고 떠났다. 자기 옷 속에 보배가 들어 있는 줄 모르는 이 친구는 무한한 가치의 그것을 가지고도 어리석게도 가난 속에 떠돌이 생활을 했다.

이는 사람은 누구나 무한한 가능성을 지니고 있으나, 이를 알지 못하여 그것을 개발할 줄 모르는 어리석음을 비유한 것이다.

자기 속에 있는 이 귀중한 보물이 보이지 않는 것은 미망과 집착 때문이다. 하찮은 것에 사로잡힌 선입관에서 벗어날 때, 사람은 자기에게 본래 주어진 무상의 보물이 있음을 깨닫는다. 그래서 이런 깨달음으로부터 사람은 자신의 진실한 존재를 자각하게 된다.

'천상천하 유아독존(天上天下 唯我獨尊)'이란, 사람이야말로 가장 존엄한 존재라는 일종의 인권선언이기도 하다.

현대가 아무리 과학기술이 발달된 기계만능시대이며, 물질 위주의 경제지상주의시대라고 하더라도 사람이 여기에 예속된다면 그것은 본말이 전도된 현상이 아닐 수 없다. 무엇보다도 인간 스스로가 인간은 본래 존엄한 존재라는 그런 자존심을 잃지 말아야 할 것이다.

이런 자각 위에 여기에 걸맞는 행위가 수반될 때, 비로소 인간으로의 향상을 의미하게 된다. 이것은 곧 수행을 말한다.

사람의 몸을 얻고도 도(道)를 닦지 않는 것은, 보배 산(山)에 갔다가 빈 손으로 돌아오는 것과 같다고 하였다.

벗이 나를 만든다

모름지기 좋은 도반을 정하여
서로 번갈아 경책하고 계발하며
잠에 떨어지거나 마음이 흩어짐 없이
날로 다짐을 새로이 하여
힘써 도업을 닦으며
마음을 합하여 뜻을 가지런히 할지어다.
決須好伴　更相策發
不眠不散　日有其新
切磋琢磨　同心齊志

중국 수나라 때의 천태지의(天台智顗) 선사가 그의 『마하지관(摩訶止觀)』에서 공부하는 학인들에게 주는 경책이다. 출가나 재가를 막론하고 수행에 있어 도반은 필수불가결의 존재로 인정되고 있다. 부처님 당시부터 불교는 여느 종교와는 달리 섬겨야 할 어떤 절대자가 없다.

'여러 강들이 모여 바다에 이르면 오직 대해(大海)라고만 일컬어진다. 이와 마찬가지로 크샤트리아, 브라만, 바이샤, 수드라의 네

계급도 일단 출가하고 나면 오직 사문이라고만 일컬어지는 것이다.'

이와 같이 교단은 평등하여, 세속적인 계급과 신분은 완전히 불식되기 마련이다. 세존 자신도 예외는 아니었다. 오직 착한 벗의 한 분이었다. 길을 같이 가는 도반의 한 사람이다. 그저 길을 먼저 가본 선도자일 뿐이다.

석존은 항상 교단의 도반들에게 '그대들은 나를 선우(善友)로 삼음으로써 늙어야 할 몸이면서도 늙음에서 벗어날 수 있다. 병들어야 할 몸이면서도 병에서 벗어날 수 있다. 괴로움과 근심을 지닌 몸이면서도 괴로움과 근심에서 벗어날 수 있다'고 격려하여 주었다.

이런 평등한 교단에서 수행자는 모두 친구 관계에 있다. 여기서는 오직 좋은 벗만이 소중한 것이다.

아난이, 이 성스러운 길을 가는 데 있어서 착한 벗과 착한 동지와 함께 있는 것이 절반의 구실을 한다고 생각했을 때 부처님은 절반이 아니라 전부에 해당된다고 하였다. 이런 점으로 보아서도 좋은 도반과 함께 있다는 것이 얼마나 다행한 일인가를 알 수 있다.

'나를 낳아준 것은 부모요, 나를 만들어 준 것은 벗이다(生我者 父母 成我者朋友)'라는 말이 있다. 이것은 백장(百丈)선사가 도업을 이루는 데 있어서 친구의 역할이 얼마나 대단한가를 단적으로 표현한 말이다.

당나라 때 도오원지(道吾圓智)와 운암담성(雲巖曇成)이라는 형제가 있었다. 형 도오는 46세가 되어 비록 늦게 출가하였지만 호남(湖南)의 약산유엄(藥山惟儼)에게서 개오(開悟)한 데 비하여, 동생 운암은 출가한 지 20년이 되어도 전혀 소식이 없었다. 형제간 우의(友誼)에서 동생에게 편지를 보내 강서(江西)의 백장의 곁을 떠나 약산에게 오도록 권유하였다.

'석두시진금포(石頭是眞金鋪) 강서시잡화포(江西是雜貨鋪)'란 글 귀는 그 편지의 내용이다. 호남의 청원(靑原) 문하의 석두희천의 선(禪)을 순금에 비하고, 남악(南岳) 문하의 마조나 백장의 선은 잡 화에 비교한 것이다.

하지만 동생 운암은 백장의 곁을 떠나려 하지 않았다. 이에 백 장은 이 사실을 알고 운암을 약산에게 보내기 위하여 서찰을 한 통 주어 심부름을 시켰다. 운암은 다시 돌아오지 않고 약산 문하 에서 대성하여 그 뒤를 잇게 되었다.

'……성아자붕우(成我者朋友)'라는 앞의 명구는 백장의 편지 내 용에 있다. 자신의 문중을 모욕한 사실에도 개의치 않고 한 학인 의 성공을 위하여 인연따라 보내주는 그 금도(襟度)도 어지간하다 하겠다. 특히 벗을 따라가도록.

'무릇 불교를 배우는 사람은 도량에 들어가면 먼저 선지식을 택 하고 다음엔 선우와 사귀어야 한다. 선지식은 수행자의 나갈 바른 방향을 지시하는 데 필요하고 선우는 절차탁마에 귀중한 것이다' 라는 고인의 말도 있다.

춘추시대 제(齊)나라의 관중(管中)과 포숙아(鮑叔牙) 사이의 관포 지교(管鮑之交)는 너무도 유명하다. 생아자부모(生我者父母) 지아자 포자(知我者鮑子)라 했다. 즉 생애를 같이 함에 있어서 나를 아는 이는 자기의 친구 포숙아뿐이라고 관중은 말하고 있다.

벗은 눈앞에 없어도 거기 있고, 가난해도 풍족하고, 허약해도 건강 하며, 죽었다 해도 살아 있다.

(키케로)

험한 산중에 소 한 마리를 찾아

망망한 수풀 헤치며 (소를) 찾아 나서니
물은 넓고 산은 아득해 길은 더욱 험하다.
몸은 지치고 맘은 피로한데 (소는) 찾을 길 없네.
날은 저문데 단풍숲에서 매미 울음소리만 처량하구나.
茫茫撥草去追尋　水濶山遙路更深
力盡神疲無處覓　但聞楓樹晩蟬吟

「심우송(尋牛頌)」 중의 소를 찾아 나서는 첫 장면이다. 선(禪) 수행에 있어 단계를 표시한 것.

「심우송」에는 11세기 보명선사(普明禪師)의 「목우도송(牧牛圖頌)」과 12세기 확암선사(廓庵禪師)의 「십우도송(十牛圖頌)」이 있다. 「목우도송」이 조동선(曹洞禪) 계통이라면 「십우도송」은 임제선(臨濟禪) 계통이다. 그러나 어느 것이나 점수돈오(漸修頓悟)의 문임에는 틀림 없다.

앞에 인용된 심우(尋牛)는 확암선사의 「십우도송」에 속한 게송이다. 누구나 선 수행에 경험이 있는 사람은 이 송의 4구게를 이해할 것이다. 처음 선지식을 만나 화두를 타고 참선을 시작할 때 대개 겪어야 하는 고비가 아닐 수 없다.

평소에 망상과 집착 속에서 살아온 우리가 화두를 들고 의정 속에 화두 일념이 되기 위하여 안간힘을 쓰던 그 상황은 지리산 같은 넓고 깊고 험한 산중에서 소 한 마리를 찾으려는 그 정경과 다를 바 없다. 이것이 바로 초심자가 넘어야 할 관문이기도 하다.

이 관문을 뚫고 넘기 위해서는 여간한 용기가 필요한 것이 아니다. 그래서 여기에 큰 신심과 대분심(大憤心)과 용맹심이 필요하다고 하였다. 그러므로 대개의 경우 초심자들이 이 관문을 넘어서지 못하고 물러서는 경우가 허다한 것은 그 때문이다. 어떤 이는 참선은 상근기(上根機)라야 할 수 있다 했으니 나는 거기에 미치지 못한다고 자멸(自蔑)하여 물러서기도 하고, 또 어떤 이는 성불하는 길이 꼭 참선에만 있는 것이 아니라 하여 염불에도 기도에도 독경에도 이리저리 덤벙거리다 기회를 놓치는 수도 적지 않다.

그러나 그러저러한 구실이 바로 참선을 수행하는 초심자들이 빠지기 쉬운 함정임을 아는 사람은 드물다.

지리산에서 단 한 마리밖에 없는 소를 찾는 일이 어찌 쉬운 일이랴. 그러나 소는 분명히 거기에 있는 것이고 또 찾으려면 찾을 수도 있는 것이다. 소를 찾느냐 못 찾느냐 하는 것은 상근기냐 하근기냐에 있지 않고, 오직 사력을 다해서 소를 찾고야 말겠다는 의지에 달려 있을 뿐이다.

'호랑이를 잡으려면 호랑이 굴 속으로 들어가야 한다'는 속담이 있다. 험한 산에는 높은 절벽도 있고 깊은 계곡도 있다. 절벽도 올라야 하고 계곡도 건너야 한다.

산을 자꾸 타다보면, 산타는 요령이 생겨서 평지나 다름없이 그다지 힘 안 들이고 오르고 내릴 수가 있다. 그러므로 소가 나타나지 않음을 개탄할 것이 아니라, 부지런히 산을 타서 힘을 적게 들이고 산을 잘 탈 수 있는 요령을 하루 속히 익히는 것이 긴요하다. 화두 참구에도 요령이 있다. 그 요령은 스스로 터득해야 한다[自得其妙].

이렇게 괴로우나 즐거우나 한결같이 소 찾는 일에 전심한다면 언젠가는 소 발자국이라도 발견하게 될 것이 아닌가. 소 발자국을 보았다는 사실은 소를 찾을 수 있다는 확신을 가짐이다.

이즈음 우리가 잡고 있는 화두는 산란에서 벗어나 동요가 멈추는 듯 느껴지리라. 이것은 제법(諸法)이 부동하여 본래가 고요하다는 것을 알리는 전조이기도 하다. 이 경지에 이르러서 우리는 참선의 묘미를 비로소 느끼게 된다.

참선은 이 세상 최상의 것과도 바꿀 수 없는 가치가 있다. 참선에는 죽지 않는 길이 있기 때문이다. 여기까지 이르기가 결코 쉬운 일은 아니다. 하지만 인내와 용기와 지속만 있다면 이 일은 어느 특정인에게 한정된 일이 결코 아님은 두말할 필요도 없다.

아무것도 얻는 바 없다

달마대사와 양(梁)나라 무제(武帝)와의 문답은 너무도 유명해서 모르는 사람이 없다.

무제는 달마대사를 만나 "짐(朕)은 많은 절을 짓고, 스님을 도와주고, 많은 사경(寫經)을 하고, 또 많은 불상(佛像)을 주조하였는데, 이 공덕이 얼마나 큽니까?" 하고 물었다. 이에 달마대사의 대답은 간단했다. "아무 공덕도 없습니다"

'아무 공덕도 없다'는 이 대답은 무제의 공덕이 큰 것을 실로 큰 것으로 있게 하기 위하여, 공덕이 크다는 무제의 생각을 없게 하기 위한 것이다.

『금강경』 묘행무주분(妙行無住分)에 다음의 글이 있다.

"수보리야, 보살은 법에 머무른 바 없이 보시를 행하여야 한다. 이른바 색에 머무르지 않고 보시하고, 소리나 향기·맛·감촉·법에도 머무르지 않고 보시해야 한다. 수보리야, 보살은 마땅히 이렇게 보시하여 상(相)에 머무르지 말아야 한다. 왜냐하면 만일 보살이 상에 머무르지 않고 보시하면 그 복덕을 가히 생각으로 헤아릴 수 없기 때문이다. 수보리야, 네 생각에 어떠하냐? 동방(東方) 허공을 가히 생각으로 헤아릴 수 있겠느냐?"

“못합니다, 세존이시여.”

“수보리야, 남서북방 사유(四維) 상하 허공을 가히 생각으로 헤아릴 수 있겠느냐?”

“못합니다, 세존이시여.”

“수보리야, 보살이 상에 머무르지 않고 보시한 복덕도 또한 이와 같아서 생각으로 헤아릴 수 없다. 수보리야, 보살은 마땅히 가르친 대로만 머무르라.”

부처님께서는 무주상(無住相) 보시의 공덕을 말씀하고 있다.

육조스님은 『금강경오가해(金剛經五家解)』에서 보시를 이렇게 풀이하고 있다.

……보살이 보시를 할 때는 마음에 바라는 것이 없으면 그 얻을 복이 시방(十方)의 허공처럼 가히 헤아릴 수 없다. ……보(布)는 보(普)이고 시(施)는 산(散)이다. 마음속에 있는 망념, 습기(習氣), 번뇌를 모두 흩어버려 사상(四相)이 끊어지고 오온(五蘊)의 쌓임이 없는 것이 실다운 보시니라.……

야보(冶父)스님은 무주상보시에 관하여 이런 게송을 읊고 있다.

서천(西川)의 열 가지 무늬의 비단 위에
꽃을 더하니 색이 더욱 영롱하다.
단적(端的)인 의미를 알고자 하면
북두성(北斗星)을 남쪽을 향해 볼지어다.
허공이 털끝만큼도 생각에 걸림이 없어
그래서 대각(大覺)의 이름이 드러나네.
西川十樣錦 添花色鮮轉

欲知端的意 北斗南面看
虛空不關絲毫念 所以彰名大覺仙

이 송을 함허(涵虛)스님은 다음과 같이 해석하고 있다.

　　반야의 지혜로써 바탕을 삼고 만행(萬行)의 꽃으로써 글을 삼으니 지행(智行)이 서로 도와 문질(文質)이 빈빈(彬彬)하다. 그런즉 지혜로써 행을 일으키매 지혜가 더욱 밝아져 비단 위에 꽃을 더한 듯 색이 더욱 영롱하다. …… 북두(北斗)나 남성(南星)은 자리가 다르지 않은 것인데, 남이니 북이니 하는 말은 정(情)에 말미암은 것이다. 그래서 보시를 할 때 머무른 바 없이 하라는 것이다. …… 앞뒤가 없고 유무의 경계를 벗어나서 적막하여 어디에도 붙을 곳이 없으니, 넓은 허공과 같아 대각(大覺)의 이름이 드러나고 한량없는 복덕이 이루어질 것이다.

　　보시는 육바라밀 중의 한 덕목이다. 육바라밀은 보시에서부터 시작한다. 보시가 그렇듯이 불교는 무엇을 바라고 수행하는 종교가 아니다. 이무소득(以無所得), 아무것도 얻는 바가 없다.

　　온 세계가, 전 인류가 이런 보시정신으로 살아갈 때 실로 무량한 복덕과 지혜가 넘칠 것이다. 망상과 집착 위에 세워진 현대문명은 사상누각처럼 필연코 무너질 것이다. 다행히 부처님의 가르침이 있다. 병들어 가는 지구와 인류는 구제될 희망이 있다.

인간시대

　산의 나무 한 그루 한 그루는 똑똑히 볼 수 있어도, 숲 전체를 잘 보기는 어렵다.

　한때 한곳에 일어나는 하나하나의 사건은 알 수 있어도, 역시 전체의 흐름을 파악하기는 그리 쉽지 않다.

　우리의 뜻대로 역사는 과연 발전하고 있는 것일까? 아니면 퇴보하고 있는 것일까?

　인류 역사 앞에 우리가 가장 바람직하게 생각하는 것은 무엇보다도 더불어 산다는 그것일 것이다. 사람과 사람끼리, 사람과 동물과도.

　이런 우리의 염원은 이루어져 가고 있다. 이제는 지구 일각에 있던 신과 사탄도 인간으로 돌아가 함께 살 수 있게 되었기 때문이다.

　원수도 사랑하면서 사탄만은 미워하기 2,000년. 이런 신과 사탄의 애증(愛憎)의 갈등도 이제 현실에서 그 막을 내리고 역사의 장으로 넘어가게 되었다.

　바야흐로 보편적인 인간시대가 도래하였다.

　인간으로서 함께 산다는 일, 거기 남은 것은 오직 노하우의 문

제이다. 그 과제가 수미산에서 소[牛]를 찾는 일만큼이나 어렵기
는 하지만.

그러나 어려울 뿐이다. 인간의 역사에, 인간의 노력에 불가능이
있었던가. 시행착오와 전진을 위한 후퇴. 거기에 회의를 느낄 수
도 있다. 그것은 일시적인 기우에 그치고 만다. 인간의 역사를 장
원심(長遠心)으로 대한다면 거기에 기대를 가져도 좋으리라 믿는
다. 우리가 가는 역사에는 뚜렷한 지표가 있기 때문이다.

이 지표는 이미 3,000년 전에 석가모니 부처님의 깨달음에 의하
여 완성되어 있다. 그리고 그 지표를 알아볼 수 있는 무수한 세계
의 지성이 있다. 비록 아직도 무지와 아집과 망념이 어둠과 이기
와 혼탁을 만들고 있긴 하지만, 인간의 역사가 그런 것들로 인해
좌절되지는 않을 것이다. 사람에게는 지혜와 자비가 본래부터 갖
추어져 있다니까.

이것들이 사람의 체(體)라면 거기에 따른 용(用) 또한 갖추어져
있다. 그래서 우리의 삶을 '맑고 향기롭게' 만들어 갈 수도 있다.
사람은 이런 삶을 자진해서 만들어 가는 존재이다. 쓰레기를 버리
는 이가 있으면 그것을 줍는 이가 있고, 버리고 줍고 이렇게 거듭
하다가 버리는 수가 줄어갈 것이다.

물론 어떤 때는 버리는 이가 더 많은 수도 있다. 이런 역사의
역행도 있다는 것, 이것이 바로 역사이다. 그래서 역사는 기복(起
伏)으로 진행한다.

방합(蚌蛤) 속의 진주처럼
돌 속의 벽옥처럼
사향은 그 향을 절로 풍기는데

굳이 바람 앞에 설 필요가 있으랴.

蚌服隱明珠 石中藏碧玉

有麝自然香 何必當風立

(冶父스님의 게송)

자연의 만물이 이런 아름다운 체(體)를 가지고 있어서 필요에 따라 그 용(用)을 발휘할 수가 있다. 이렇듯, 사람에게도 무엇 하나 부족함이 없이 고루 갖추어져 있으니 그 살림 또한 자재롭지 않은가. 그래서 인간은 역사를 만들어 갈 수 있다.

야보선사는 송나라 때 유명한 스님이다. 법명은 도천(道川)이고 야보는 그 법호이다. 우리나라에는 『금강경오가해(金剛經五家解)』에 야보송으로 많이 알려져 있다.

스님에 관한 재미있는 일화 하나가 있다. 스님은 출가 전부터 법문 듣기를 좋아했다. 법회가 열린다는 소식만 들으면 원근을 불문, 만사 제치고 달려갔다.

그런 습관은 장성해서도 변치 않았다. 관가(官家)에 벼슬을 살면서도 여전하였다. 그 때문에 직무태만죄로 태형(笞刑)을 맞게까지 되었다. 형틀에 묶여서도 법문(法門)에만 골몰하였다. 곤장을 몇 대 맞았는데도 별 반응이 없자, 주위 사람들은 의아하게 생각했다. 이를 지켜보던 상관이 형리(刑吏)에게 사정(私情)은 두지 말라고 호통을 쳤다. 이에 형리는 억울하다는 듯이 힘을 다해 곤장이 부러질 정도로 한껏 내리쳤다.

바로 이 순간에 아픔을 못 이겨 '아이구!' 소리와 동시에 천지가 열리며 야보스님이 크게 깨쳤다는 이야기다.

세월은 기다려 주지 않는다

티끌 같은 마음을 헤아려 알 수 있고
큰 바다 가운데 물을 다 마실 수 있으며,
허공을 가늠하고 바람을 매놓을 수 있어도
부처님의 공덕은 다 말할 수 없다.
刹塵心念可數知　大海衆水可飮盡
虛空可量風可繫　無能盡說佛功德

부처님의 지견(智見)을 깨달아 알기 전에는 그 가르침은 생각이나 말로 표현할 수 없는 그런 부사의(不思議)한 경계이다.

이 세상의 티끌같이 많은 중생의 마음을 헤아려 안다든지, 바닷물을 다 마신다든지, 허공을 재고 바람을 잡아맨다든지 하는 것은 우리 생각으로는 가능한 일이 아니다.

하지만 부처님의 법은 이보다 더 오묘하고 위대한 것이다. 그러므로 우리로서는 부처님의 능력을 미루어 짐작할 수조차 없다. 이것이 바로 불법의 부사의한 점이다.

이 세상에서 아무리 훌륭하고 뛰어난 것이라 하더라도 그것은 한낱 현상계에서 일어나는, 즉 인연법에 따라 생기기도 하고 사라지기도 하는 유위법(有爲法)에 불과한 것이다.

그러나 부처님의 법은 이런 것과는 차원을 달리한다. 그것은 인연법을 초월하여 나지도 않고 멸하지 않는 생멸법을 초월해 있는 실상계의 무위법(無爲法)이기 때문이다.

이 현상계에 머물러 거기에 집착하는 한 우리는 괴로움에서 벗어날 수가 없다. 유위법을 벗어나는 것이 곧 해탈인바, 무위법이 필요한 것은 그 때문이다. 따라서 부처님의 법은 우리에게 괴로움을 여의게 하고 자유와 행복을 영원히 누리게 하는 가르침이다. 어떤 종교나 사상도 여기에 미칠 바가 못된다.

『만성동귀집(萬善同歸集)』에 불법을 선양하는 이유로서, 유불도(儒佛道) 삼교(三敎)의 차이를 이렇게 설명하고 있다.

문 : 노자도 또한 행문(行門, 수행문)을 연설하고 중니(仲尼, 공자)도 크게 선(善)을 끌어서 일으킨 바가 있다. 그렇거늘 어째서 홀로 부처님의 가르침만 치우쳐 찬탄하며 아름답다 하는가.

답 : 노자는 성(性)과 지(智)를 끊어 일(一)을 품고 자(雌)를 지켜 청허담박(淸虛淡泊)으로 생(生)을 삼지만, 오직 선(善)만을 홀로 힘쓸 뿐 악(惡)을 미워하도록 가르치므로 과보가 한 생 안에 있고 일신(一身)의 명(命)만 보전하여 지키는 데 그치는 것이다. 이는 곧 환중(寰中, 세상)의 가까운 창도(唱導, 인도)는 되지만 상외(像外, 범속을 떠난 경계)의 멀고 큰 말씀은 아니니, 대의(大義)가 겸제(兼濟 - 利他)의 도에 어기고 이(利)를 고루 베풂이 없기 때문이다.

또한 중니(仲尼)는 충의(忠義)를 세워 행하고 덕(德)과 인(仁)을 드리워 천양(闡揚, 밝힘)하니, 오직 세간선(世間善)만을 폈을 뿐 말을 잊은 신해(神解)엔 능하지 못하므로 역시 대각(大覺)의 도라고는 할 수 없나니, 그러므로 중니가 계로(季路)의 물음에 대답하기를, "삶과 인사

(人事)도 네가 오히려 다 모르는데 죽음과 귀신의 일에 대하여 내가
어찌 다 알겠는가"라고 한 것이다.

이와 같이 이 두 가르침은 아울러 속(俗)의 범위를 넘지 못했고
오히려 진루(塵樓)의 울타리 속에 국한되어 있는 것이매 어찌 법계
의 현종(玄宗, 현묘한 종지)을 밝혀 가없는 묘행(妙行)을 운전하겠는
가.

이토록 부처님의 법은 더할 나위 없이 깊고 미묘해서, 사람 몸
받기만큼이나 얻어듣기도 어렵고 또 그 진리를 이해하기도 쉽지
않다.

하기야 그 진리는 언제나 우리 곁에 있기 때문에 그 터득이 내
일도 가능하고 내년에도 내생에도 불가능한 것은 아니다. 그렇다
고 세월이 사람을 무작정 기다려 주는 것은 아니다.

길 가던 사문이 걸림돌을 치우다가 아예 새 길을 만들려고 제
갈길을 잊는다면 이것 또한 시간의 허비가 아닐는지.

수행(修行)과 불수행(不修行)

오늘도 그저 이렇게 헛되이 보내니
내일 공부가 어떠할지 알 수 없구나.
今日又只恁麼空過
未知來日工夫如何

『선관책진(禪關策進)』, 남송(南宋) 시대의 이암유권(伊庵有權) 선사의 명구. 14세에 출가하여 18세 때 무암전(無庵全)을 찾아갔을 때 "머문 바 없이 본래부터 일체 법이 이루어져 있는 것을 아느냐"는 물음에 꽉 막혀 버렸다. 그후 오래 이것을 참구하여 마침내 깨치고 인가를 받았다.

선사의 정진이 심히 맹렬하여 저녁이 되면 하루해가 가게 된 것을 눈물로 탄식하며 세월이 흐름을 못내 아쉬워하였다. 그토록 화두 일념에 몰두하여, 대중 가운데 있으면서도 도반과 더불어 한마디 말조차 나누는 일이 없었다 전한다.

깨친 후에도 계속 밤을 새워 정진하고, 다시 천하 선지식을 참방하고 돌아와서 은사 무암전 선사와 분좌설법(分座說法)으로 후진 양성에 힘을 기울였다. 도량법전(道場法全)의 법을 이어, 남악

회양(南岳懷讓)의 18세에 해당한다.

발심하여 촌음(寸陰)을 아끼어 공부하고, 깨치고 나서도 밤새워 정진한 한 표본을 이암유권 선사에게서 볼 수 있다.

수행을 어려운 것으로 생각하는 것이 우리의 통념이다. 쉬운 것은 아니다. 어떤 선지식들은 수행이란 도시 헛된 것으로 간주하기도 한다.

중국의 선지식 허운(虛雲)스님은 그의 「참선요지(參禪要旨)」에서 그 까닭을 설명하고 있다.

수행한다고 하거나 안 한다고 하거나 모두 헛된 말이다. 자신의 이 심광(心光)을 사무치기만 하면 그대로 할 일이 없어진다. 본사 석가모니 부처님은 출가하여 도를 증득하고 나서, "기이하고 기이하다. 온 세상의 중생들이 모두 여래의 지혜와 덕상을 갖추고 있으나, 다만 망상과 집착 때문에 증득하지 못하고 있구나. 망상만 여의면 곧 청정한 지혜, 자연히 갖추어진 지혜, 스승의 가르침을 필요로 하지 않는 지혜가 저절로 현전할 것인데……"라고 하시었다.

그 뒤에 조사들도 심(心)·불(佛)·중생(衆生)이 차별이 없다 하였고, 또 직지인심 견성성불이라 하였다. 이런 점에서 수행한다는 것은 헛소리에 지나지 않는다.

하지만 오늘날 우리의 현전(現前)한 이 일념(一念)이 밖으로만 치달아 망상과 집착을 구하여 벗어날 줄 모르며, 무시이래 생사에 유전하여 무명과 번뇌는 더욱 붙들고 더욱 두터이 된 것이다. 자기 마음이 부처인 줄 알고 나서도 이것을 받아들이려 하지 않아 주인노릇을 하지 못한다.

향상(向上)하는 자들도 종일 이리저리 선(禪)을 찾고 도(道)를 찾아 유심(有心)을 여의지 못하고, 향하(向下)하는 자들은 탐욕과 진에와 우치와 애욕이 굳어져 도를 등지고 달려간다. 이들을 위해서 어찌 수행이 필요하지 않다 하겠는가.

이들이야말로 뜻을 세워 생사를 아프게 생각하고, 부끄러운 마음을 내어 정진수행하여, 도를 묻고 힘을 다해 참구하며, 늘 선지식을 찾아 지름길을 지시받아, 삿되고 바름을 가려야 한다.

끊는 듯·오리는 듯·쪼는 듯·가는 듯하며, 양자강과 한수(漢水)로 씻고, 가을볕으로 쪼이어 정밀하고 순일하게 나가야 한다.

부처님의 가르침을 따르는 오늘의 우리로서는 수행정진이 필수 과제가 아닐 수 없다. 초발심에서 초지일관 수행을 지속해 나가지 못하는 거기에 바로 쉽지 않음이 있을 것이다.

자아와 이기심을 초월해 버리는 것, 그것이 수행의 목표이지만 거기서 미처 초탈하기 이전에 거기에 걸려 좌절되는 수가 많다.

우리에게 불성이 있다는 것은 이 세상 무엇과도 견줄 수 없는 무가보주(無價寶珠)를 원래 사람마다 갖추고 있다는 것. 이것을 덮어 가리고 있는 것이 바로 망상이요 집착이기 때문에 그것을 제거하는 열쇠가 곧 정진과 수행이라고⋯⋯.

금생에 아니면 어느 생에 다시

음력 2월 8일은 석가모니 부처님께서 출가하신 날.

싯타르타는 사문유관(四門遊觀)에서 "오늘은 비록 왕자로서 젊고 늠름하게 호화로운 삶을 누리고 있지만 나도 곧 저렇게 추하게 늙고 야위어 병들고 괴롭게 죽어 갈 것이다. 그리고 사후에는 또 어떻게 될 것인가?"라 하였다.

북문 밖 그 사문(沙門)이 그지없이 부러웠다. 생사의 일대사를 해결하기 위하여 일체를 버리고 떠나는 출격장부가 아닐 수 없었다. 그에 비하여 비록 왕자라 하지만 자신의 모습이 한없이 초라하게 보였을 것이다.

이런 집념은 잠시도 그의 뇌리에서 떠나지 않았다. 제왕의 자리도 그 궁궐도 그 화려한 삶도 고해(苦海) 속에 있고 화택(火宅) 속에 있는데 어찌 행복하다 할 수 있으랴. 고해를 건너지 못하고 불난 집에서 뛰쳐나오지 못하는 한 어디에 안심입명(安心立命)이 있겠는가.

있는 것은 없어지고 나는 것은 죽는다는 이 유위전변(有爲轉變)의 세계. 이런 사실 앞에 어디서 상락아정(常樂我淨)을 구할 수 있으랴. 나고 늙고 병들고 죽고, 또 나고 늙고 병들고 죽고 한없이 거듭되는 인생유전. 참으로 덧없는 일이요 슬픈 일이 아닐 수 없다.

이 일대사를 해결하기 위하여 싯달타 태자는 왕궁을 미련 없이 버리고 말 없이 떠났다.

무상살귀(無常殺鬼)가 시시각각으로 우리에게 다가오고 있는데 한순간인들 지체할 수 있었으랴. 일각도 유예(猶豫)란 없으니까.

"생사는 대사요, 무상은 신속하니 이를 자각하여 방일하지 말지어다."

> 사람으로 태어나기도 어렵고
> 불법을 얻어듣기도 쉽지 않다.
> 이 몸을 금생에 제도하지 않으면
> 어느 생에 다시 제도하리요.
> 人身難得 佛法難聞
> 此身不向今生度 更向何生度此身

『선관책진(禪關策進)』에 나오는 황룡사심신선사(黃龍死心新禪師)의 설법 중의 일부이다.

무시광겁(無始曠劫) 동안 윤회전생(輪廻轉生)하는 가운데, 언제 다시 사람 몸을 받아 태어난다고 기약하기가 어려운 것이다. 설사 사람으로 태어난다고 해도 무상심심한 불법을 만난다는 보장은 없다.

그 어려움을 『열반경』에서는 맹구우목(盲龜遇木)에 비유하고 있다. 태평양처럼 넓은 바다에 사는 눈먼 거북이 한 마리. 백 년에 한 번씩 숨을 쉬러 물위로 고개를 내밀곤 한다. 이렇게 오랜 세월을 지내다가 우연히도 정처 없이 바다에 떠다니는 구멍 뚫린 나무

조각을 만난다. 그 구멍에 머리를 의지하니 마치 물에 빠진 이가 뗏목을 만난 셈이다. 이제는 자유롭게 숨을 쉴 수도 있다.

인신(人身)과 불법을 얻기가 이토록 지난한 것인데, 금생에 사람으로 태어나서 그 몸을 제도하지 못한다면 다시 육도(六途) 윤회를 면하기 어렵다. 윤회의 그 괴로움이란 상상조차 하기가 어려울 것이다.

시지프스의 책고(責苦)만큼이나 무서울는지도 모른다. 그리스 신화에 코린트의 사악한 왕이 있었다. 사후에 지옥에 떨어졌다. 그 벌로 감당하기 어려운 큰 바위를 높은 산 위에까지 굴려 올려야 했다. 하지만 올려놓자마자 그 바위는 다시 굴러내렸다. 그러나 사력을 다해 쉴새 없이 이 고역을 되풀이해야 했다. 그 순간 순간이 죽을 수도 살 수도 없는 가혹한 책벌이었다.

설사, 우리가 불법을 만난다 해도 정법을 바로 믿고 바로 행하여 생사대사를 해결하지 못하는 한 나 자신도 그런 괴로움에서 벗어난다는 기약도 없다.

우선 우리는 인생의 있는 그대로의 진실한 모습을 바르게 관찰해야 한다. 현실과 나를 바로 이해하기 위하여.

불교가 고를 전제로 하고 무상을 강조하는 것이 어찌 허무주의나 염세주의를 일깨우기 위한 것이겠는가. 그것은 부처님의 위없는 지견일 뿐이다. 오직 고를 극복하는 길을 찾기 위해서.

낮닭 우는 소리에 깨치다

이제 삼복 더위도 가고 서늘한 가을을 맞이하게 된다. 산사의 스님들도 여름 안거를 마치고 구도행각이 한창이다.

계절은 바뀌고 사람은 오고 가도 변함 없이 의젓한 것은 역시 산이다. 한국에는 명산이 많아서 좋다. 명산 중의 명산을 묘향산으로 꼽는 이도 있다. 금강산은 수이부장(秀而不壯)하고 지리산은 장이불수(壯而不秀)하며 묘향산(妙香山)은 역장역수(亦壯亦秀)이기 때문이라고 한다.

묘향산은 서쪽에 위치해 있다. 서산대사(西山大師)의 법호도 여기서 유래한 것이다. 스님이 오래 주석한 곳도 여기이고, 스님이 입멸한 곳도 묘향산의 원적암(圓寂庵)이다.

스님은 평안도 안주(安州)에서 50세 가까운 동갑 부모에게서 운학(雲鶴)이란 태몽의 이름을 갖고 태어났다.

비범하게 성장하던 그는 9세에 모친을, 10세에 부친을 여의고 천애의 고아가 되었다. 워낙 인품이 준수하기 때문에 그 고을 원의 주선으로 성균관(成均館)에 진학, 경서를 배우고 무예를 익힐 기회를 가졌다. 하지만 진사(進士) 시험에 낙방하자 홀연히 길을 바꾸었다. 이때 동학(同學) 몇 사람과 지리산 쪽으로 발길을 돌렸다. 대호입산(大虎入山)의 계기가 된 셈이다.

쌍계사에서 여러 경전을 섭렵하고 느낀 바 있어 숭인장로(崇仁長老) 앞에서 삭발 득도하니 이때 나이 21세였다. 이어 일선대사(一禪大師)에게서 본격적으로 선 수행을 시작한 지 3년 만에 봉성(鳳城, 지금의 남원)을 지나다가 낮닭 우는 소리에 크게 깨치고 아래와 같은 오도송을 읊었다.

머리는 세어도 마음은 안 센다고
옛 사람 일찍이 일렀거니
이제 닭울음 한 소리 듣고
장부의 할 일을 마쳤노라.
髮白心非白 古人曾漏洩
今聞一鷄聲 丈夫能事畢

스님의 공덕 중의 하나는 선교(禪敎)의 양종(兩宗)을 통합한 일이다. 스님은 선과 교의 대립이 무익함을 설파하여 그 예리한 대립을 지양시키는 데 성공하였다.

선은 부처님의 마음〔禪是佛心〕이고 교는 부처님의 말씀〔敎是佛語〕이라고 간명하게 정의하였다. 가섭이 이어받은 삼처전심(三處傳心)은 선의 등불이라 하였다.

49년 간 부처님의 설법을 인천교(人天敎)·소승교(小乘敎)·대승교(大乘敎)·돈교(頓敎)·원교(圓敎) 다섯으로 나누어, 이는 아난이 전파한 것이라 하였다. 따라서 선과 교의 근원은 세존이시고 그 갈래는 가섭과 아난이 된다.

선은 말 없음으로써 말 없는 데 이르고, 교는 말 있음으로써 말 없는 데 이른다. 그래서 마음은 선법이고 말은 교법이다. 그러니 법은 하나이지만 뜻은 하늘과 땅처럼 다르다고 하여 선과 교를 주종관계로 결론지었다.

스님의 또 하나의 공덕은 호국불교의 쾌거였다. 1592년, 스님은 73세의 노구로 왜구의 침입을 막았다. 극도로 괴로움에 허덕이는 동포를 구하기 위하여 선조(宣祖)의 명을 받고 전국의 승병을 일으켜 위국충절을 다하였다.

> 나라를 사랑하고 종사를 근심함은
> 산승 역시 한 신하됨이라
> 장안이 어디메인고
> 돌아보니 눈물에 수건이 젖네.
> 愛國憂宗社 山僧亦一臣
> 長安何處是 回望淚沾巾

백화도인(白華道人)이 또한 얼마나 시문에 뛰어난 문장가인지 우리에게는 잘 알려지지 않고 있다. 『청허당집(淸虛堂集)』에 수록된 주옥같은 5언절구만도 500수가 넘는다. 그 중 가을노래 한 수를 읊어본다.

> 맑은 계곡물엔 옥이 굴러서
> 물소리마다 나그네 마음을 씻고,
> 가을하늘은 어느새 저물어
> 산 위의 달은 단풍을 비추네.
> 淸澗有聲玉 聲聲洗客心
> 秋天不覺暮 山月照楓林

말과 문자의 공해

말 없음으로써 말 없는 데에 이르는 것이 선이요
말로써 말 없는 데에 이르는 것이 교니라.
以無言　至於無言者　禪也
以有言　至於無言者　敎也

（『선가귀감』에서）

그리고 이어서 법(法)은 말로써 미치지 못하는 이유가 설명되고 있다.

'법은 이름이 없는 것이므로 말로써 미치지 못하고, 법은 모양이 없는 것이므로 마음으로 헤아릴 수도 없다. 무엇이나 말하여 보려고 한다면 벌써 본심을 잃는 것이다……' 운운.

우주의 삼라만상도, 불법(佛法)이 그렇듯이 언어를 떠나 존재할 뿐이다. 우리가 법을 알기 어려움이 여기에 있다. 우리는 말을 통해서 사물을 배우는 관행에 젖어 있기 때문이다.

진리란 이와 같이 현상을 초월해 있으므로 우리의 오관을 통해서 그것을 포착하기가 어려운 것이다. 따라서 진리를 전하는 데 있어서도 가장 효과적 방법이 이심전심의 그것이었다. 세존(世尊)

의 삼처전심도 그 때문이고, 임제(臨濟)의 할(喝)이나 덕산(德山)의 방(棒)도 그 때문에 있어야 했다.

석존(釋尊)께서 일대사 인연으로 이 세상에 출현하여 입을 연 것도 중생에게 부처의 지견을 열어 보여 그들로 하여금 깨달음에 들도록 하기 위하여 부득이한 일이었다.

법을 가르친다는 것은 자신의 체험을 남에게 전하는 일이다. 달을 보라고 손가락으로 가리키지만, 달을 바로 보기보다는 손가락만 보는 수가 많다. 진리야 물론 현상계 곧 그것이 아니지만 현상계를 떠나서 또한 진리를 생각할 수 없기 때문에 손가락도 부득이한 것, 달을 가리키는 손가락은 여러 가지 형태가 있을 수 있다.

문자를 빌린 경전도 있고, 말을 통해 설법으로 나타나기도 하고, 불상이나 탱화나 여러 가지 불구(佛具)들이나 한 개비 타오르는 향에서도 우리는 그 전법(傳法)으로 인해 깨달을 수도 있다.

우리가 좌선에 있어서 가부좌를 하고 두 손으로 결인을 하여 부처의 자세를 본받은 것도 그 뜻이 우연한 것은 아니다. 진언을 입으로 외우고, 마음으로 부처를 관하는 것도 범패에 귀를 기울이는 것까지 진실에 접근하기 위한 수단이 되기 때문이다.

한 가지, 이런 행위가 형식에 그칠 때 그것은 곧 달을 가리키는 손가락에 사로잡히고 마는 격이다. 우리는 바야흐로 정보화시대에 살고 있다. 이대로 가면 앞으로 영상매체나 통신 전파는 시끄러울 정도로 소란스럽고 날마다 쏟아지는 책자들은 그것을 쌓아 둘 자리마저 옹색하리라. 우리의 시선을 사로잡는 신문 잡지는 이제 공해로까지 번져갈는지도 모른다. 편리하다는 느낌보다는 시달린다는 생각이 분명하리라.

원래 말이나 문자는 진실성이 없거니, 이제 그것들이 세상을 좌우하게 되지 않는가. 그래서 인간은 그 틈에서 부대끼며 살아가야 하고, 참으로 세상이 놀라게 변하는 데 다시 한번 놀라지 않을 수 없으리라. 그만큼 쓰레기 더미도 늘 것이다. 물건의 쓰레기뿐만 아니라 인간의 쓰레기도 비례해서 늘어날 것이 아닌가. 진실성이 결여되기 쉬운 말과 글 속에 사로잡혀 살아간다면.

그렇지 않아도 일상적으로 현상계에서 생활하는 동안에 진실은 바로 보기가 어렵다. 이런 입장에서 오늘과 내일을 생각할 때 확실히 길을 잘못 든 것이 아닌가 하는 느낌마저 없지 않다. 하기야 남이 앞서 가는 길을 뒤따라 온 것이긴 하지만.

아무튼 처음부터 이러리라고는 생각지 않았을 것이다. 그리고 우리가 생각했던 것은 분명 이것이 아니었는데 하고 후회할는지도 모른다. 물론 이런 허위와 기만의 세상이라고 해서 진리를 발견할 수 없는 것은 아니다. 오히려 연꽃은 이런 곳이 아니라면 찬란하게 피어나기 어려우리라. 그렇기에 이 세상을 비판만 할 일은 물론 아니다. 인간이 할 수 있는 일은 오늘에 있어 성실한 삶이다.

오늘같이 말과 문자문화의 전성시대를 맞아 말과 문자의 낭비를 절제한다면 그만큼 그로 인한 말의 오염과 문자의 쓰레기도 줄어들 것이 아닌가.

'침묵은 금'이란 격언은 역시 영원한 진리이다.

나무구세보살

　　직지사의 조실 신묵(信默)화상이 입적할 때 유언으로 그 제자 유정(維政)에게 서쪽을 가리키며 일락처(日落處)를 찾아가라고 하였다.

　　유정이 해떨어지는 곳, 묘향산으로 서산(西山)을 찾아가게 된 것은 그로부터 3년 후, 선조 8년 그가 28세 때 일이었다. 이때 유명한 일화가 있다.

　　청허(淸虛)스님의 암자 법왕대(法王臺)에 가까이 다달았을 무렵, 유정스님은 느닷없이 작은 산새 한 마리를 잡아 손에 쥐었다.

　　큰스님을 배알하자마자,

　　"스님, 제 손에 새 한 마리가 있는데 이 새가 살았겠습니까 죽었겠습니까?" 하고 물었다.

　　스님은 아무 대답도 하지 않고 일어서서 방문을 열고 한 발을 문밖으로 내어놓더니,

　　"젊은이, 내가 지금 밖으로 나가겠소? 안으로 들어오겠소?" 하고 반문하였다.

　　이런 문답은 이래도 지고 저래도 지는 이른바 쌍부법(雙負法)이 되는 것이다. 서산스님이 산문(山門)에 들어온 동기가 조실부모에

있었다면 유정스님은 여난(女難)이 그 동기가 되었다고 할 수 있다.

기골이 장대하고 이목구비가 수려할 뿐 아니라 일찍부터 총명하고 지혜로워 서당의 스승으로부터 그 고을 수령 방백에 이르기까지 딸 가진 이는 누구나 그를 탐내지 않는 이가 없었다.

그 때문에 본의 아니게 여화(女禍)를 입어 산문에서 빈척(擯斥)을 당하기까지 하였다. 하지만 결국엔 본인의 결백성이 인정되었을 뿐 아니라 이것이 도리어 전화위복이 되어 풍찬노숙으로 수행을 더욱 깊이 할 계기가 되었던 것이다.

유정스님이 서산대사께 참방한 뜻을 아뢰자,

"그대는 어디로 좇아왔는고?"

"옛길〔古道〕로 좇아왔나이다" 하자 대사는,

> 장부는 본래 하늘을 찌를 뜻을 가지고 있으니
> 불조의 가던 길을 향하여 가지 말라.
> 丈夫自有衝天志
> 莫向佛祖行處行

고 일렀다. 유정스님은 이에 크게 깨친바 있어,

"스님이시여, 오늘에서야 비로소 숨구멍이 트이고 살 길이 열렸나이다" 하고 세 번 절하였다.

대개 불도를 구하는 이들이 불조 앞에서 오금을 못 펴고 도리어 거기에 묶여 꼼짝달싹을 못하는 수가 많다.

청허스님은 그후 사명스님에게 "내가 그대를 기다린 지 오래도다" 하고 홍금가사와 발우를 신표로 삼아 법을 전하였다.

서산대사나 사명스님은 또한 율곡 선생과 더불어 나라를 근심하고 백성을 걱정해온 위국충절의 국사(國士)이기도 하다. 율곡선생을 통하여 알려진 10만 양병설도 기실은 서산대사의 선견지명에서 나온 것으로 전해지고 있다.

이런 중대한 간언이 율곡 선생을 통하여 조정에 간곡하게 진언되었건만 워낙 당파싸움과 권력다툼과 사치와 향락에 젖어 누구하나 귀담아 듣는 이 없을 뿐 아니라 앞일을 함께 걱정하는 인물도 없었다.

이 일로 병이 난 율곡선생은 세상을 하직하며 "죄많은 이이(李珥)는 빚을 지고 멀리 떠납니다. 나무구세보살, 유정대사님" 하고 나머지 일을 스님에게 부탁하였다.

사명스님은 이 소식을 듣고,

"아, 가석하도다. 국사 한 분을 잃었도다. 무너지는 저 산을 뉘라서 막으며, 쓰러지는 저 집을 뉘라서 버티고, 이 나라 백성을 뉘라서 건지랴" 하며 길게 탄식하였다.

율곡 선생이 간 지 8년 만에 왜란이 터졌다. 백만 명이 지은 죄를 몇 사람의 힘으로 돌이킬 수는 없었지만, 타는 불을 보고만 있을 수는 없었다.

사명스님은 이런 시로 스스로 힘을 돋우었다.

시월에 의병과 더불어 상남강 건너가니
나팔소리 깃발그늘 강성을 움직이네.
칼집에 꽂힌 보검 밤중에 소리치니
요사를 무찌르고 성은에 보답하리.
十月湘南渡義兵
角聲棋影動江城

匣中寶劍中宵吼
願斬妖邪報聖明

　드디어 서산대사와 사명스님은 의병과 더불어 기치창검을 높이
들었다.

한 조각 곧은 마음

'어떤 이는 우리나라 차(茶)가 월(越 : 중국 절강성에 있는 옛 월나라)나라 차만 못하다고 하나, 우리나라 차는 색과 향과 기운과 맛이 조금도 그만 못하지 않다고 정다산(丁茶山)의 『동다기(東茶記)』에 기록되어 있고, 또 다서(茶書)의 기록에도 육안(陸安 : 중국 육안현) 차는 맛이 좋고 몽산(蒙山 : 중국 사천성) 차는 약이 된다고 하지만 우리나라 차는 맛과 약 두 가지를 겸하고 있다. 여기 만약 이찬황(李贊皇 : 중국의 유명한 茶人)이나 육자우(陸子羽 : 『茶經』의 著者)가 있다면 내 말을 믿을 것이다'라고, 초의선사는 그의 『동다송(東茶頌)』에서 우리나라 차를 높이 평가하고 있다.

우리가 일상적으로 온갖 종류의 차를 즐겨 마시고 있긴 하지만, 누구나 다 참으로 그 맛과 향을 알고 제대로 즐길 줄 안다고는 할 수 없을 것이다. 마치 우리가 매일매일 인생을 살면서도 대개는 관례에 그치는 수가 많은 것처럼. 그래서 다도(茶道)라는 이름까지 붙이게 되었는지도 모른다.

미상불 차의 맛과 그 운치를 격에 맞게 알기는 그리 쉬운 일이 아닐 것이다. 따라서 차와 더불어 좋은 벗이 된다는 것은 그 사람의 품격이 거기까지 미치지 않으면 안 될 일이다.

초의선사는 더불어 차 거래를 하던 산천(山泉) 도인의 글에 화답하여 '옛 성현들은 모두 차를 사랑했으며 차는 군자와 같아서 그 성미가 사특하지 않습니다(古來賢聖俱愛茶 茶如君子性無邪)' 운운하고 있다.

그리고 법제(法製)한 차는 차병은 옥으로 막고 비단으로 잘 싸 두었다가 황하(黃河)의 윗물로 달인다고 하였다. 그리고 차는 물의 신(神)이요 물은 차의 체(體)이므로 진수(眞水)가 아니면 신이 나타나지 않고 깨끗한 차가 아니면 체를 얻을 수 없다고 하였다.

또 초의선사는 그의 『동다송』에서 '차는 늙음을 젊게 하는 신험(神驗)이 있어 팔십 노인의 안색을 복숭아꽃같이 붉게 한다'고 하며, '옥천(玉泉)의 스님이 나이 팔십에 얼굴이 도리(桃李)와 같다. 그곳 차가 다른 곳보다 향기롭고 맑아 사람을 젊게 하고 장수를 누리게 한다'는 이태백의 다찬(茶贊) 한구절도 인용하고 있다.

또 차 속에 체와 신이 온전하더라도 중정(中正)을 잃지 않아야 건(健)과 영(靈)을 아울러 얻는다고 하였다.

다음엔 그의 시집 서문의 하나를 소개하여 그의 인품을 엿보고자 한다.

일지암(一枝庵)은 호남 승(大興寺 스님) 장의순(張意恂)의 재호(齋號)이다. 의순이 시(詩)를 잘하기 때문에 세인이 그를 초의(草衣)스님이라 불러 그 이름이 높았다. 내가 그의 시를 보건대 내용이 깨끗하고 잔잔하며 참을성 있게 옛 경지에 몰입하였다. 이 일이 어찌 쉬운 일인가. 불가에서 시를 잘하는 스님으로는 탕휴(湯休)가 맨처음인데, 송대에 이르러 도잠(道潛)·총수(聰殊) 등이 소동파와 교유하여 널리 그 이름을 떨치기는 하였으나 그들은 중의 티를 벗어나지 못하였다. 시(詩)란 참으로 어려운 것이다. 우리나라의 스님 중에도 시인이

많았으나 끊기고 이제 의순의 시를 얻었다. 그의 교유하는 품을 보건
대 소동파에 버금가는 사람들과 사귀고 있으니 이 아니 좋은가. 더구
나 그의 시에는 중의 티가 없으니 도잠·총수 따위의 시문과는 비할
바가 아니로다. 그는 불경과 격언으로 구업(口業)을 삼으면서 또 가는
곳마다 시로써 계(戒)를 삼기도 하였다. 그러나 위의 도잠과 총수는
계율에 얽매이고 고공(苦空)에 빠져 깨달음을 얻지 못하였느니라. 의
순은 이에 힘써 정진을 게을리 하지 않아 확철대오에 이른즉, 시작불
사(詩作佛事)에도 해로움이 없을 것이므로 가히 힘써볼 일이로다.

(신묘년 사월 紫霞申緯가 北禪院의 茶半香初之室에서 씀)

끝으로 초의의 시 한 수를 여기 옮겨 적는다.

문앞에 자라는 천간죽(千竿竹)과
집 뒤에 서 있는 백척송(百尺松)은
가까이 사랑하여 절조에도 뛰어났다.
한조각 곧은 맘은 해가 가도 바뀌지 않나니.
門前養得千竿竹
屋後生成百尺松
最憐節操雙奇絶
一片枯心歲暮同

마땅히 돌아가야 할 본분도리, 선(禪)

전국 사찰에서는 음력 4월 보름을 맞아 사부대중이 일제히 하안거(夏安居)에 들어갔다. 연례적 행사이지만, 한국불교의 현주소를 볼 수 있는 전통적인 장엄하고 거룩한 수행의 한 가지. 매우 중요한 의미를 가진다.

그래서 이 안거 중에 일주문 밖을 나서는 스님이 있다면 그 지위의 고하나 이유여하를 막론하고 수행을 게을리 하는 것으로 여기고 있다.

선방 안에서의 이런 집단수행은 불교의 질을 높이는 데도 다시없이 좋은 방법이라고 여겨진다. '공부는 도반이 시켜준다'는 참뜻을 우리는 믿고 있기 때문이다.

이제 선(禪)은 출가 사문이나 선방에 앉아 있는 사부대중에게만 필요한 것은 아니다. 선은 현대를 사는 우리의 일상생활에, 특히 산업사회의 시민 모두에게 더욱 절실한 것이 되었다.

그럴 것이 우리는 어느 겨를에 제정신 차리고 살기가 어렵게 되었기 때문이다. 윤리적·경제적·사회적 질서의 문란은 공기오염이나 수질오염과 더불어 공해로까지 등장하게 되었다. 특히 도시민들은 눈감고 귀 막고 살 수 없듯이 눈뜨고 귀 열고 살기도 어렵게 되었다.

안방까지 따라다니는 라디오나 텔레비전의 광고 소음은 어찌 그리 요란한가. 거리에 나서면 교통소음은 그렇다 하고 전파가게서 흘러나오는 광음에 가까운 유행가 가락, 골목마다 외쳐대는 행상인 스피커 소음에 고막이 찢길 듯하다.

게다가 지상에도 지하에도 우람한 광고 간판이 소시민들을 압도하여 더욱 졸아들게 한다. 지하철역 벽마다 전광판 남녀의 대형 모델은 우리의 시선을 끊임없이 유혹하고 있다.

밤이 되어도 상품광고의 괴물은 우리를 그냥 놓아두지 않는다. 구멍가게에서부터 고층빌딩에 이르기까지 화려하게 춤을 추는 휘황찬란(?)한 네온싸인. 현기증이 나도록 우리의 시신경을 극도로 자극한다.

이런 소란 때문인가. 이젠 개 짖는 소리도 들리지 않는다. 도둑 지키는 일이 개의 본분이건만, 개마저도 지쳐버렸는가 도둑의 공포에.

잘먹고 잘사는 게 뭐길래, 돈을 벌기 위하여 인명보다 물건을 더 소중히 여기는 세상이 되어가고 있다.

물건을 훔쳤다는 이유로 어린이를 죽이다니. 그도 흑인이기 이전에 사람이다. 이토록 돈을 위하여 형제살상이 예사로워졌다.

우리는 지금 이런 속에서 살고 있다.

한심할손 덧없는 인생이여
한없는 하루살이 어느 날에 끝날꼬
아침부터 분주히 서두르며
해마다 늙는 줄을 모르네.
이 모두가 의식주를 구하느라

마음에 번뇌만 일으켜서
어지러이 백천 년을
삼악도에 드나드네.
可歎浮生人 悠悠何日了
朝朝無閑時 年年不覺老
總爲求衣食 令心生煩惱
擾擾百千年 去來三惡道

(『鏡虛集』에서)

실로 인간 상실이 아닐 수 없다.

　여기서 보면 범부인생이란 착각적·몽환적 인생이며, 미혹된 방황의 인생이며, 무지로 인한 자기상실의 인생이다. …… 착각에 의한 몽환으로는 인간의 원천적 공허는 결코 메워지지 않는 것이다. …… 오직 착각을 돌이켜 제정신에 돌아오게 하는 것이 최대의 급선무가 아닌가. 자신을 잃어버린 자에게 자기를 되찾아주어야 한다. 인간을 상실한 세계에 인간을 발견케 하여야 한다. …… 인간은 원래 불성 인간이지만 미혹으로 인하여 스스로를 상실하고 중생이 되었다. …… 선(禪)은 중생으로 하여금 미혹에서 벗어나 참된 진리의 문인 자기의 본분을 자각하는 것이다. …… 선의 제1의 방법은 일체 생각을 모두 쉬는 것이다. 쉰다는 생각도 쉬는 것이다. …… 선은 인간이 마땅히 돌아가야 할 본분 도리이다. 정신을 올바로 차려서 참 자기를 회복하는 것보다 더 요긴하고 급한 것은 없다. …… 인간 본성을 깨닫는 선의 수행은 이런 점에서 그 가치는 절대적이다. …… 선(禪)의 공덕은 온 세계에 가득한 복(福)보다 더하여 세세생생 해탈의 문을 만나게 된다고…….

(광덕스님 역주,『선관책진』에서)

선(禪)의 목적은 마음을 밝혀 성품을 보는 데 있으며〔在明心見
性〕, 쉬면 곧 깨닫는다〔歇卽菩提〕 하였다.

제3장

광명의 저 언덕

구름도 한 점 없는 산정에 아침 해 솟으니
광막한 천지에 어둠이 일시에 타버리고,
만 가지 나무에 꽃이 피니 백 가지 새가 봄을 노래하네.
일이 없어 앉았으니 푸른 바다에 장엄한 파장이 들려온다.

선경(仙境)

산과 사람은 말이 없고

구름은 새를 따라 함께 날며,

물이 흐르고 꽃이 피는 곳

마음도 담담하여 돌아갈 생각마저 잊었네.

山與人無語　雲隨鳥共飛

水流花發處　淡淡欲忘歸

『경허집(鏡虛集)』 '유은선동(遊隱仙洞)' 제하(題下)의 5언절구.

사람의 발자취가 일찍이 이르지 아니한 듯, 오직 구름이 날고 물이 움직이는 그윽한 선경(仙境). 마치 도화림(桃花林)을 연상케 한다. 도연명의 「도화원기(桃花源記)」에 나오는 선경이다.

무릉도원에 사는 한 어부가 도화림 속에서 길을 잃고 산속으로 동굴을 따라 들어가, 진(秦)나라 때 전란을 피하여 이곳에 수백 년 전부터 살고 있는 피난민 마을, 평화경(平和境)에 이른다. 노자의 소국과민(小國寡民) 사상을 바탕으로 하는 이상향이다. 어부는 융숭한 대접을 받고 돌아오면서 그 도정(道程)을 표시해 두었지만 두 번 다시 찾아갈 수가 없었다. 그곳 소식을 입 밖에 내지 말라는 당부를 어겼기 때문이다.

청산은 원래 말이 없다. 자연은 진리 그 자체의 표현이기에 말로는 더욱이 왕래가 불가능하다. 본래는 말을 떠나 있지만 그렇다고 말이 없을 수도 없다. 말이 없다면 진리 그 자체를 나타내기 어렵기 때문이다. 사물의 본질은 색(色)을 초월해 있다지만, 색이 없이는 그 본질을 알기가 쉽지 않은 것처럼.

말로써 교감이 불가능한 산(山)을 대함에 사람 역시 차라리 말의 개입을 멈추어야 한다. 말의 수단은 오히려 교신에 방해가 되기 때문이다. 사방(四方)과 그 간방(間方)이 모두 울울창창 숲으로 벽을 이루니 트인 곳은 오직 드높은 창공뿐이다. 오가는 향방조차 알 길 없는 흰구름이 끊어지고 이어지며 덧없이 흘러가고 있다. 그 사이로 백학이 몇 쌍 유유히 날아가니 구름이 학을 따라가는 듯도 하고 학이 구름을 쫓아가는 듯도 하여라. 이것을 일러 운중백학(雲中白鶴)이라 하는가. 조고각하(照顧脚下), 계곡에는 백옥이 구르듯, 맑은 물이 고요히 흐르는데 그 물가에는 양광(陽光)의 봄볕을 받아 꽃가지에는 봉오리가 하나 둘 수줍게 피어나고 있다. 어젯밤 다녀간 달그림자를 대신하여 이제는 그 시냇물 속에 운학(雲鶴)이 어울려 놀고, 꽃가지는 늘어져 바람 없이도 춘흥을 즐긴다.

머리를 들어 구름에 살고, 냇물을 떠서 목을 축이니 홀연 간탐(慳貪)이 금세 사라지는 듯하여라. 엊그제 두고 온 속세가 옛일같이 망각에 잠겨 꿈처럼 연기처럼 날아가 버린다. 곳이 바뀌어 마음이 비었는가. 마음이 비어 선경(仙境)이 보이는가. 산과 사람도 말길이 끊어지니 마음길이 통하고, 물이 맑으니 마음속에 쌓였던 풍진(風塵)도 말끔히 씻기었네.

애당초 말이 없었다면 산과 나 사이에 거리마저 없었을 것을. 게다가 내 속에 쌓인 먼지가 장벽이 되어 자연과 인간을 가로막으니 진리를 곁에 두고 공연히 멀리 찾았다.

무릉도원의 어부가 도화림을 다시 찾으려 했듯이, 우리도 은선동을 다시 찾으려 할 것이다. 하지만 어느 곳이나 찾아서 얻어질 성질의 것은 아니다. 그 어느 곳도 밖에 있는 것이 아니기 때문이다.

선경을 다시 찾기 위하여, 돌아 나오는 길목에 도정을 표시해 둔 그 어부의 소행이야말로 도화림을 잃어버리는 바로 그 이유가 아닐까.

태산처럼 말 없이 구름처럼 날며 물처럼 흘러서 학처럼 산다면 그 선경을 굳이 찾지 않아도 될 것인데, 자연은 이토록 구함이 없는데, 어부는 어찌하여 도화림을 애써 찾으려 했는가. 평화경을 처음 만난 그 심정이 사후(事後)에도 그대로 순수했다면, 선경 또한 그대로 거기 그냥 있었을 것을.

만해(萬海)스님과 기다려 본다

아름다운 나무는 물보다 더 맑은데
매미소리는 사면초가와 같구나.
이 밖의 일을 말해 무엇하랴
나그네 가지가지의 수심만 한결 더 깊으리.
佳木淸於水　蟬聲似楚歌
莫論此外事　偏入客愁多

녹음이 꽃보다 아름다운 5월, 그 싱그러움이 물보다 더 맑아 매미는 이를 즐겨 흥겹게 노래하건만, 만해스님의 귀에는 마치 적진에 에워싸인 항우(項羽)처럼, 사면에서 초나라의 노랫소리로 들릴 뿐이다.

이때 심정이 이러하니, 이 밖의 일을 말해 무엇하리오. 객창(客窓)에서 외로운 나그네의 가슴에는 한많은 수심만이 치우쳐 느껴질 뿐이로다.

「동경여관에서 매미소리를 듣다(東京旅館聽蟬)」라는 한용운 스님의 5언절구.

만해스님은 1876년 일제와 강화도조약이 체결된 지 3년 후,

1879년에 충남 홍성에서 태어나 이 땅에 인연을 맺게 되었다. 향리(鄕里)에서 한학을 수학하던 중 때마침 일어난 1894년 동학혁명에 가담하게 되어 현실 참여에 발을 들여놓은 계기가 되었다. 스님이 백담사에서 삭발입산한 것도 이 혁명이 실패로 끝나자 그것이 직접적인 동기가 된 것이다.

그후 스님은 불문(佛門)에 귀의하여 구도의 길을 걸으면서도, 나라를 잃은 그 아픔을 민족과 더불어 같이 나누면서 독립운동이라는 보살의 자비행을 등한히 할 수가 없었다. 불교를 통해 민족계몽운동과 정치적 조국해방운동을 아울러 몸소 실천해야 했다. 조선불교회 등 여러 단체를 조직하고 직접 법사와 강사가 되어 제일선에서 그 지도적 임무를 수행해 왔다. 1919년 3·1운동, 독립선언 33인 대표의 한 사람으로 투옥, 3년의 옥고를 치르게 된 것도 시종여일한 애국운동의 발로이며 그 당연한 귀결이었다.

그후에 더욱 본격적으로 정치 일선에 나서 신간회 중앙집행위원 및 경성지부장의 책임을 맡는 일을 비롯해서 그 활동이 눈부시었다.

스님의 활동은 이렇게 매우 다각적이었다. 불교의 승려로서, 독립운동가로서, 또는 저항시인으로서 식민지 사슬에 묶인 민족을 깨우치고 조국을 해방시키기 위한 적극적이고 과감한 실천행동인이었다.

그분의 여러 저작 중에도 백 편이 넘는 한시와 시집 『님의 침묵』 속의 수많은 현대시는 오늘도 고스란히 전하여 우리의 심금을 새삼 울리고 있다.

'님은 갔습니다. 아아 사랑하는 나의 님은 갔습니다. …… 사랑도 사람의 일이라, 만날 때에 미리 떠날 것을 염려하고 경계하지 아니한 것은 아니지만 이별은 뜻밖의 일이 되고 놀란 가슴은 새로운 슬픔에 터집니다. …… 우리는 만날 때에 떠날 것을 염려하는 것과 같이 떠날 때에 다시 만날 것을 믿습니다. 아아, 님은 갔지만 나는 님을 보내지 아니하였습니다.……'

평자(評者)들은 '만해 문학은 불교사상과 독립사상과 문학사상이 삼위일체를 이룬다' 하고, '이별한 시대는 바로 침묵의 시대, 상실의 시대인 것이다. 따라서 언젠가 맞이하게 되는 만남의 시간은 바로 참된 낙원회복의 시대, 광복의 시대가 되는 것이다', '만해의 문학은 험난한 역사를 살아가는 예지와 용기를 가르쳐 주며, 현실적 생의 어려움을 극복할 수 있는 신념과 희망을 불러일으켜 준다'고 하였다.

하지만 만해스님은 꿈에도 애타게 그리던 조국광복을 1년 앞두고 입적하게 되니 그 애석함을 어찌 형용하랴. 물론 그 허물어져 가는 집을 다시 세우고 그 안에서 자신이 살기를 결코 바라지 않았다. 스님은 집을 다시 일으켜 세우고 그저 말 없이 떠나가 버렸다.

스님은 님과 헤어질 때처럼 그렇게 슬프게 떠나지는 않았다. 기다리던 님이 돌아오는 것을 먼발치에서 바라보며 회심의 미소 속에 떠나갔을 것이다.

이제 만해스님의 미소가 다시 한번 열리기를 기대한다. 남북이 갈린 지 반 세기, 이제 때가 와서 진통이 다시 시작되는가. 통일의 그날을 만해스님과 함께 벅찬 희망 속에 기다려 본다.

오늘은 새싹으로 피어난다면

물소리와 산빛이 다 고향 아님이 없고
전단향을 자른 듯 모두가 온전히 향기롭네.
무착스님은 죽솥에서도 홀연히 (문수를) 만났거늘
문수가 어찌 청량산에만 있으리오.
다만 한생각 번뇌만 쉰다면
붉으니 누르니 어지러이 따질 필요가 없으련만.
수자(修者)는 일찍이 만나기 어렵다는 생각을 일으켜서
헛되이 앉아 긴긴 가을밤을 소일하는구나.

水聲山色盡故鄕　如折旃檀全全香
無着忽然逢粥鍋　文殊何獨在淸凉
但能一念無塵惱　不必煩論辨紫黃
衲僧常起難遭想　但坐消遣秋夜長

　방한암(方漢巖) 큰스님의 '무제(無題)'라는 제목의 칠언율시(七言律詩). 한암스님은 강원도 화천 출신으로 약관 19세에 출가하여 금강산 장안사에서 수행을 시작, 23세에 청암사 수도암에서 경허스님을 만나『금강경』한구절에 깨달음을 얻어 스님에게 인가를 받았다. 28세 때 통도사 조실로 추대되어 한동안 납자를 제접한 일도 있으나, 1910년 이른바 한일합방의 비분을 안고 본적인 맹산으로 돌아가 우두암에서 10년 간 보임, 50세 되던 1926년 봉은사 조실을 거쳐, 자취를 감춘 학이 되고자 오대산에 들어갔다. 여기서 환희의 광복을 맞고 비탄의 6·25를 만났다. 치열한 전화(戰火) 속에서도 요지부동, 홀로 월정사 선방을 지키며 좌탈입망으로 입적하니 이것이 세상에 알려진 도인의 참모습이었다.

첫째 연(聯)에서 스님의 초연한 자성의 경지가 확연히 드러나 있다. 각고정려의 긴 수행의 보람으로 금의환향하니 의구한 산천의 본래의 모습이 거울에 비친 듯 아름답게 제 모습을 드러낸다. 물소리의 음악과, 산색의 그림, 그리고 전단의 그 가향(佳香)이 옛 고향에 충만해 있구나.

하지만 깨달음의 세계는 객관이 따로 없으니 이것은 주관의 반영일 따름이다. 그러므로 도인의 세계는 이토록 티없이 맑고 밝고 그지없이 향기로울 뿐이다.

무착스님은 인도에도 중국에도 있다. 여기 무착스님은 당나라 때 중국 스님이 분명하다. 7세에 오대산으로 출가하여 교학과 계율에도 뛰어났다. 청량산으로 문수보살을 친견하러 가는 도중에 한 노인을 만나 전삼삼 후삼삼(前三三後三三)의 뜻을 전해 받았다. 그후 홍주 관음원에서 앙산 혜적스님을 만나 '심요(心要)'를 깨닫고 세수 80으로 입적하였다.

제2연. 부처가 없는 곳이 없듯이 문수보살 역시 청량산(오대산의 별명)에만 있을 리 없다. 무착이 죽을 끓이며 만났듯이 일상의 우리의 삶 속에 문수는 있지 않으면 아니 된다.

문수의 해후상봉(邂逅相逢)을 방해하는 것은 오직 우리의 마음 속에 자리잡고 있는 번거로움일 것이다. 거울의 먼지가 개이면 고향의 산천초목이 일목요연하게 나타나듯이, 한생각에 묵은 때를 씻어버리면 문수가 원래 거기 있었던 것을 알게 되리라.

그럼에도 도를 구하는 이들은 쉽지 않다는 선입견이 그들과 도를 가로막고 있다는 사실을 미처 깨닫지 못하고 있다. 그러므로 어려움은 도를 구하는 거기에 있다기보다, 곁에 있는 것을 멀리 찾는 거기에 있는지도 모른다.

만나기 어렵다는 그 한생각을 쉬기가 그토록 어려운 것인가. 선입견의 잠재의식을 떨어버리기가 그토록 쉽지 않은 것인가. 일상의 삶에서 어제의 관념을 지어버리고 오늘의 생각이 새싹으로 피어난다면 문수를 만나기가 얼마나 쉬울까.

광명의 저 언덕

구름도 한 점 없는 산정에 아침 해 솟으니
광막한 천지에 어둠이 일시에 타버리고,
만 가지 나무에 꽃이 피니 백 가지 새가 봄을 노래하네.
일이 없어 앉았으니 푸른 바다에 장엄한 파장(波長)이 들려온다.
山頂無雲日上朝
乾坤暗色一時燒
花開萬樹啼春鳥
閑坐聽觀碧海潮

　경봉(鏡峰)선사의 '화엄산림(華嚴山林) 연음(連吟)' 중의 한 수(首). 영축산 통도사에서 이루어진 화엄산림 법회 때에 스님께서 설법 중에 읊으신 게송으로 여겨진다.

　산(山)과 바다 그리고 허공과 구름, 광명과 암흑, 게다가 화조월색(花鳥月色)은 부처의 세계와 더불어 불가분의 관계에 있는 듯하다.

　아침 해 이냥 밝은 빛이 천지(天地) 미분전(未分前)에 본래 있었다 하니, 그 해가 다시 솟았다 함은 그간 우리가 구름에 가려 어둠

속에 잠겨 있었던 까닭이리라.

어쩌다 나락에 굴러, 긴긴 세월을 허망한 꿈속에서 보람도 없이 다사다난하게 살아왔다. 중생의 미혹이란 이토록 모골이 송연하게 지겨운 결과를 몰고 오는지도 모른다.

그간 무명에 가려져 밝음을 등지고 살아오기 기겁(幾劫)의 세월이 흘렀던가. 이제 시절인연이 다가와, 구만리 창천에서 던져진 바늘 끝에 겨자씨가 꽂히는 희유한 행운과, 광활한 바다를 헤매던 눈먼 거북이 나무토막을 만나는 지극한 인연으로 다시 광명을 얻게 되었다. 순간에 어둠은 사라지고 산하대지에 춘색이 찬연하니 초목마다 꽃이 피고 생명마다 노래한다.

잃었던 고향에 되돌아오니 그간의 타향살이, 그 고초도 아픔도 함께 사라졌네. 뭇 생명의 노래에 흥겹고 만발한 꽃향기에 취할 뿐이다.

시간에서 영원히 풀려나고, 일찍이 못 느꼈던 한가함에 이르러 망연자실 일 없어 앉았으니 망망대해의 끝없이 한없이 밀려오고 밀려가는 조수(潮水)의 파장이 들리는 듯 보이는 듯하여 더욱 여유만만할 뿐이다.

이런 자재(自在)를 위하여 사람마다 저 언덕에 이르기를 갈구한다. 어둠의 이 언덕에서 광명의 저 언덕으로 모두들 가고파 한다.

어려운 것은 출발이다. 언제나 시작은 어려운 것이다. 더욱이 이 언덕은 어둠에 가려져 있기 때문이다. 그래서 초발심이 정각을 이루기만큼 쉽지 않다 하였는가. 그만큼 초발심은 깨달음과 맞먹는 것이리라(初發心時便正覺).

하지만 저 언덕까지 얼마나 많은 세월이 흘러야 할지 아무런 기약도 없다. 이것이 바로 암중모색이다. 마치 일엽편주(一葉片舟)로 거센 파도를 헤치고 황량한 바다를 건너야 하기 때문이다.

하기야 극락이 원래는 지척에 있다지만 그것을 알아차리기에는 우리가 너무도 아둔하니까. 이 아둔함, 즉 그것은 우리가 무명에 가려져 있기 때문이라 한다.

'어떤 것이 무명인가. 일체 중생이 끝없는 옛부터 가지가지 전도된 생각이 마치 어리석은 사람이 살던 고장을 바꾼 것같이 사대(四大)를 잘못 알아 자기 몸이라 여기고, 육진(六塵)의 그림자를 자기 마음이라 여겼기 때문이다. 비유하면 눈병이 났을 때 허공의 꽃이나 달 곁에 제2의 달이 보이는데, 이것은 실제로 있는 것이 아니건만 우리의 환상 때문에 있는 것처럼 보이는 것이다.

눈병 난 사람이 허공의 꽃에 집착하고, 이 집착으로 제 성품을 잘못 알고. 뿐만 아니라 실제로 꽃이 생겨난 곳도 모르고. 이런 까닭에 허망하게 생사윤회가 있다고 생각하니 이것을 무명이라 하는 것이다'라고 『원각경』에서는 이렇게 무명이 설해지고 있다.

늙으신 어머님을 고향에 두고

백발의 어머님을 강릉(고향)에 남겨두고
이 몸 서울로 향해 홀로 떠나는 마음.
잠시 머리 돌려 북평을 바라보니
날아 내리는 흰구름 아래 저문 산은 푸르구나.
慈親鶴髮在臨瀛　身向長安獨去情
回首北坪時一望　白雲飛下暮山靑

대관령을 넘으며 친정을 바라보던(踰大關嶺望親庭) 신사임당의 애틋한 사모곡(思母曲)이다.

사임당은 율곡 선생의 어머니로서 현모양처(賢母良妻)의 모범이고 시서화(詩書畵)에 뛰어난 여류 예술가로서 역사상 그분을 모르는 사람이 없다.

신사임당이 세상에 태어난 계절도 바로 요즘 같은 가을이었다. 1504년 10월 29일, 양력으로는 11월 하순쯤 될 것이다. 그때는 어수선하던 연산조 10년에 해당된다.

안으로는 맑은 경포대가 있고 밖으로는 시원한 바닷가에 자리 잡은 강릉. 그래서 그곳을 임영(臨瀛)이라고도 부른다. 강릉 가운

데에서도 그분의 고향은 북평(北坪)이다. 게다가 서쪽에는 동해와 대(對)를 이루는 대관령이 높이 솟아 그야말로 산자수려한 고장이다.

이 북평은 사임당의 모친 이(李)씨의 고향이다. 그 어머니 이씨가 무남독녀인 까닭에 서울 시댁보다는 친정에서 더 오래 살게 되고 그래서 사임당도 외가에서 나고 거기서 자랐다.

그 어머니는 딸만 다섯 자매를 낳아, 그 중 둘째 인선(仁善)은 사임당의 아명이다. 율곡을 낳아 훌륭히 기른 신사임당이 어질 뿐만 아니라, 이런 어진 딸을 훌륭히 기른 그 어머니 이씨 또한 빼어난 분이었다. 남편 신명화(申命和)가 중환으로 사경을 헤맬 때, 이씨는 기도하며 손가락 두 마디를 손수 끊어 천지신명께 빌고 남편을 구해낸 희유한 일화가 있다.

아들을 못 낳는 여인의 입장. 그 시대상황으로 비춰 볼 때, 그 처지에 있어 보지 않고는 그 곤경은 상상조차 어렵다. 그 다섯 여식을 아들 부럽지 않게 키우려는 그 어머니의 남다른 결심이 바로 이런 역경에서 사임당을 키워냈다. 마치 다섯 손가락이 모두 같을 수 없듯이, 그 중에도 둘째 작은아씨가 가장 영특하였다. 인품이 뛰어나고 재주가 기발하고……

사임당은 외가에서 어머니와 외조부에게 글을 배우고 덕행을 함양하였다. 그리고 글씨를 쓰고 그림을 그리고 시를 지었다. 그 뛰어난 천품에, 신씨댁 작은아씨는 장차 어진 아내와 훌륭한 어머니가 되기 위하여 두루 한문 고전을 읽고 오륜행실(五倫行實)을 몸에 익히는 데 게으르지 않았다.

그리고 그간 정진해 온 예술, 그림의 솜씨도 일취월장하여 갔다. 그분의 그림의 세계는 극도로 소박하였다. 일상생활 속에서 보고 대하는, 그런 환경에서 느끼고 깨달은 것들이다. 오이와 메뚜기, 물봉숭아와 쇠똥벌레, 수박과 여치, 바위 나라와 도마뱀 그런 것들이었다. 게다가 개구리, 잠자리, 벌 같은 곤충들도 그분의 그림의 세계에 자주 등장한다. 그외에도 산수화며 난초 등 사군자가 더 있었을 법도 하다.

'이것은 돌아간 증찬성 이공(李公)의 부인 신씨의 작품이다. 그 손으로도 능히 자연을 이루어, 사람의 힘으로 된 것인가 감탄할 뿐인데, 하물며 천지의 근본이 되는 기운의 융화를 모아 이룬 조화를 어찌 이를 수 있겠는가? 과연 율곡 선생을 낳으심이 당연하다……'

송우암 선생이 사임당의 난초를 보고 감격하여 거기 써 넣은 글을 노산 이은상 씨가 번역한 일부이다.

사임당과 그 율곡이 하도 유명해, 그 남편에 대해서는 잘 알려지지 않았는데, 사임당의 남편은 덕수 이씨의 이원수(李元秀)라는 분으로 나중에 수운판관(水運判官)의 벼슬을 지냈다. 일찍이 아버지를 여읜 이원수는 공부할 기회가 별로 없었으나 결혼한 후에 인격과 학식을 겸비한 아내 사임당의 감화로 인품과 학문을 더욱 연마하게 되었다고 한다.

현모양처요 예술가였을 뿐만 아니라 신사임당은 효성이 매우 지극하였다. 위의 시에서도 그 일단을 엿볼 수 있다. 인간이 그리운 오늘 사임당의 생각이 더욱 간절하다.

가을의 고독은 무엇을 낳는가

일엽지추(一葉知秋)라는 말 그대로 오동나무 잎이 하나 떨어지는 것을 보고 가을이 다가옴을 안다 하였는데, 기실 그런 여유조차 없이 요란한 귀뚜라미 소리에 새삼 놀라니, 그간 지나친 더위에 몹시 시달렸던 때문인가.

자연은 결실과 수확의 풍요로운 때임에도 사람에게는 고독과 우수의 철로 그렇게 여겨지기도 한다.

산하대지의 두두물물은 조화의 힘으로 그간 무성했던 천지만엽(千枝萬葉)과 오곡백과를 말끔히 떨어버리고 본래 고요하고 부동(不動)한 무일물의 세계로 자취 없이 돌아가건만, 오직 범부중생만이 장장추야에 번민에 쫓겨 미련 속에 길을 헤매고 있기 때문이리라.

기나긴 가을밤이 어떤 여인에게 있어서는 소슬하고 애절한 아픔이 되기도 한다. 더욱이 이 땅의 옛 여인들에게 있어서 독수공방은 한 시대가 남기고 간 어쩔 수 없는 비극이었다.

오늘 자유분방한 상대적인 행동이 몰고 온 영국 세자비의 그 종막을 목도하니 실로 금석지감이 없지 않다. 시간적으로 어제와 오늘이 이렇게 다를 뿐 아니라, 공간적으로도 동과 서가 하늘과 땅처럼 현격한 거리 속에 우리가 살고 있음을 절실히 느끼게 한다.

요(堯)의 천하양여(天下讓與)를 물리치고 기산(箕山)에 숨은 허유(許由). 주나라 곡식 먹기를 거부하고 수양산에서 채미(采薇)로 연명하던 백이숙제. 모두 동양의 절대적 세계를 지향하는 그런 사상에 근거한 것이다. 충신은 불사이군(不事二君)이요, 열녀는 불사이부(不事二夫)라. 정포은과 성삼문 같은 그런 유형의 인물이 동양이 아니고는 찾아보기 힘들 것이다.

이런 인물에 못지 않게 무수한 열녀들이 독수공방에서 생겨났다. 이런 의미에서 가을의 고독이란 풍요로운 정신적 수확을 거둘 수 있는 좋은 기회이기도 하였다.

그 옛날 홀로 빈방을 지킨 그런 비운의 여인 중에는 고독 속에 자기를 깨끗이 지켜 가냘픈 붓 한 자루에 의지하여 시(詩)를 통해 인생을 승화시킨 열부(烈婦)도 있었다. 주옥 같은 많은 시를 후세에 남긴 허난설헌(許蘭雪軒)과 같은 이가 바로 그 주인공. 다음의 허난설헌이 지은 「규원(閨怨)」이란 제목의 시는 시제(詩題)가 말하듯이 긴긴 가을밤에 귀뚜라미와 더불어 노래하며 운우(雲雨)의 세계를 초월해 갔던 그런 내용이 담겨 있다.

> 달빛 가득한 다락에는 가을이 다 가는데
> 고운 병풍은 쓸쓸히 비어 있네.
> 서리 내린 갈대밭엔 저녁 기러기 내려앉건만
> 옥(玉) 장식의 거문고로 한껏 흥을 돋우어도
> 들어줄 임이 곁에 없으니
> 버려진 연당에는 연꽃이 절로 시들어 떨어진다.
> 月樓秋盡玉屛空　霜打蘆洲下暮鴻
> 瑤瑟一彈心不見　藕花零落野塘中

26세로 요절한 강릉 출신의 여류 천재시인 허난설헌(1563~1589)은 허균(許筠)의 누이로서 이달(李達)에게 시를 배우고, 15세에 김성립(金誠立)과 결혼하였으나 부부 사이가 뜻대로 원만하지 못하였음은 낭군의 기방 출입에 그 까닭이 있음을 세인은 잘 전하고 있다.

이 시대에 그녀의 주위에는 훌륭한 인물들이 많았다. 김종서, 정인지, 유성룡, 이순신, 원균 같은. 그런 감화가 그 집안에도 미쳤으리라. 그녀의 불우한 처지는 시작(詩作)으로 표현되었고, 그 필치가 섬세하며 여인다운 감수성에 날카로운 애상이 노래마다 담겨 있다.

그녀는 중국 초나라의 번희(樊姬)를 사모하여 초희(楚姬)라는 이름에 경번(景樊)이라는 별호도 가지게 되었다.

그녀의 시명은 널리 알려져, 명나라 시인 주지번(朱之蕃)에 의하여 중국에서 시집이 출판되기도 하고, 물 건너 일본에서는 문대옥차랑(文台玉次朗)에 의하여 역시 시집이 간행되었다.

그의 시에는 유선시(遊仙詩), 빈녀음(貧女吟), 곡자(哭子), 망선요(望仙謠), 동선요(洞仙謠), 견흥(遣興) 등 모두 142편 외에 여러 종류의 가사(歌辭)가 전하고 있다.

함께 개천에 빠질 수도

오랫동안 티끌 속에 파묻히면
본분사(本分事)에 혼미해지는 법.
도중이라도 일을 버리고
속히 청산으로 돌아오라.
久埋塵土中　昧却本分事
棄却途中事　速還靑山來

하마터면 돼지로 타락할 뻔한 보현을 문수가 경책하여 산(山)으
로 돌아오게 하는 게송이다. 문수와 보현, 두 보살이 한번은 돼지
우리를 가까이 하게 되었다. 돼지의 처참한 모습을 보고 보현이
이를 건지고자 원을 세웠다.

그 길로 보현은 암퇘지를 상대하기 위하여 수퇘지가 되어 돼지
우리에 남고, 문수는 홀로 토굴로 돌아왔다. 그러나 얼마를 기다
려도 보현은 토굴로 돌아오지 않아, 드디어 문수가 보현을 다시
찾았다. 암퇘지를 제도해 마치고 돌아오겠다던 보현은 그 언약을
까맣게 잊은 채 깊은 애욕에 빠져 있었다. 그러니 본분사에 매(昧)
한 것은 두말할 나위가 없다.

이때 문수는 위의 게송을 통해 보현을 제자리로 돌아오게 한 것이다. 세존의 애제자 아난이 여색의 위기일발에서 부처님의 도력으로 풀려나듯.

출가한 사미에게는 물론이고, 오랜 세월 수도 정진으로 부동심의 자리를 굳힌 도인의 경우에도 혼미에 빠지는 일이 드물지 않으리라. 문수와 보현의 경우를 미루어 보아 그런 사실은 능히 짐작이 간다.

이것은 중생을 제도한다는 일이 얼마나 어려운 것인가를 단적으로 말해 주는 좋은 예라 하겠다. 세간이나 출세간을 막론하고 교화(敎化)라는 것이 그리 쉽지 않음을 알 수 있다. 사람을 인도하려다가 자칫하면 함께 개천에 빠지는 일이 드물지 않다.

나타나엘 호손의 『주홍글씨』는 아서 딤스데일 목사와 고단한 젊은 여인 헤스터가 함께 개천에 빠진 것은 적절한 실례가 된다.

이 작품은 19세기의 것이지만 그 배경은 17세기의 일이다. 더욱이 미국 식민지시대 청교도 사이에서의 일.

간통이란 죄목마저 율법에서 지워질지 모르는 오늘에 있어서야, 그만큼 오늘날 구도자나 성직자의 사명은 더욱 무거워진다.

교계의 성직자나 세속의 지도자나 길을 헤매는 양을 인도하는 의미에서는 본질적으로 별 차이가 없을 것이다. 국가의 제도에는 질서가 필요한 만큼 그 선도자가 없을 수 없다. 마치 길을 제대로 가기 위하여 가이드가 필요하듯. 그러므로 가이드는 길을 아는 사람이어야 한다. 장님이 어찌 가이드가 될 수 있으랴.

지도자가 되기 위해서는 육안(肉眼)만으로는 부족하다. 육안에는 한계가 있다. 국가의 미래와 민족의 장래를 내다보기 위해서는 혜안(慧眼)을 겸해야 함은 그 때문이다.

속담에 열 길 물속은 볼 수 있어도 한 길 사람의 속은 모른다 한다. 그러기에 그간 우리는 여러 지도자를 선택하는 데 실패한 경우가 더 많았다.

이제 새로운 우리의 지도자를 다시 뽑게 되는 이 마당에 지난날의 실패가 앞날의 성공의 기초가 되었으면 싶다. 그 실패 가운데는 지나친 지역적 정서도 빼놓을 수 없으리라. 게다가 어떤 물질적 유혹에도 현혹된 일이 없지 않았다.

결국 우리가 어떤 인물을 고를 수 있느냐 하는 것은 우리들의 안목에 달려 있다. 과거에 실패작의 대통령을 만들었다면 그 만든 작가의 역량이 부족한 때문이다. 훌륭한 지도자를 가려내기 위해서는 먼저 우리 자신의 편견부터 고쳐져야 한다. 우리 개개인의 마음이 맑고 깨끗할 때, 우리 눈에 비친 대상을 바로 볼 수 있다.

우리가 어떤 선입견으로 정신이 혼탁하다면 정견(正見)이 불가능하기 때문이다. 선택하는 조건과 나의 이해관계가 결부될 때 그 결과 공정성을 기하기 어려움은 더 말할 것이 없다.

우리가 무지하면 무지한 가이드를 만나, 그 맹목(盲目)의 선도자를 따라가다 보면 함께 개천에 빠지는 수도 없지 않으리라.

효봉어록(曉峰語錄)

한참만에 『효봉어록』을 다시 읽으니 새 어록을 대하는 느낌이
다. 원래 선사(禪師)의 법문과 게송이 그렇듯이 이 어록도 여기저
기 보일 듯 말 듯, 집힐 듯 말 듯 마냥 흘러가고 있다. 하지만 구
구절절이 깨달음을 재촉하는 준엄한 채찍임에 틀림없다.

사람마다 그 발 밑에 하늘 뚫을 한 가닥 활로(活路)가 있는데, 여기
모인 대중은 과연 그 길을 밟고 있는가? 아직 밟지 못했다면 눈이
있으면서도 장님과 같아 가는 곳마다 걸릴 것이다.
보고 들음에 걸리고 소리와 빛깔에 걸리며 일과 이치에 걸리고 현
묘(玄妙)한 뜻에도 걸릴 것이다. 그러나 한 번 그 길을 밟으면 이른바
칠통팔달(七通八達)이요, 백천 가지를 모두 깨달아 밝히지 못할 것이
없고 통하지 못할 이치가 없을 것이다.
(1948.7.15, 해인사 가야총림에서 설한 법어의 한 구절)

걸림 없는 무애한인(無碍閑人)이 되기 위해서는 망상과 집착을
여의는 것으로 족한 것이다. 망상과 집착은 우리가 다 구하는 것
이 있기 때문이다. 비록 부처를 구하더라도 그것은 곧 부처에 걸

리게 되는 것이고, 조사를 구해도 조사 때문에 여기 얽매이게 되는 것이다. 그래서 구하는 데서 괴로움이 생기기 때문에 일 없는 것만 같지 못하다고 한다.

무릇 잡념이 있는 사람은
일 없는 사람이 되기 어렵네.
단박에 다 잊어버리면
납월 팔일도 없을 것인데.
凡所有念者　難爲無事人
直下頓忘去　臘月無八日

납월 팔일은 석가모니 부처님이 성도(成道)한 날. 무념무상이면 그것이 바로 도(道)가 되기 때문에 따로 견성성불을 말할 것이 없다는 뜻이다.

'판사 중'이란 별호가 말해주듯, 한때 화려한 판사생활의 뒤안길에는 남모르는 환멸의 비애를 느끼지 않으면 안 되었다. 조국의 독립투사에게 사형선고를 내려야 했으니 일본인이 파놓은 함정에 빠져들고 만 것이다. 이 때문에 스님은 남달리 세속에 대한 철저한 무상을 느끼기에 이른다. 차라리 이 사건은 이 판사(李判事)에게 일대사인연을 맺을 수 있도록 전화위복이 된 셈이다.

이로부터 생사의 기로에서 절망과 몸부림의 끝없고 기약 없는 방랑이 시작되니, 이때가 바로 머리를 깎고 법복을 입기 직전 이력이 되는 셈이다.

선방에서 수좌생활을 하면서도 '늦깎이'의 모멸감을 느껴야 했다. 아니 그 때문에 오히려 의분심을 돋구게 되었는지도 모른다. 입선(入禪) 방선 때에도 경행도 않고 계속 화두 일념에 미동도 없이, 둔부의 살이 허물어질 정도로 그렇게 정진이 간절하였다. 이 때문에 스님에게는 '절구통 수좌'란 별명이 하나 더 붙게 되었다.

그러나 도업(道業)을 이루려는 그 절실한 비원(悲願)은 이 정도의 가행정진으로 만족할 수가 없었다. 드디어 금강산 법기암(法起庵) 뒤편에 토굴을 짓고, 하루 한끼로써 죽음과 깨달음의 필사적인 대결이 시작되었다.

어느새 사철이 지나가고 새봄이 와도 소식이 없더니, 마침내 여름 어느 날, 화두가 타파되고 토굴이 무너져서 다시 천지가 열리니 스님은 급기야 장부 일대사를 해결한 것이다.

한국의 근세 도인 가운데 효봉스님만큼 그토록 생애에 기복이 크고 정진이 간절하며, 게다가 구도자로서의 철저한 삶을 살아간 분도 드물 것이다.

흰구름은 서쪽으로 달은 동쪽으로

세속에서 더 이상 발을 붙일 수 없게 되는 경우에 용기 있는 사람으로서 취할 수 있는 태도에는 크게 두 가지로 유별할 수 있을 것이다. 하나는 세속의 낡은 문물제도를 깨뜨려 버리고 자기와 같은 처지에 있는 사람에게 적응되도록 새로운 그것을 수립하려는 사람이요, 다른 하나는 세속을 고스란히 놓아둔 채 이 언덕에서 저 언덕으로 향하는 사람이다.

전자는 혁명가가 되는 길이고 후자는 출가 입산하는 삭발위승(削髮爲僧)의 길이다. 이 두 길을 가는 사람의 입장은 정반대 방향이지만 그 출발 동기에는 공통점이 없지 않다. 세속에 대한 환멸의 비애를 철저히 느낀다는 바로 그 점이다.

사실 피안의 길을 향하는 이에게나 혁명의 길을 걷는 이에게나 현실에 대한 무상을 철저히 느끼지 않는 한 그 발걸음이 그리 세차지는 못할 것이다. 그래서 현실에 대한 환멸과 세속에 대한 무상을 골수에 사무치도록 철저히 느껴보지 못한다면 앞을 향하는 전진의 힘도 약하려니와, 또 약하기 때문에 가다가 돌부리에만 채여도 되돌아서는 예가 없지 않다.

따라서 혁명가에게는 그 출신성분이 중요하고 입산 납자(衲子)

에게는 출가동기가 중요한 것은 그 때문일 것이다. 그러므로 이 두 이단(異端)의 성공여부는 곧 그 출발동기 여하에 달려 있다고 해도 그리 억측의 논리는 아닐 것이다.

그 좋은 예로서 우리는 근세의 도인 효봉 큰스님의 경우를 연상할 수 있을 것이다. 효봉스님은 별호(別號)가 많기로도 유명하다. 판사스님, 엿장수 중, 절구통 수좌, '무(無)라' 노장 등.

별명이란 인위적으로 만들어지는 것은 아니다. 이름이나 당호와는 달리 가지고 싶어서, 부르고 싶어서 가져지고 불려지는 것은 아닐 것이다. 또 개개인이 임의로 만들 수 있는 것도 아니다. 별명에는 그럴 만한 연유가 꼭 있어야 한다.

효봉스님의 경우 별호만 듣고서도 그 스님이 어떤 스님인가를 짐작할 수 있을 것이다.

판사(判事) 스님. 36세까지 10년 간 판사생활. 일제하에서 한 가지 저항의 수단이 있다면 그래도 법(法) 밖에 없었다. '이 법을 통해서 나라 잃은 동포들의 억울함을 호소해 보자'던 조선인 판사 이찬형(李燦亨)의 소신은 본의 아니게 독립투사에게 사형을 선고하는 결과를 가져오고 말았다.

일본인들이 파놓은 함정에 속절없이 빠지고 말았다. 만장(万丈)이나 되는 절벽에서 아차하는 순간에 떨어지고 만 것이다. 정신이 아찔하고 눈이 캄캄하였다. 판사라는 높은 지위도, 처자가 살고 있는 가정도 더 이상 보이지 않았다. 오직 쇠고랑을 찬 사형수의 그 저주와 멸시의 눈빛만이 보였고, 원한에 찬 고함과 욕설만이 들렸다.

그 순간, 민족적 양심에서 소용돌이치는 그 충격과 가책이 어떠하였으랴. 몸부림쳐도 눈을 감아도 그 피맺힌 눈빛과 저주의 원한은 사라지지 않았다. 사흘이 가도 한 달이 가도 그 모골이 송연한 환영은 계속 따라 붙었다. 엿판을 메고 팔도강산을 골골이 돌아도 그 환영은 꺼지지 않았다.

하지만 효봉스님은 전생의 인연이 수승한 탓인지 이 환영을 물리치는 길을 알았다. 오직 무자(無字) 화두에 있음을 확신하게 되었다. 그것은 또 민족적 양심의 가책을 참회하는 길이기도 하였다. 거기에 어찌 입선과 방선이 있으며 결제와 해제가 따로 있으랴. 둔부가 짓무르도록 앉아 배겼던 절구통 수좌.

스님은 드디어 토굴 속에서 1년하고도 6개월, 두문불출로 정진 삼매에 드니 다음과 같은 오도송과 더불어 화두를 타파하여 대장부 일대사를 마치었다.

바다 밑 제비집에 사슴이 알을 품고
타는 불속 거미집엔 고기가 차 달이네.
이 집안 소식을 뉘라서 알랴.
흰구름은 서쪽으로 달은 동쪽으로
海底燕巢鹿抱卵
火中蛛室魚煎茶
此家消息誰能識
白雲西飛月東走

한 그루 매화를 심어

한 그루 매화를 심었더니
옛 바람에 이미 꽃이 피었더라.
그대가 응당 열매를 보았으려니
내게 종자를 돌려 보내라.
栽得一株梅 古風花已開
汝見應結實 還我種子來

이 5언절구는 효봉 큰스님께서 구산법자(九山法子)에게 내린 전법게송(傳法偈頌)이다.

1950년, 한국전쟁으로 가야총림(해인사)이 문을 닫고 남하하여 그해 겨울 효봉 방장스님은 부산 금정선원에서, 구산스님은 진주 응석사에서 각각 안거 중이었다. 이때 법제자 구산으로부터 아래와 같은 소식을 받고 이에 화답한 것이 위의 내용이다.

대지의 색상이 본래 스스로 공했거늘
손으로 허공을 가리키니 어찌 욕정이 있으리오
마른 나무와 부동의 암석은 춥고 더움이 따로 없지만

봄이 오면 꽃이 피고 가을에는 열매를 맺도다.
大地色相本自空
以手指空豈有情
枯木立岩無寒暑
春來花發秋成實

매화야말로 백화(百花) 중에 선구자요, 추위에 초연하여 그 고아한 자태는 눈 쌓인 차가운 달빛 아래 더욱 그 멋을 드러내니, 설산 구도자의 모습 그것이 아닐 수 없다.

양춘가절에 잡연히 피어나는 천종만화(千種萬花)는 대개가 세속적이고 관능적인 데 비하여, 이 화중어사(御使)만은 살을 저미는 한파 속에 인고(忍苦)로써 패기를 과시한다. 게다가 눈 속의 맑은 향기는 삭연한 중생계를 맑히는 보살의 자비 그것이기도 하다.

공들여 심어 가꾼 한 그루의 매화가 옛 조사들의 길을 따라 어느새 일찍이도 꽃이 피었으니 그 스승은 이것을 무견견(無見見) 하였으리라.

삼세 여래와 역대 조사들도 이렇게 매화를 심어 설향빙염(雪香氷艶)의 소식을 전해 받았다. 관음보살이 무설설(無說說)하고 남순동자가 무문문(無聞聞)하듯 한 번도 입을 연 적이 없고 한 번도 귀를 기울인 적이 없이 법을 전하고 법을 받았다. 과거도 그랬거니와 미래도 현재도 또한 그럴 것이다.

개화가 만발하고 그 가향이 넘쳐 흘러 산하대지를 수놓고 적시니 몰록 중생계가 일조에 선경으로 변한 듯하다.

이토록 화려한 전시 뒤에는 다시 고요한 제 모습으로 되돌아갈 시절이 온다. 사물의 결실은 언제나 그윽한 곳에 갈무리된다. 색은 나타나는 것이라면, 공은 항상 그 속에 도사리고 있기 때문이다.

꽃이 있어 열매가 있고 다시 열매가 있어 꽃이 있듯이, 색(色) 속에 공(空)이 있고 공 속에 색이 있는 것이 아닌가.

한 그루의 종자는 두 그루의 매화를, 두 그루의 씨앗은 네 그루의 그것을 심어 가꾸기 위하여 불조의 혜명은 이렇게 길이 이어지고 널리 퍼져 나간다. 이런 과업은 역대조사들의 막중한 임무이기도 하다. 세세생생을 통해 법등은 이렇게 전해진다. 구원(久遠)의 시간을 향하여 힘차고 줄기차게. 허공계가 다하고 중생계가 다할 때까지.

그때를 대비하여 그 스승은 그 제자에게 "네가 거둔 종자를 나에게 가져오라" 하였다. 제자는 이 씨앗을 은사에게 돌려보냄으로써 그 빚을 갚는 것이다.

회귀(回歸)

회귀(回歸)의 계절이다. 석양에 낙조가 한껏 찬란하듯, 대지에 귀환의 자태 또한 그지없이 농염(濃艶)하다. 올 때는 그토록 요란해서 산야가 모두 진동하더니, 갈 때는 고요히 오직 정열을 다해 마지막 그 소식 전하는가.

나타나서 사라지기까지 실로 참담한 각고(刻苦)의 세월이었다. 봄바람 가을비에 그간 얼마나 시달렸던가. 찌는 더위와 임림취우(霖霖驟雨)를 잘도 참아 넘겼다. 오직 농사(農事)의 보람을 위해, 이렇듯 한 세상을 덧없지 않기 위해 나름대로 무언가 다해야 했다.

큰 것은 큰 것대로, 작은 것은 그것대로 방일 없이 힘 기울여 다해야 했다. 이것은 자연의 섭리요, 곧 그들의 삶이었다.

일목 일초가 이렇듯 제 구실을 다해 하나의 총림이 존재한다. 울창한 삼림과 무성한 숲은 나무 한 그루와 풀 한 포기로 시작한다. 그 속에서도 나고 죽는 윤회가 있고, 오고 가는 때가 있다. 이 속에도 인연의 정연한 질서가 있다. 정숙하게 수순하는 그 모습, 우리의 사표가 되고도 남으리.

어느 하나도 남을 닮으려 않고 제 모습에 자긍을 느껴, 오직 유일무이한 존재임을 천하에 드러낼 뿐. 비록 우리의 눈에 하찮고

빈약하고 왜소할지라도 나름대로 긍지와 자존이 있고 유연(悠然)
과 자족을 갖춘 초목들의 그 고귀한 맵시.

찬서리로 삭풍을 예감한 그날부터 떠날 준비에 바쁘다. 이들에
게는 오직 한 가지 일이 남아 있다. 그간의 삶을 청산하는 회고의
전시가 그것이다. 저 백두산에서 이 한라산까지 순회 전시를 펼쳐
보인다. 설악산과 내장산의 그 잔치는 만인 앞에 보시하는 가장
큰 공양이 될 것이다.

봄철의 꽃보다 더 붉은 서리 속의 현란한 단풍은 어제까지 살아
온 결정인지도 모른다. 이렇게 한바탕 살고 가는 것이다. 이것은
이제까지 가지고 있던 모든 것을 더불어 떠나보내는 것이기도 하
다. 그간 가꾸어 왔던 전부를 주고 가는 것이다. 홀가분하게 빈손
으로 가기 위하여.

찬서리에 으스러뜨리고 삭풍에 날려 정처 없이 자취 없이 한 잎
두 잎 떠나 보낼 것이다. 미련 없이 아낌없이 돌려보낸다. 남김 없
이 떠나보내고, 낙목한천(落木寒天)에 냉염(冷艶)한 알몸이 될 것이
다.

꽃이 질 때 그렇듯이 잎이 질 때도 그러해야 한다. 시든 꽃송이
가 꽃나무 가지에 철없이 매달려도, 마른 잎이 나뭇가지에 한스레
늘어져 있어도 보는 이의 시선을 역겹게 한다.

그렇다고 죽는 것이 아니다. 오직 사라질 뿐이다. 꽃이 필 때 떠
나갈 약속이 이미 되어 있었다. 잎이 필 때도 그러하였다. 이처럼
떠나갈 때도 다시 만난다는 전제가 있다. 그러기에 헤어지는 아쉬
움을 다시 만나는 기쁨으로 대신할 수 있다. 가는 이를 좇지 않아
도 되고, 오는 이를 막지 않아도 되는 까닭이 여기에 있을 것이다.

얼마나 자유로운 거지(擧止)인가. 한가하고 여유 있고 조용한 자

세. 무엇에도 사로잡히지 않고 허공의 공기처럼 자재로운 모습. 이것이 바로 자연의 모습이다. 갈 때 가고 올 때 오고, 나타날 때도 사라질 때도 질서에 순응하는 태도, 실상과 현상의 참모습이 아닐 수 없다.

자연의 질서 속에는 걸림이 없다. 속박에서 벗어나 있다. 그저 마음속에서 놓아두면 되는 것이다. 지금 저 나무는 얼마나 자유로운가. 무거운 짐을 다 벗어버리니 얼마나 비어 있을까.

온 산의 단풍이 봄의 꽃보다 붉으니
삼라만상이 큰 기틀을 온통 드러냈도다.
생도 공하고 사도 또한 공하니
부처의 해인 삼매중에
미소지으며 가노라.
滿山箱葉　紅於二月花
物物頭頭　大機全彰
生也空兮　死也空
能仁海印　三昧中
微笑而逝

(구산스님 임종게)

조춘서설(早春瑞雪)의 매화

제방(諸方) 산사 선방에서는 이미 반살림을 치르고 앞으로 반삭이면 동안거 해제를 맞는다. 동지가 지난 지도 두 달. 여느 초목들도 새봄에 그 농염한 자태를 과시하기 위하여 은연중 단장에 바쁠 것이다.

광막한 천지는 아직도 잠 속에 고요한데 홀로 그 모습을 드러낸 매화는 춘풍태탕(春風駘蕩)에 끼어들 백화(百花)에 비하여 그 기개가 얼마나 고고(孤高)한가. 조춘서설(早春瑞雪)이 소담하게 내려 차가운 달과 더불어 짝한다면 그 가향(佳香)이 더욱 그윽하리라.

봄은 이렇게 기다릴 사이도 없이 이미 와 있다. 매화가지는 뜰 앞에 피어오는 봄을 더욱 재촉, 한소식을 일찍이 전하고 있다. 오묘한 자연의 이 화신은 어김없는 우주의 질서를 알려 게으른 자의 방일함을 경책하고 있는지도 모른다.

혼돈의 와중에서 시를 잃은 시인에게 아련한 시상을 일깨워주고, 고향을 잃은 중생에게 그 옛날 태고의 신비를 일깨워주는 그대, 낙목한천에도 고독을 만족하는 그대만이 진정 자족할 줄 아는 자로다.

그는 아쉬운 것도 없고 바라는 것도 없다. 가진 것이 없어도 부족함을 모른다. 스스로가 지고지미(至高至美)하니 부러울 것이 없고, 구하는 것이 없으니 또한 청초(淸楚)할 따름이다.

어떠한 위하(威嚇)에도 굴하지 않고 어떠한 일락(逸樂)에도 혹하지 않는다. 그러므로 그는 초탈해 있으니 또한 그러하다. 그는 명리도 빈부도 초월했다. 명리를 벗었는데 어찌 걸림이 남으며 지족을 모르랴.

기계의 회전속도가 날로 가속화되어 가는 사회구조. 우리의 생활도 이런 메커니즘 속에 영영급급(營營汲汲)하고 있다. 하지만 이런 번잡의 저편에는 천고(千古)의 맑은 샘이 흐르는 정적의 골짜기가 있다. 정진의 도량이 있어 마땅한 곳이다. 백의관음이 무설설(無說說)하고 남순동자가 무문문(無聞聞)하는 그런 도량이기도 하다.

산사는 혼자서도 외롭지 않게 살아가는 곳이다. 그런 수행자들이 모인 곳이 바로 선방이다.

고독이란 의지하고 살아온 습관의 폐단이다. 어린아이가 어머니를 의지하는 그 이상으로, 우리는 너무도 오랫동안 무엇엔가 기대어 살아왔다. 그 악습이 우리를 정신적 고아로 만들어 놓았다.

일가나 친척, 친지나 친구 같은 인간관계 앞에서는 물론, 돈이나 권세 같은 것에, 그리고 황당무계한 사술(邪術)에까지 의존 없이는 홀로 서지 못하는 경우가 적지 않다.

의존은 종속을 의미하며, 무엇에 예속되는 한 자유의 상실은 두말할 것이 없다. 흔히 끽연가는 담배에 기대게 되고 애주가는 술에 예속되기 쉽다. 마약의 경우라면 그 사람이 완전 노예로 전락하는 일도 드물지 않다.

우리는 몸이 자존(自存)을 지킨다 하여 독립불기(獨立不羈)의 존재로 자부할는지 모르지만, 기실 마음은 사람과 물건에 밀착되어 있는 경우가 적지 않다. 이와 같이 사람이 어떤 대상에 늘 매어 있는 까닭에, 알고 보면 노예신분에 갇혀 있음과 비슷하다 하겠다.

완전한 자유인이 되기에 앞서, 한 인간으로서의 구실을 다하기 위해서도 나를 묶어 두고 있는 그 사슬을 끊는 일이 무엇보다 앞서 마땅하다. 이런 사슬에 매인 지 오래되어 그 관행에 굳어져 해방의 꿈조차 꾸지 못하는 그런 경우도 없지 않다.

삼동(三冬)의 한기 속에 홀로 의연한 매화야말로 자재와 해탈의 상징이 아닐 수 없다.

> 백설이 분분하여 뜨락에 가득한데
> 매화는 추위에도 늠름이 피어나네.
> 뼛속에 사무치는 대한(大寒)이 아니라면
> 달밤에 코 찌르는 향기를 어찌 맡으랴.
> 白雪紛紛滿園墻
> 玉梅忍凍凜凜長
> 若不一番寒徹骨
> 月魂爭得撲鼻香
>
> (『九山禪門』 중에서)

이렇듯 안거를 지내는 수좌들의 고결한 자세, 한껏 청순하여 비길 데 없이 거룩하다. 뼈를 깎는 시련 속에 인습의 사슬을 녹이는 수행. 머지않아 질곡 속에 허물을 벗고 구름을 헤쳐 만리장천(萬里長天)을 걸림 없이 날으리라.

제4장

비 그치니 산은 더 맑고

비가 그치니 고요한 산은 한결 더 맑고
새 샘이 한데 모여 숲을 흐르니 그 소리 더욱 요란하다.
산 깊이 홀로 앉으니 있음도 잊고 돌아감도 잊었는데
뭉게구름 바위 밑에 한없이 일어나네.

천하가 이해에 얽혀

오색은 사람의 눈을 멀게 하고

오음은 사람의 귀를 먹게 하며

오미는 사람의 입을 상하게 하고

승마수렵은 사람을 미치게 하며

얻기 어려운 재물은 사람의 행동을 방해한다.

그래서 성인은 안으로 마음을 지키고 밖으로 한눈을 팔지 아니한다.

그러므로 저것을 버리고 이것을 취한다.*

五色令人目盲

五音令人耳聾

五味令人口爽

馳騁畋獵令人發狂

難得之貨令人行妨

是以聖人爲腹不爲目

故去彼取此

---

* 『도덕경』 제12장. 爽 : 상할상, 馳 : 달릴치, 騁 : 달릴빙, 馳騁 : 말타고 달림,
畋 : 사냥전, 獵 : 사냥렵, 畋獵 : 사냥함.

오색은 청황적백흑(靑黃赤白黑)의 다섯 가지 색으로서, 바깥 경계의 화려한 대상으로 눈을 통해 사람의 욕망을 자극하고, 궁상각치우(宮商角徵羽)의 오음 역시 그 미묘한 음률로 사람의 마음을 현혹시킨다. 시고·짜고·맵고·달고·쓴 다섯 가지 맛으로 이루어진 맛좋은 음식에도 취하게 되면 거기에 또한 집착을 느끼게 된다.

한 마리의 노루를 잡기 위하여 험산준령을 말을 몰아 정신 없이 달리다 보면 어느새 거기에 미치게 되고 말 것이다. 재화란 원래 얻기가 그리 쉬운 것이 아니다. 그러므로 비상한 수단을 쓰지 않으면 안 된다. 이것이 바로 비리와 부정의 동기가 된다.

우리가 성인(聖人)의 삶을 귀감으로 삼는 것은 덕행과 지혜가 뛰어나기 때문이다. 그만큼 범인에게는 만고의 스승이 된다. 요즈음처럼 스승의 가르침이 절실한 때도 없다. 제정신을 차리기가 어려울 정도로 혼돈의 와중에서 우리의 삶이 자꾸 헷갈리고 있기 때문이다. 마치 물에 빠진 사람이 부표(浮漂)를 찾듯이.

우리가 헷갈리고 있는 삶의 현장은 안팎이 따로 없이 우리가 가는 곳 어디에나 있다. 쏟아지는 영상매체는 우리의 눈을 멀게 하고, 높아가는 세상 소음은 우리의 귀를 먹게 하며 지나친 성찬은 사실 우리의 입을 상하게 만들고 있다.

앞으로 우리도 곧 GNP가 만 불에 이른다니, 이런 식으로 나간다면 선진국이란 허울 속에 또 얼마나 더 심해질까. 게다가 레저 스포츠에 얼마나 미치게 되고 또 권문세가들의 이권행각은 얼마나 더 파렴치해질까.

먹을 것이 넉넉해야 사람으로서 예의를 안다는 말이 틀린 말은 아니겠지만. 아무래도 선뜻 납득이 안 간다. 바다로도 채울 수 없는 욕망 때문에 우리의 오관은 아둔하게 변해 가고 있다. 시비곡직을 따지고 이해득실을 가리는 데 날이 가고 달이 가며, 해가 뜨고 저문다. 물질적 풍요 때문에 진정한 삶의 철학마저 잊어가고 있는 느낌이 든다. 행복관에 대한 착각 때문일 것이다. 요즈음 빈발하는 대형사고도 한마디로 우리의 집중력이 산만한 탓이다. 이기적 탐욕에 우리의 마음이 흔들리는 까닭에.

마음을 가다듬어 가슴의 틈을 메울 때 우리는 행복을 제대로 만날 수 있다. 열자(列子)가 전하는 전국시대의 이런 요지의 이야기가 있다.

진(秦)나라 사람, 봉(逢)씨의 아들이 소년 시절에는 머리가 좋았는데 장년이 되면서 정신도착증에 걸렸다. 노래를 듣고 곡성(哭聲)이라 하고, 흰 것을 검다 하며, 향내를 구리다 하고, 단것을 쓰다 하며 악을 선이라는 등.

이웃에 사는 양(楊)이라는 이가 그 아버지에게 노(魯)나라에 가면 각 방면에 대가들이 많을 것이니 한 번 가서 그 치료법을 물어보라 하였다. 그 아버지는 노나라에 가는 도중에 진(陳)나라에 들러 노자(老子)를 만났다. 아들의 병세를 말하고 그 처방을 구했다.

노자 이르기를, "지금 천하 사람들이 모두 시비에 말려들고 이해에 얽혀 있소이다. 그러니 모두 제정신이 아니오. 그들에게는 당신이 도리어 이상하게 보일 것이오. 내 말조차도 틀리게 들릴는지 모르오. 노나라의 대가(大家)라고 해서 미혹에 빠지지 말라는 법도 없을 것이니, 귀중한 양식만 없애지 말고 그냥 돌아가는 것이 좋을 것이오"라고 하였다.

귀거래사(歸去來辭)

젊어서부터 세속 환경에 맞지 않고
성격이 본래 산을 좋아하였으나
잘못하여 풍진(風塵)의 그물에 떨어져
어느덧 13년이 지나갔다.
철새는 옛 숲을 그리워하고
연못 속의 물고기는 자라던 못을 생각한다.
남쪽 들〔野〕 기슭의 황무지를 일구고
전원으로 돌아가 우직(愚直)하게 살리라.
반듯한 3백 평 대지 위에
초가집 8, 9칸을 지으니
뒤뜰에는 느릅과 버들이 처마에 그늘지고
앞뜰에는 도화와 자두가 즐비하게 피어 있다.
멀리 인가(人家)들이 시야에 아른거리고
한가한 마을엔 연기가 허공을 나른다.
골목 안 깊숙이 개 짖는 소리가 들리고
뽕나무 가지 뒤엔 닭울음소리 요란하다.
뜰 안을 말끔히 치워 깨끗하고
방안은 비어 더욱 한가롭다.

오랫동안 새장 속에 갇혀 있던 나는
이제 자연의 품으로 돌아올 수 있게 되었다.
少無適俗韻　性本愛邱山
誤落塵網中　一去十三年
羈鳥戀舊林　池魚思故淵
開荒南野際　守拙歸園田
方宅十餘畝　草屋八久間
楡柳蔭後簷　桃李羅堂前
曖曖遠人村　依依墟里煙
狗吠深巷中　鷄鳴桑樹顚
戶庭無塵雜　虛室有餘閒
久在樊籠裏　復得返自然

도연명(陶淵明)의 「귀거래사(歸去來辭)」 가운데 제1수에 해당하는 '귀원전거(歸園田去)' 20행이다.

도잠(陶潛) 자신이 본의 아니게 오랜 세월 구속되었던 그곳에서 해방되어 자연으로 돌아온 환희를 노래하고 있다.

동진(東晋) 시대에 몰락한 사족(士族)의 후예로 태어난 그는, 마침 군벌들이 대두하여 서로 흥망성쇠를 겨루는 판에 안으로는 농민봉기가 일고 밖으로는 외세 침략이 있어 백성이 도탄에 빠져 있던 그토록 어지러운 시기를 살아야 했다.

수기치인(修己治人)의 선비의 뜻을 세워 벼슬길에 나아갔으나 '나라에 도(道)가 없으면 물러나야 한다'는 유가(儒家)의 가르침에 따라 전원으로 돌아와 낫과 호미를 잡고 농사로 수분지족하였다.

문 앞에 버드나무 다섯 그루를 심어 스스로를 '오류(五柳) 선생'이라 부를 만큼 그는 농촌과 인연이 깊다. 41세에 관직을 물러나면서 그의 퇴관(退官) 선언이 되는 귀거래사는 그 사람과 더불어 우리 기억 속에 오래 간직되고 있다.

"나는 오두미(五斗米) 때문에 향리(鄕里)의 소인배에게 허리를 굽힐 수는 없다"고 하며 상관의 출영을 거절, 드디어 사표를 던졌다. 63세를 일기로 타계한 그에게 정절(靖節)이라는 시호가 내려진 것은 그 사람을 말하고도 남음이 있다. 그 시대의 시인 묵객들이 그러했듯이 그도 역시 궁핍과 가난 속에 생애를 마쳐야 했다.

이승을 떠나기에 앞서, 그가 지은 이른바 자제문(自祭文)은 '도자(陶子)는 장차 객사(客舍)를 떠나 영원히 본래의 집으로 돌아가고자 한다. …… 인생살이 참으로 험난하구나. 죽은 뒤에 저승은 어떠할까. 아! 슬프도다!' 이리도 애절하여 우리의 눈시울을 적시게 한다.

언젠가는 우리도 도잠과 더불어 무상한 길손을 청산하고 영원한 안식처를 찾아가게 되리라.

달만이 알아 비춘다

홀로 심산유곡 대숲에 앉아
거문고에 흥이 겨워 다시 긴 소리 읊조리며 유유자적하는데
멀고 깊은 숲속이라 아무도 아는 이 없건만은
명월이 이를 알아 즐겨 찾아 비추어 주는구나.
獨坐幽篁裏　彈琴復長嘯
深林人不知　明月來相照

　　육조(六朝)시대 궁정시인(宮廷詩人)의 전통을 잇고, 남송문인화
(南宋文人畵)의 시조가 되는 왕유(王維)의 '죽리관(竹里館)'이란 5언
절구.

　　죽리관은 그의 별장 망천장(輞川莊) 부근에 소재한 명승지의 한
곳이다. 특히 경관이 빼어난 스무 곳을 골라 그의 시우(詩友) 배적
(裴迪)과 더불어 한가로이 절경마다 5언절구를 지어 『망천집(輞川
集)』에 담았다.

　　이백(李白)과 두보(杜甫)와 견주는 왕유(王維), 그는 아홉 살에 시
를 짓기 시작하여 시명(詩名)을 얻음과 더불어 음악적 재(才)와 그
림의 능(能)이 아울러 나타나니 세상 사람이 그를 일러 박학다예

한 풍류재자(風流才子)라 부르게 되었다.

여느 가난하고 불우한 문인들과는 달리 그는 상류사회에 영입(迎入)되어 고관대작들과도 교분을 갖는 행운을 가졌다. 이윽고 그 이름이 중원(中原)에 알려져 드디어 현종의 아우 기왕(岐王)에게까지 인정을 받게 되니, 진사(進士)에 급제하고 태악승(太樂丞)을 거쳐 여러 관직에 오르는 순풍을 맞이한다.

한때 안록산의 난(亂)을 피하지 못해 부역의 혐의를 받게 되었으나, 그 난중 작시(作詩) 속에 불사이군(不事二君)의 충절이 입증되어 낙화(落花)의 위기일발에서 다시 소생하는 천운을 맞았다. 이런 전화위복은 그를 상서우승(尚書右丞)에 오르게 하니 그를 왕우승(王右丞)이라 부르게 된 것은 그때부터의 일이다.

그의 자(字) 마힐(摩詰)은 그만한 의미를 담고 있다. 그가 비록 세속의 공직에서는 승상의 반열에 오르기까지 여러 관직을 두루 거치는 동안 세강속말(世降俗末)에 몸을 맡기지 않을 수 없었겠지만, 그 사생활에 있어서는 왕마힐(王摩詰) 거사로서 당대 고승 대조선사(大照禪師) 보적(普寂)에 사사하여 정진에도 힘을 기울여왔다.

그가 불심이 돈독한 어머니의 남다른 모훈(母訓)에 감화된 것은 어려서부터의 일이다. 특히 벼슬을 떠난 만년에 이르러서는 오로지 경건한 불자로서 종남산(終南山) 산곡간에 자리하고 전심 수행에 마음을 굳혔다. 자신의 정토를 일구기 위하여 수선(修禪)에 방일을 경책하는 한편, 망모(亡母)의 명복을 빌기 위하여 분향에도 게으름이 없었음을 후세는 전하고 있다.

소동파는 왕유의 작품세계를 평하여 '시 속에 그림이 있고 그림 속에 시가 있다(詩中有畵 畵中有詩)'고 하였다. 그의 시와 그림은

둘이 아니고, 어디에나 자연미가 한결같기 때문일 것이다. 이 점에서 그는 어느 시인묵객들의 추종을 불허한다 함직하다.

왕마힐의 자연에 대한 남다른 관조는 그가 깊이 간직한 불교적 예지와 무관하다 할 수 없을 것이다. 탁세(濁世)를 초월한 순정, 고결한 인품은 자연 속에서 진리를 추구하는 불타정신이 아니면 안 될 것이다.

정밀(靜謐)한 대나무 숲속에 한가로이 앉기를 즐기는 일도 범상타 할 수 없거니와 가야금의 줄을 당겨 자신의 심금(心琴)을 일구어가고, 길게 소리 내어 절로 읊조리니 곁에 사람이 있다 한들 그 아취를 쉽사리 알 수 있으랴. 누구나 그 사람과 하나가 되기까지는 그 한아(閑雅)한 정경을 이해하기가 어려우리라.

오직 밝은 달만이 서슴없이 찾아오기에 어색하지 않는 장면이다. 허공에 무심한 명월은 거문고에 줄을 당기는 그 사람만큼 그 가락에 귀를 기울이기에 맑고 깨끗하니까.

마치 명월(明月)선사의 청아한 피리소리를 듣기 위하여 휘영청 밝은 달이 반공중에 갈 길을 멈추었듯이.

산(山)을 어찌 말하랴

무슨 일로 청산에 사느냐 내게 물으니
웃고 대답은 못해도 마음은 절로 한가롭네.
흡사 도화가 물에 떠 흘러가듯
세속 떠난 별천지가 게 있구나.
問余何事棲碧山　笑而不答心自閑
桃花流水宛然去　別有天地非人間

(李白, 山中答問)

세간에 골몰하니 녹수청산이 아득하고, 명리에 분주하니 심산유곡이 멀리 있네. 산을 아는 이는 산에 사는 까닭을 물을 리 없고, 이를 모르는 이는 그 이유를 설명해도 이해하기 어려우리라.

청산에 사는 사람은 산을 닮아 말이 없고, 말을 통해 주고받으며 오해 속에 영일(寧日)이 없는 세상, 그것은 산 밖의 일이 될 것이다. 그러므로 진정 산에 사는 그만이 오직 산을 안다 하리라.

산은 모든 것이 갖추어 하나도 부족을 모른다. 꽃이 피는 봄이 있고, 무성한 녹음의 여름이 있으며, 아름다운 단풍의 가을을 가졌는가 하면 설화(雪花)가 만발하는 겨울도 있다.

이토록 그 복덕이 구족하여 유정무정의 억조창생을 고즈넉이 그 품에 안아 무한 무량의 자비를 베푸니, 실로 부처다운 공덕이 아닐 수 없다.

산에 사는 이, 비로자나 그 따사로운 품속에 스스로 흡족하니, 굳이 따로 극락을 찾아 무엇하랴.

도화가 물을 따라 정처 없이 흐르듯, 허공을 날으는 한운야학(閑雲野鶴)처럼 유유자적하니, 산문 안에 초연한 삶이 게 있는 것을 누가 알랴.

산속에 도(道)와 선(仙)과 술의 세계, 그 속에서 통하는 언어, 오직 시(詩)가 있을 뿐이다. 이 세 가지로 우주의 대기를 흡수하고 그것으로 시를 지어, 온 천하에 기운을 다시 발산하니 만물이 그 덕화(德化)를 입는구나. 이백은 이렇게 술의 힘을 빌어 수미산을 날으는 봉황이 되고, 시를 읊어 천지의 혼돈을 밝히는 시선(詩仙)이 되었다.

중국 최대의 시인으로 두보와 쌍벽을 이룬 이백은, 일찍이 고향 사천성의 촉(蜀)을 떠나 양자(揚子)의 장강과 함께 흘러 강남, 산동, 산서 등 명산대천을 찾아 떠돌기 20년. 청련(靑蓮)거사라 불리기를 즐겨 그는 도교에 심취하니 자연과 벗하며 산중생활에 친숙했다. 그러므로 그의 시의 세계도 벽산(碧山)이 그 무대가 되지 않으면 안 되었다. 그런 영향이 그의 시를 환상적 지고의 경지로 승화시켜 갔다.

세인이 그를 일러 방랑의 시인이라 명명했듯이 그 생애 자체도 시와 더불어 편력으로 일관하는 그런 삶이었다. 그에게는 검술의 기량을 닦아 협객(俠客)의 면모를 보이기도 하고, 신선을 꿈꾸어 그 도술을 연마하여 사람을 놀라게 한 기발한 젊은 시절 또한 없지 않았다.

그가 시인으로 정착되기까지는 40 이후, 현종(玄宗)의 부름을 기다려야 했다. 그의 웅비한 기상으로 미루어 나름대로 정치적 포부의 날개를 펴려는 장한 뜻도 없지는 않았으련만 사세부득하여 그 원을 한정시키니, 희대(稀代)의 궁정시인으로서 큰 봉우리를 이루게 되었다.

현종과 양귀비의 모란의 향연을 수놓은 청평조사(淸平調詞) 3수를 계기로 그의 시명은 절정에 이르러 태백(太白)이 되었다. 하지만 숲속의 팔선(八仙)으로 불리울 만큼 주선(酒仙)의 호탕한 기질은 결국 궁중법도에 밀려 벼슬길에서 멀어져 갔다.

일배 일배 부일배(一杯一杯復一杯)로도 잘 알려진 그의 시와 술은 서로 짝지어 떨어지지 않았다. 물위의 달을 잡으려 강으로 들어가 영영 다시 돌아오지 않은 전설을 만들 만큼 그에게서는 술 없는 시도, 시 없는 술도 생각할 수 없으리라.

둘이서 잔을 주고받으니 산중에 꽃이 피네.
한 잔 한 잔 다시 한 잔
내 취해 눕고자 하니 그대 잠시 돌아가 주게.
내일 아침 뜻이 있거든 거문고나 안고 오게.
兩人對酌山花開　一杯一杯復一杯
我醉欲眠卿且去　明朝有意抱琴來

군자의 사귐이란 담담하기 물과 같다 하더니 바로 이를 두고 하는 말인가.

악인을 싫어하면

손바닥을 위로 하면 구름이 되고, 아래로 뒤집으면 비가 되듯
이리 분분한 경박을 어찌 다 헤아리랴.
그대는 모르는가 관중과 포숙의 가난한 시절의 교분을.
이런 도리를 오늘의 사람들은 흙덩이처럼 버리네.
飜手作雲覆手雨　紛紛輕薄何須數
君不見管鮑貧時交　此道今人棄如土

　두보(杜甫)의 '빈교행(貧交行)'이라는 이 시(詩)가 말하고 있듯이,
권세에는 아부하고 가난하면 멸시하는 염량세태가 어제오늘에 비
롯된 일이 아님을 알 수 있다.

　여반장(如反掌)으로 우정이 변하는 것을 오뉴월 날씨 변하듯 금
새 흐리기도 하고 금새 비가 내리기도 한다는 비유를 들고 있다.

　세상이 어수선〔紛紛〕하고 생활태도가 경조부박(輕佻浮薄)하니
죽마고우의 옛 교분을 하루아침에 헌신짝 버리듯 하는 일이 드물
지 않다는 말이다.

　그러나 썩은 진흙 속에서 부용(芙蓉)이 피어나듯 관중과 포숙
같은 금란지교(金蘭之交)도 또한 없지 않은 것이다.

고사성어에 '나를 낳은 것은 부모이지만 나를 아는 것은 포숙이다(生我者父母 知我者鮑子也)'라는 유명한 말이 있다. 관중과 포숙 사이에 맺어진 아름다운 우정이 빚어낸 명언이기도 하다.

중국 제(齊)나라 때의 사람으로, 그들이 함께 벼슬길에 나섰을 때의 일이다. 제나라에는 양공(襄公)의 정치가 문란해서 그 명맥을 오래 유지하기가 어려워 보였다. 그 후계자가 공자 규(公子 糾)와 공자 소백(公子 小白)이 분명하므로, 관중의 의사대로 관중은 규를 데리고 노나라로, 포숙(鮑叔)은 소백을 데리고 거(莒)나라로 각각 잠시 피하게 되었다.

예상대로 제나라에는 내란이 일어 임금이 두 사람이나 시해를 당하자 마침 그 후계자를 찾게 되었다. 이때 관중과 포숙은 자기들이 모시던 공자를 데리고 다투어 입성을 서둘렀다.

관중은 한 발 앞선 포숙 편의 소백 공자를 추격하여 그를 활로 쏘았다. 그리고 여유있게 규 공자를 앞세우고 관중이 길을 가는 사이에, 천명으로 살아난 소백 공자는 이미 제위(帝位)에 올라 있었다. 관중은 속수무책으로 포로가 되어 환공(桓公)이 된 소백에게 목이 날아갈 찰나에 이르렀다.

이때 포숙은 환공을 설득, 관중을 사면시켜 줄 뿐만 아니라 재상의 자리에까지 오르게 하였다. 포숙은 자신이 사양하고 그 자리를 관중에게 넘겨준 것이다. 관중은 결국 환공을 크게 도와, 천하를 제패하게 하는 공을 세웠다. 어진 임금을 만나 관중은 정치·경제·외교·군사의 여러 분야에 있어서 역사에 길이 남을 업적을 쌓았다. 그 이면에는 포숙 같은 훌륭한 친구가 있었기 때문이었다.

드디어 관중이 천명을 다하기에 이르자, 환공은 그 뒤를 이어 포숙을 중용하려 하였다. 그러나 관중은 이를 한사코 말렸다.

"포숙은 사람을 쓰는 데 있어서 착한 사람만 좋아하고 악한 사람은 싫어하기 때문에 그것이 흠이올시다. 착한 사람을 좋아하는 것은 인지상정이겠지만, 악한 사람이라고 너무 미워하면 큰일을 하는 데 있어서는 그것이 도리어 장애가 되는 법입니다."

포숙의 측근들은 이 사실을 그에게 고하며 관중을 매우 비난해 마지 않았다. 포숙은 이런 말을 듣자, "관중이 아니고는 감히 그런 충언을 임금에게 간할 수가 없을 것이다. 내가 만일 그 자리에 있게 되면, 너희 같은 소인배들은 하나도 남기지 않고 모조리 쓸어 낼 것이다. 착하지도 못한 자들이 부귀영화를 누리고 있는 것은 관중의 대인지풍(大人之風)의 너그러운 그늘 덕분임을 명심해야 하느니라"고 꾸짖었다.

이 두 사람의 향기로운 일화는 이뿐만이 아니다. 장사를 할 때도 포숙은 그와 이해득실을 따지지 않았고, 전쟁터에서도 세 번씩이나 도망치는 관중을 포숙은 상사의 입장에서 그의 노모를 위한 처사로 여겨 끝내 아껴주었다.

홀로 서서

허공에는 수리가 한 마리 날고 있는데
물가에는 백구가 한 쌍 떠도는구나.
선풍처럼 언제라도 쳐내려오련만
유유자적하게 이리저리 노닐고 있다.
이슬 먹은 수풀 역시 다습하건만
거미는 여전히 줄을 거두지 않고 있네.
천지 조화도 인간사와 같으매
홀로 서서 만 가지 수심에 쌓여 있노라.
空外一鷲鳥　河間雙白鷗
飄颻搏繫便　容易往來遊
草露亦多濕　蛛絲仍未收
天機近人事　獨立萬端憂

두보(杜甫)의 '독립(獨立)'이란 제하의 5언율시(五言律詩).

굶주린 독수리가 창공에 높이 떠서 먹이를 찾아 배회하고 있는
데, 조용한 냇가에는 한 쌍의 갈매기가 짝을 지어 평화롭게 사랑
을 속삭이고 있다.

이 사나운 맹금(猛禽)은 욕심대로 질풍노도같이 마구 쳐내려올 수가 있다. 그럼에도 이 천진난만한 연약한 물새는 지척에 닥쳐올 죽음을 모르고 물위를 이리저리 오고가며 그들의 삶의 환희를 만끽하고 있다.

한편 주위의 초목이 이슬을 듬뿍 머금어 언제라도 제집이 무너질 위기에 처해 있건만, 거미는 오직 먹이가 걸리기를 기다려 사슬을 늘인 채 마냥 기다리고 있다.

천지 자연의 조화도 이와 같이 사람의 일과 다르지 않아 만사가 위기일발 앞에 놓여 있다.

짐승의 세계가 먹고 먹히는 힘과 힘의 대결로 승부가 겨루어지듯, 미물 곤충도 자연에 몸을 의지하여 그 인연에 의하여 생존을 유지해 가듯, 인간 사회 또한 적자생존의 법칙을 벗어나기가 쉽지 않다.

전쟁을 한번 크게 치르고 나면 그때마다 번번이 적과 동지가 너나 없이 진실로 후회하며, 다시는 싸우지 말기를 맹세하고 의좋게 살기를 굳게 언약한다. 그 굳은 맹세는 이윽고 망각 속에 잠기고 약육강식의 버릇은 다시 제 본성을 드러낸다.

인간으로 이 사실을 바라볼 때 실로 눈물이 송연하지 않을 수 없다. 비록 이런 역사의 부대낌 속에서 벗어나 홀로 서 있다 한들, 인간이라는 연대의식 앞에서 불가피하게 느껴야 하는 가지가지의 우수가 우리 마음에서 어찌 사라질 수 있으랴.

시성(詩聖) 두보 역시 자연과 인간 앞에 만단의 비감을 금할 길이 없었다. 소년 시절에 어머니를 여의고 고아로 소동파나 도연명이나 이백처럼 불우한 생애를 보내야 했던 그 역시 세상과 인간을 그냥 보고 지나칠 수가 없었다.

성당(盛唐)시대의 하남성 공현(鞏縣) 출생인 그는, 과거에 낙방하고 변변한 관직 하나 없이 처자를 데리고 방랑하면서 가난과 굶주림 속에 지쳐 59세를 일기로 병사하기까지 가지가지 간난신고를 겪어야 했다.

그가 이백을 만난 것은 32세 때 방랑 중의 일. 낙양에서 만난 그들은 뜻이 통해 곧 친숙해졌다. 그의 시 '몽이백(夢李白)'과 '천말회이백(天末懷李白)'은 두 사람의 시우(詩友) 관계를 잘 말하고 있다.

30세에 명문가의 딸과 결혼하였으나 셋째 아이는 낳자마자 굶주림 때문에 불행으로 끝내야 했다. 이토록 그에게는 처자 권속을 이끌 능력이 없었다. 이것을 통해 또한 그의 생애의 곤궁을 알 수 있다.

자미(子美)라는 자(字)와 소릉(小陵)이라는 아호(雅號)로 시 6,000편을 쓰고, 1,400편이 전해 오는 그가 이백과 더불어 당대(唐代)의 최대 시인으로 인정을 받게 된 것은 세상을 떠난 지 백 년 이후의 일이었다.

그는 생전에 한유(韓愈)와 백거이(白居易)를 배우고, 사후에는 우리나라에까지 영향을 주어, 이제현(李齊賢)과 이색(李穡)을 거쳐 그 작품집이 성종 때 왕명으로 우리말로 번역되기도 하였다.

종산(鍾山)을 유람하며

종일 산을 보아도 산이 싫지 않아
산을 사서 마침내 산에서 늙어갈 수 있네.
산에 꽃이 다 떨어져도 산은 오래 있고
산에 물은 덧없이 흘러도 산은 스스로 한가롭네.
終日看山不厭山　買山終得老山間
山花落盡山長在　山水空流山自閒

중국 북송(北宋) 때 사람인 왕안석(王安石)의 '종산유람(鍾山遊覽)'의 칠언절구.

종산은 그의 고향 강서성(江西省) 강녕현(江寧縣)에 있는 명산으로, 그가 56세에 정계에서 물러나 조용히 은거하던 곳이다.

그의 자(字)는 개보(介甫), 호는 반산(半山) 또는 형공(荊公)이다.

22세에 진사에 합격하고 자진하여 지방관(地方官)을 전전하며 민생의 실체를 경험하였다. 오랜 지방관리로서의 체험을 통해 비리와 폐단을 잘 파악하고 그 개혁을 위한 정책을 『만언집(萬言集)』에 엮어 자신의 정치적 포부를 밝혔다.

그가 정치가로서 명성이 확립된 것은 이 정치백서가 탁월하였기 때문이다. 이른바 이 신법(新法)은, 그가 재상에 이르러 국가 재정과 정치적 위기를 타개하는 데 크게 기여한 것이다.

신법당(新法黨)에 속하는 그는 구법당(舊法黨)의 보수파와 싸워가며 여러 가지 정치적 개혁을 이룩하는 데 성공하였다. 정권이 다시 구법당의 손에 넘어가면서 그의 개혁은 물거품으로 돌아갔다. 8년 간 심혈을 기울여 창안한 제도는 홍수에 밀리듯 하나씩 떠내려갔다. 그는 이러한 괴로운 현실 속에서 66세를 일기로 침묵 속에 정치판도에서 사라진다.

그러나 시문(詩文)에서는 당송(唐宋) 팔대가의 한 사람으로『임천문집(臨川文集)』과『당백가시선(唐百家詩選)』 등을 후세에 남기게 된다.

왕안석, 그 사람을 통해서도 정치 생명과 권력의 생리가 얼마나 덧없는가를 우리는 다시 한번 깨달을 수 있다.

시비와 곡직이 부재한 가운데 정치의 어지러움을 그는 몸소 체험하였다. 권력이 일단 그 손을 떠났을 때 그 포부와 함께 그 사람도 사라지는 것, 이것이 예나 지금이나 정치의 생리인 것이다.

목숨을 걸고 일구어 놓은 새로운 제도는 어느 사이에 비누 거품의 방울처럼 순간순간에 꺼지고 만다. 세상만사는 이처럼 변해 가는 것이다. 현란한 무지개는 시간을 지체할 수가 없기 때문이다.

이런 현상에 비하면 산은 그런 대로 얼마나 항구성이 있는가. 만고상청의 청산이 그 얼마나 믿음직한지 모른다.

권력의 꿈이야말로 일장춘몽이 아닐 수 없다. 남겨진 것은 환멸의 비애뿐. 만인이 추구하는 부귀영화란 이토록 무상한 것이다.

산이야말로 이와는 대조적이다. 믿음직한 산. 그가 고향으로 돌아갔을 때 그의 곁에는 산이 있었다. 오직 그 산만이 그를 기다려

주었다. 변함 없는 우정을 산과 더불어 나눌 수가 있었다. 뜬구름 같은 세상에 혐오스러운 명리, 그것은 언제나 사람을 배신하는 것이다.

이에 견주면 산이야말로 진실로 순수 무구한 존재가 아닌가. 보면 볼수록, 만나면 만날수록 더욱 다정다감하게 느껴진다. 그 다정이 그리워 마침내 만금(萬金)을 주고 산을 바꾸어 그 속에서 늙으니 노병유고주(老病有孤舟)를 면하게 된다.

산은 그 정겨움에 그치지 않고, 위용 또한 의연하여 장자(長者)의 풍도(風度) 역시 갖추고 있다. 화조월석(花朝月夕)의 한때를 지나도 그 기상은 변함이 없기 때문이다.

초목은 철따라 모습이 변하고, 계곡의 샘물은 하염없이 흘러가도 산 그 자체는 태연자약 스스로 한가하다. 왕안석, 그 사람 자신이 바로 종산(鍾山)인 듯, 꽃피던 시절이 다 가고 흐르는 물소리 더욱 요란해도, 한가로이 떠도는 백운처럼, 유유히 나는 야학처럼 산고수장(山高水長)의 태연함을 잃지 않았다.

인생은 무엇과 같으냐

도처에서 만난 인생, 무엇과 같은지 (그대는) 아는가?

응당 눈〔雪〕과 진흙 위에 쉬어간 기러기의 발자취와 같으리라.

진흙 위에 우연히 남겨진 발톱자국.

한 번 날면 기러기인들 어찌 동서(東西)를 다시 생각하랴.

(하지만) 노승(老僧)은 이미 가고 없어도 탑은 새로 이루어졌네.

벽은 이제 허물어져 그 위에 써 놓은 옛 시는 흔적조차 없는데

지난날의 기구한 삶을 다시 소슬히 기억하니

길은 멀고 사람은 지쳤는데 발을 저는 나귀마저 울고 가더라.

人生到處知何似　應似飛鴻踏雪泥

泥上偶然留指爪　鴻飛那復計東西

老僧已死成新塔　壞壁無由見舊題

往日崎嶇還記否　路長人困蹇驢嘶

소동파(蘇東坡)가 1061년 민지사(澠池寺)라는 절에 들러 동생과 함께 불운했던 한때를 회고하며 자유(子由, 蘇轍의 字)에게 화답한 내용이다. '화자유민지회구(和子由澠池懷舊)' 이 칠언율시 이외도 동생 자유(子由)를 생각하며 읊은 시는 '마상기자유(馬上寄子由)', '희자유(戲子由)' 등 여러 편이 있다.

그 중에도 신축년 11월 19일에 정주(鄭州) 서문(西門) 밖에서 자유와 이별하고 말 위에서 읊은 '마상부시일편(馬上賦詩一篇)'은 동기를 사랑하는 애절한 장면들이 선명하게 부각되어 있어 이 시를 읽는 이로 하여금 눈시울을 뜨겁게 한다.

여기 소개한 이 회고시는, 기구(起句)의 첫줄부터 인생이 도처에서 그 얼마나 무상한가를 자유에게 묻고 있다.

22세 때 동생과 나란히 진사시(進士試)에 합격하고 구양수(歐陽修)의 추천으로 문단에 데뷔한 이래, 형제가 함께 당송(唐宋) 팔대가(八大家)의 영광을 누렸지만 정치생활에 있어서는 왕안석(王安石)의 신법당(新法黨)에 반대한 연고로 노상 지방관리로 전전하지 않으면 안 되었다. 그래 인생살이가 얼마나 덧없는가를 실감하게 되었으리라. 이윽고 녹아야 하고 이윽고 지워져야 하는 눈이나 흙 위에 놓인 새 발자국에 자신의 정치생명을 비유하게 되었다.

기러기의 발자취는 허공을 날다 잠시 쉬어간 흔적일 뿐이다. 아주 우연한 표적이다. 눈이 녹으면 사라지고 물이 지나면 꺼져버리는. 사람의 살아간 흔적도 이와 같아서 흘러가는 세월따라 순간순간 속절없이 망각 속에 잠기고 만다.

비록 인생은 짧아도 예술은 길다지만, 오며 가며 쉬어가던 그 사원, 그 벽 위에 적어 놓은 대문장의 시문인들 벽도 집도 허물어지니 어디서 그 향기를 다시 맡으랴.

게다가, 나귀 등에 몸을 싣고 이 고을 저 고을로, 이 관아 저 관아로 돌고 돌며 지방관리의 고달픈 경력을 엮어 가야 했다. 끝도 한도 없이 가렴주구에 시달려 온 가난한 백성들, 그들의 편에 서서 함께 슬픔을 나누어야 했다.

이것은 그대로 그의 시의 소재가 되지 않으면 안 되었다. 자신의 기구한 생애와 농민들의 뼈를 깎는 아픔이 곧잘 직유와 은유로 배합되니 그 속에 담긴 진실을 읽는 이 더욱 비감하게 느끼지 않을 수 없었으리라.

'길은 멀고 사람은 지쳤는데 발을 저는 나귀마저 울고 가더라.'

이것은 그대로 소동파 형제의 그것이요, 그때 그 백성의 그것이었을 것이다. 하지만 꿈을 깬 노승은 이제 그 몸은 사라지고 없어도, 무상을 깨어버리고 새로이 나니 그 증표가 탑(塔)으로 화현되어 있다.

동파거사를 즐겨 자칭하며 불가에 귀의하니 그는 결국 백천만 겁에 만나기 어려운 보배를 지녔구나.

젊음은 두 번 다시 오지 않는다

소년은 늙기 쉽고 학문은 이루기 어렵도다.
한 치의 광음도 헛되이 보내지 말지어다.
못 둑에 풀포기 솟던 봄꿈도 아직 깨닫지 못했는데
섬돌 앞 오동나무 잎에 벌써 가을바람 소리가 들리는구나.
少年易老學難成
一寸光陰不可輕
未覺池塘春草夢
階前梧葉已秋聲

이 주문공(朱文公)의 권학(勸學)의 시는 거의 모르는 이가 없을 정도로 널리 알려져 있다. 그럼에도 다시 여기 소개하는 것은 바야흐로 등화가친의 계절에 이르러 나태에 빠진 자신을 일깨우고 싶어서이기도 하다.

등불을 가까이 하여 글을 읽는다는 가을. 얼마나 시적인 계절인가. 장장추야(長長秋夜)에 양량(凉凉)한 기후. 우리의 정신을 살찌우기에 이보다 더 좋은 철이 없을 것 같다.

가을이라고 결코 한가한 시즌은 아니다. 어쩌면 수확하기에 더욱 바쁜 시간인지도 모른다. 그래서 옛 사람들은 주로 밤을 이용해 공부를 했다. 주경야독이라는 표현이 이를 잘 설명하고 있듯이, 고금을 통해 우리의 삶이란 원래 낮에 책만을 읽고 있을 만큼 그렇게 여유로운 것은 아니지 않는가. 뜻이 높으나 생활이 빈핍한 사람에게는 더욱 그렇다. 동진(東晉)의 차윤(車胤)이나 손강(孫康) 같은 학자의 사례에서도 이것을 알 수 있다.

낮에는 책을 읽을 시간적 여유가 없고, 밤에도 집이 가난하여 등유를 구하지 못해서 망 속에 개똥벌레를 잡아 넣어 그 빛으로 독서를 즐겼던 소년시절의 차윤. 손강 역시 젊어서 눈[雪]에 비치는 달빛을 이용하여 글을 읽었으니, 후세에 이것을 기려 형설(螢雪)의 공이라는 고사(故事)가 생기게끔 되었다. 게다가 이 두 사람으로 말미암아 가난한 집에서 학자가 난다[文章出於困窮]는 격언도 입증이 된 셈이다. 전자는 이부상서(吏部尚書)에, 후자는 어사대부(御史大夫)에 각각 높은 벼슬에 올랐으니…….

이 시가 경계하고 있듯, 시간의 허비만큼 인생을 기울게 하는 것은 다시없다. 무한한 시간의 흐름 속에 우리가 살고 있다지만 각자에게 주어진 기회는 자주 반복되는 것이 아니기 때문이다.

세상 만물은 시간 속에 내재해 있어 사람 또한 그 한정 속에 산다. 하지만 어떤 이는 그 제약 속에 묶이고 어떤 이는 그 속에서도 자유롭다. 그것은 한마디로 기회의 포착여부에 달려 있다 하겠다.

삶에 충실하다는 것은 때와 곳을 외면하고 있기 어렵다. 적시(適時)를 놓치고 당처(當處)를 잃는다면 가을이 와도 제대로 열매를 거두기는 어려울 것이니까.

만고의 역사가 오늘에 있어야 하는 것은 잘못이 거듭되지 않기 위해 필요하고, 선각자의 가르침이 요긴한 것은 길을 처음 떠나는 이들에게 지침이 되기 때문이다.

젊음은 두 번 오지 않고
하루의 새벽은 다시 오기 어렵다.
때에 이르러 마땅히 노력할진저
세월은 사람을 기다려 주지 않는 법.
盛年不重來　一日難再晨
及時當勉勵　歲月不待人

도연명의 잡시(雜詩) 가운데 한 수. 12구 중 단장취의(斷章取義)한 마지막 4구이다.(12구로 구성된 전체로 볼 때에는 권학의 뜻과 어긋난 감이 없지 않다. 하지만 어느 사이에 끝부분 4구만을 잘라 세월의 무상함을 일깨우는 교훈으로 통용되게 되었다.)

자기 논의 돌피를 뽑기에 앞서 남의 밭의 깜부기를 지적하듯, 자기 발 밑은 살피지 않고 한눈만 팔고 세월을 허송하는 그런 이들을 위해서도 광음은 역시 기다려 주지 않을 것이다.

비 그치니 산은 더 맑고

비가 그치니 고요한 산은 한결 더 맑고
새 샘이 한데 모여 숲을 흐르니 그 소리 더욱 요란하다.
산 깊이 홀로 앉으니 있음도 잊고 돌아감도 잊었는데
뭉게구름 바위 밑에 한없이 일어나네.
雨歇空山較倍淸
新泉一道出林聲
坐深不覺忘歸去
無數亂雲巖下生

산수화에 뛰어난 원말(元末) 4대가(大家)의 한 사람인 오진(吳鎭)의 7언절구.

그는 매화를 좋아하여 세상에서 그를 매도인(梅道人), 또는 매화도인(梅花道人)이라 불렀고, 만년에는 오로지 불교에 귀의하면서 매사미(梅沙彌) 또는 매화화상(梅花和尙)이라는 법호를 가지게 되었다.

절강성 가흥(嘉興) 사람으로, 젊어서는 검술을 배웠으나 본업은 역학(易學)을 공부한 점술가였다. 벼슬에 나간 일이 없이 세상을

피하여 숨어 살았다. 촌숙(村塾)을 마련하여 자신의 박학다문을 가
르치며, 고고한 문인생활로 일관하였다. 심지어 동시대의 문인화
가들과도 일체 교류가 없이 홀로 묵향 속에 생애를 보내며, 희귀
한 삶의 자세를 변치 않았다.

당시의 큰 봉우리 거연(巨然)에 사사하여 특히 매죽(梅竹)에 빼어
나 「묵죽보(墨竹譜)」·「문호주죽파(文湖州竹派)」, 그리고 「제화시문
집(題畵詩文集)」·「매도인유묵(梅道人遺墨)」 등의 저서가 후세에 전
해지고 있다.

우헐공산(雨歇空山)의 시제(詩題)가 말하듯이 불교에 귀의한 산
중 거사의 정한(靜閑)의 색채가 두드러진다. 바로 그의 삶의 특징
을 엿보이게 한다.

무주공산(無主空山)엔 비가 내린 뒤에 한결 더 푸르르니, 티끌이
씻기어 청정한 본래의 모습이 드러나기 때문이다. 바람에 날려오
는 먼지가 쉴 사이 없이 쌓이고 쌓이어 산천초목도 어느 사이에
제 모습을 잃다.

때로 얼룩진 숲 사이로 한줄기 신선한 계곡물이 세차게 흐르니,
그 물소리도 상쾌하려니와 혼침에서 깨어나는 듯한 맑은 기운 또
한 허공을 날 듯하다.

심산유곡에 홀로 앉아 무심에 잠기니 처소(處所)도 망각 속에,
돌아갈 생각조차 잊게 되었다.

오직 절벽 아래로부터 솟아오르는 어지러운 구름만이 검고 흰
연기처럼 뭉게뭉게 무량(無量)하게 피어오르고 있어, 마치 춘몽(春
夢) 속에 선경을 방불케 한다.

산천(山川)의 현상계가 이렇듯, 수행인의 경우 신행이 여법하다

면 우리의 빈 마음도 더욱 맑아질 것이다.

일관된 정진을 통해 새로운 기운이 심신에 충만하니 선열(禪悅)의 환희심이 넘쳐 흐른다.

좌정하여 깊고 깊은 적정 속에 삼매에 드니, 전후 사정의 번뇌가 사라져 산을 물러날 생각조차 없더라.

무량한 생명의 파동이 무시이래 이어온 모습, 마치 백운처럼 허공에 날고 있을 뿐이다.

매화도인처럼 세속을 여의고 시정(市井)을 떠나 이해를 초월해 묵향(墨香)에 취하여 숨어산다면, 그 고결한 아취(雅趣)를 느낄 법도 하련만, 거기에 미치지 못하는 것은 인간의 성숙이 게까지 이르지 못했음이다.

항용 움직이기에 바쁜 이는 정좌(靜坐)가 잠시도 어렵고, 잠들기를 즐기는 이는 그만큼 각성이 쉽지 않다.

항상 움직이면 가라앉기가 어려워 파도는 좀처럼 잘 날이 없다. 이렇게 들떠 있으면 그만큼 마음은 무엇에 시달리게 마련. 까닭 없는 피로 속에 영일이 없을 것이다. 인생을 소모하고 시간을 낭비하고, 불안정한 순간순간은 삶의 고리가 죽음의 고리로 연결되고 만다.

생이 또 있다면 소란한 생은 소란한 죽음으로 이어질 것이다. 세세생생 어찌 편안한 시간이 있겠는가.

일념이 곧 만겁이라 하였으니 한순간의 정적도 열매가 익으면 겁으로 이어져 나갈 것이다.

밖에서 구하는 것은 끝내 무너진다

요즈음 세상은 어찌 보면 모든 가치 기준이 화폐와 일치해 가는 느낌이 없지 않다. 보물이 귀하면 비싸듯이, 사람도 지위가 높으면 대우가 좋다. 역으로 생각하면, 값이 비싼 물건은 귀한 것이고 싸면 천한 것이다. 사람 역시 그렇게 보기 쉽다.

이렇게 돈이 가치 척도가 되고 있다. 그래서 세속에서는 돈의 유무나 다과로 사람이나 물건의 가치가 결정된다. 물론 이런 기준이 꼭 정확한 것은 아니다. 하지만 달리 기준을 정하기는 더욱 복잡하다고 생각한다.

돈에 의한 기준은 쉽게 생각해서 객관적이며 보편적인 일면이 없지도 않다. 일반에게 이런 기준이 널리 통용되는 것이 이런 까닭 때문인지도 모른다. 그래서 이런 가치 기준이 쉽사리 인습과 관행이 되어 버렸다.

값싼 물건을 천하게 여기듯, 돈을 못 벌면 하찮은 인물이 된다. 뿐만 아니라 값싼 옷을 입거나 값싼 차를 타면 사람까지도 천해진다. 국산보다는 외제 옷을 선호하고 작은 집보다 큰 집을 좋아하는 이유가 다른 데 있지 않다. 남보다 고귀해지기 위해서이다.

이토록 사람까지도 훌륭(?)하게 만들 수 있는 힘이 돈에 있다.

이것이 만인이 부러워하는 돈의 매력이다. 이쯤되고 보면 천하에 홀로 존귀한 것이 돈이 아닐 수 없다. 돈의 힘이라면 불가능이 없기 때문이다.

어느 사이에 사람까지도 돈을 위해 살게 되었다. 돈의 힘을 빌리면 안 되는 것이 없고, 돈을 위해서라면 못하는 것이 없으니까. 돈은 자못 왕으로 군림하게 된다. 그 대신 사람은 시녀로 전락하게 되었다. 심지어 돈 앞에서는 노예의 신분으로 바뀌는 것조차 고맙게 여긴다. 돈을 행복의 신으로 착각하고 있다. 신 앞에 굴복하는 것은 노예가 아니기 때문이다.

우리는 흔히 사물의 본질을 모르고 외형에만 끄달리고 있다. 세상을 살다보니 행복이 돈이라는 그릇된 생각을 하게 된다. 그래서 돈은 곧 행복이라는 공식이 성립된다. 그러므로 돈이 없으면 불행하다고 여긴다.

사람은 누구나 행복해질 권리가 있다고 한다. 행복해지는 데도 조건이 있듯이 돈을 버는 데도 가려야 할 수단과 방법이 없을 수 없다. 그러나 경제원칙은 적은 비용으로 많은 수익을 얻는 것이다. 노력을 적게 들이고 보수를 많이 받는 것, 최소의 힘을 들여 최대의 성과를 얻는 일이다. 그러기 위해서 사람은 생각해야 했다. 삶에는 처세술이 필요하듯이 '메이크 머니'에도 어떤 술수를 생각하게 된다.

공명정대한 것은 지름길이 되지 못한다. 공정한 수단과 방법으로는 노력의 대가 밖에는 기대할 수 없다. 시간과 노력과 비용은 적게 들이고 가급적 많은 수입을 기대하는 것이 인지상정이다. 이것은 또 현대문명의 목표이기도 하다.

바야흐로 지금은 아이디어 시대이다. 이 아이디어란 말이 어떤 의미에서는 사수(詐數)라는 낱말과 비슷하게도 쓰이는 것 같다. 돈을 벌기 위해서는 아이디어를 개발해야 한다. 그 개발이 돈을 벌기 위한 수단으로서의 그것이기 때문에 자칫하면 사수에 떨어지기 십중팔구이다.

개발한 아이디어가 성공했다고 할 때, 사수가 적중했다는 의미도 된다. 노력의 마진이 클수록 이것은 성공으로 본다. 이것은 일종의 도박의 심리이다. 이런 식으로 치부를 하는 그 이면에서는 자신이 함정을 파고 있다는 것은 꿈에도 생각지 못한다.

이런 행위를 일러 어리석음이라 해야 할 것이다. 돈이 곧 행복이라고 믿는 것도, 사수로써 요행을 바라는 것도 그 모두가 어리석음의 소치일 뿐이다.

이런 어리석음에서 깨어나지 못하는 한 무너지는 것은 다리나 백화점에 국한할 일이 아닐 것이다. 이런 치심(痴心)은 무명으로 인하여 마음속에 자리잡은 도적임에 틀림없다.

산속의 도적은 깨뜨리기 쉬워도
마음속의 도적은 깨뜨리기 어렵다.
破山中賊易 破心中賊難

중국 명나라 왕양명의 글이다. 우리는 행복을 구할 때 흔히 밖에서 찾고 있다. 그 때문에 우리는 끝내 행복에 이르지 못한다. 행복은 언제나 내 안에 있기 때문이다. 무엇을 구하기에 앞서 내 안에 있는 도적부터 섬멸하는 것이 순서일 것이다.

190

꽃 같은 진실

매화(梅花) 옛 등걸에 춘절(春節)이 돌아오니
옛 피던 가지에 피엄즉도 하다마는
춘설(春雪)이 난분분(亂紛紛)하니
필동말동 하여라.

이 옛 시조가 함축하고 있는 의미는 저자에게 달렸겠지만, 매화가 어찌 춘설을 꺼리랴마는 설백빙자(雪魄氷姿)의 고운 임이 이 땅에 오시기에는 세상이 하 어지러워 이를 역겨워함이리라.

가을의 굿은 비와 봄의 세찬 바람은 열매를 알차게 하고 춘광을 뜻있게 함인지도 모른다. 봄이 더욱 봄답기 위해 그 속에 피는 꽃이 매화를 선두로 모두 냉염한 자태를 잃지 않는 것.

조춘만화(早春滿花)가 요란하기까지는 긴긴 인고의 겨울을 견디어왔다. 그저 견디지만 않고, 천하를 아름답고 멋있게 꾸미기 위하여 침묵 속에 진실을 추구하며 방일 없는 참담한 순간순간을 이어왔다.

오직 화창한 봄을 위하여 제각기 나름대로 수분지족하며 혹은 대지 밑에서 혹은 줄기 속에서 근근자자(勤勤孜孜)로 몸을 깨끗이

하고 마음을 닦는 데 여념이 없었다.

그 결정(結晶)이 이제 온 산야에 그 장한 천자만홍의 모습을 다투어 차례로 드러내니, 이것이 곧 상(相)으로 나타난 우주의 진리일 뿐이다.

산에 들에 자생한 향화 방초, 그 어느 것도 진리의 표현 아님이 없다. 삶의 진실을 그대로 나타낸 숨김 없는 표상이다.

그들 중에 아무리 왜소하고 아무리 초라하게 보일지라도, 그것은 우리가 사물을 대하는 부실한 안목의 탓일 뿐, 그 자체는 왜소도 초라도 있을 수는 없다. 그들은 모두 숭고한 존재들이다. 게다가 완벽한 존재들이다. 이들이야말로 늘 하늘을 향하고 있으되 한 점 부끄러움이 없겠지.

산다는 게 무엇인가. 사람과 동물, 초목과 화훼까지도 삶에는 삶의 진실이 없을 수 없다. 풀에는 꽃다운 향기가 있고 꽃에는 향기로운 아름다움이 있어야 하는 것은 그 삶이 진실을 추구하여 왔기 때문이다.

이 봄에는 산천초목과 인간의 삶이, 그 대조가 더욱 두드러지게 느껴진다. 웬일일까. 우리가 진실로 한송이의 꽃을 사랑할 수 있다면, 우리도 그만큼 진실하게 살 줄 알 것이다. 우리 자신이 진실하지 않고는 꽃과 참다운 친구가 되기 어려우리.

다음의 칠언율시는 명나라 때 석도(石濤) 화백의 꽃을 사랑하고 꽃같이 살려는 그 노래이다.

꽃을 찾아다니기에 머묾이 없고
그를 생각하며 붓을 달리기, 매가 토끼 잡듯 하네.
꽃가지 구불구불 치솟아 하늘엔 구름도 없고

줄기는 곧게 허공에 늘어서 달을 토하려 하네.
꽃이 필 땐 내가 와서 그를 노래하고
꽃을 못 찾아 헛되이 돌아가면 누가 그를 보살피리.
동풍아, 제발 미친 듯 함부로 불지를 마라.
꽃이 좋아 내일 아침 다시 달려오리라.
行脚探花不得在　思之走筆鷹捉兎
枝虯聳出天無雲　幹直排空月臨吐
花放我來我賦花　花空我去花誰護
東風切莫漫顚狂　遣興明朝還趨步

　명(明)이 멸망할 즈음 그의 부친이 죽음을 당하자, 자신은 전란을 피해 입산하고 도제(道濟)라는 법명을 갖게 되었다. 석도(石濤)는 그의 자(字)이며, 본명은 주약극(朱若極), 대조자(大滌子)는 그의 아호이다.

　송강(松江)의 고승 여암본월(旅菴本月)에 사사하여 불도 수행과 더불어 시서화(詩書畵)를 겸수하니 그 재능이 세상에 알려져, 화론(畵論)으로 「화어록(畵語錄)」과 시문이 수록된 「대조자제화시발(大滌子題畵詩跋)」이 전하게 되었다.

선(禪), 이보다 더 값진 것이 있으랴

이미 200년 전에도 문화의 시설과 제도가 인간과 사회를 오염시킨다는, 그런 염려를 한 선각자들이 없지 않았다.

18세기에 파리를 모방하여 제네바에 극장을 세우려고 했을 때, 루소는 이를 반대하였다. 그는 자기의 고향, 순수무구한 제네바가 파리처럼 오염되어 가는 것을 걱정했기 때문이다. 파리같이 이미 더럽혀진 대도시에서는 그것을 정화하기 위하여 극장 같은 문화시설이 필요할는지 모르지만 제네바처럼 순결한 고장에서는 극장문화가 오히려 깨끗한 시민생활을 오염시키기 때문이라는 이유에서였다.

루소는 그의 '학문 예술론', 즉 「학문과 예술의 진흥이 풍속을 순화시키는 데 기여할 수 있는가 없는가」에 대한 디종 아카데미의 현상논문에서 기여할 수 없다고 명확히 단정했다.

자연은 원래 티없이 선(善)하지만 문명이 이런 자연 속에 사는 사람을 퇴폐시키고―여기서 문명이란 학문·문학·예술을 말하며 바로 이것이 타고난 인간의 자유로운 감정을 억압하여 사람을 노예상태로 만들어 간다―이런 예속상태에 갇혀 있는 인간을 가리켜 문화국민이라고 부른다는 것이다.

이것이 어찌 루소 한 사람만의 주장이었으랴. 이런 현상논문이 일등으로 당선되었다는 사실 자체가 그 당시에도 이미 이에 공감하는 식자들이 적지 않았음을 말해주는 것이리라.

이제 미오염(未汚染) 지구란 이 지구상 어디에서도 찾아볼 수 없게 된 것이 그로부터 200년 후인 오늘의 현실이다.

한 실례로서 텔레비전이란 문명의 이기가 집집마다 안방 깊숙이까지 침투해 들어와 있을 정도이므로 문화란 것이 인간의 심성(心性)을 오염시킨다면 과연 그 극심함이 어떠하리라는 것은 누구라도 짐작하기에 어렵지 않다.

땅에서 넘어진 사람은 땅을 짚고 일어나야 하는 것처럼 이 오염된 심성을 정화(淨化)하는 일 또한 문화의 역할에 기대할 수밖에 없게 되었다.

오늘의 문제는 이토록 오염된 인간의 심성을 정화하기 위해서는 그 문화가 어떠한 문화여야 하며, 또 이런 문화를 담당하고 있는 사람이 이 점을 얼마나 자각하고 있느냐 하는 것이다. 특히 종교가 이 때문에 생겨났고 이 때문에 필요하다면 오늘날, 더욱이 종교의 사명이 무엇인가는 불문가지이다.

우리가 잠시라도 고요히 앉아
한생각 마음을 깨끗이 하면 바른 깨달음 이루지만
갠지스 강가 모래수보다 더 많은 칠보탑을 조성하더라도
그 보탑은 마침내 부서져 티끌이 되리.
若人靜座一須臾　一念淨心成正覺
勝造恒河七寶塔　寶塔畢竟碎微塵

『금강경』에도 '일체의 함이 있는 법은 꿈이나 허깨비나 거품이나 그림자와 같고 또한 이슬 같고 번개와 같다(一切有爲法 如夢幻泡影, 如露亦如電)'고 하였다.

그러나 함이 없는 법〔無爲法〕, 즉 마음을 닦아 자성(自性)을 밝혀 나가면 결국엔 위없는 바른 깨달음을 이루게 되지 않으랴. 이것이 불법이고 정법(正法)이고 또한 정좌정심(靜坐淨心), 즉 좌선(坐禪) 수행의 목적이기도 하다.

지금 우리의 환경이 공해로 뒤덮이고 사람은 부패로 찌든 까닭이 어디에 있겠는가. 식자들의 각성이 요망되지 않을 수 없다.

비록 분주한 세상살이에서라도 잠시 틈을 내어 좌선으로 마음을 밝혀 나가는 일만큼 이 세상에 더 값진 일이 있으랴. 무시겁래(無始劫來)로 타락해 온 나 자신을 돌이키고, 비뚤어진 사회를 바로잡기 위하여 좌선, 이 일이야말로 무엇에도 견줄 수 없다. 이런 선문화(禪文化)야말로 인간정화에 가장 바르고 빠른 길이 될 것이다.

이 몸도 사개가 허물어지듯

“ㅡ 야단났어!”

“ㅡ 왜?”

전동차 안에서 친지(親知) 한 사람을 오랜만에 만났다. 치과에 다녀오는 길이라며 이 아픈 사정을 늘어놓는다.

“얼마 전에 400만 원을 주고 고쳤는데 그게 잘못됐어. 그래 친구 소개로 유명하다는 치과의사를 찾아갔더니 다시 고쳐야 하는데 500만 원이 든다지 뭐야. 성한 이는 두 개 밖에 없다며 그것마저 뽑아 버리고 틀니로 싹 다시 해야 한다는 거야.”

치과 이야기는 계속되었다. 얼굴 모양이 일그러지는 것은 물론이고, 어깨도 한쪽으로 기울게 되고, 무릎 아픈 것까지도 그 때문이라는 것이다.

평소에 나를 만나면, “왜 요즈음 산(山) 안 타지? 나는 오늘 아침에는 식전에 관악산 다녀왔어” 하며 그는 언제나 건강에 자신을 가지고 있었다.

그러기에 건강 때문에 ‘야단났다’는 그의 말이 처음에는 그리 실감이 나지 않았다.

하지만 듣고 보니 남의 일 같지가 않았다. 누군들 여기서 예외가 될 수 있으랴. 고작 집행유예에 지나지 않을 것이다. 집도 허물어지기 시작할 때는 주춧돌 하나 가라앉거나 도리 하나가 썩어도 사개가 뒤틀리고, 세간살이도 오래 되면 저절로 운다지 않는가.

갑술년 새해를 맞는다. 누구나 자신을 한 번 돌이켜 볼 때다. 하루의 계획은 새벽에 있고, 한 해의 계획은 봄에 있고, 일생의 계획은 부지런함에 있고, 한 집안 계획은 자기에게 달려 있다고.

무릇 형상이 있는 것은 다 허망한 것이니,
모든 형상을 형상 아닌 것으로 보면 곧 여래를 보리라.
凡所有相 皆是虛妄
若見諸相非相 卽見如來

(『금강경』 如理實見分에서)

위의 게송을 '반야 제1게(偈)'라고 하는데, 이것이 금강경의 핵심이 되고 반야(般若) 600부 전체의 뜻을 갈무리하고 있기 때문이라고 한다. 그만큼 이 게송은 중요한 내용을 담고 있다.

『금강경오가해(金剛經五家解)』에서 육조스님은 '일체 모든 모양 있는 것은 허망한 것이므로, 일체 모양 있는 것이 허망한 것이고 실다움이 없다는 것을 깨달으면 곧 여래의 무상한 진리를 볼 수 있다'고 하였다.

우리가 육안으로 볼 수 있는 현상계의 모든 것은 덧없는 것이고, 오직 눈에 안 보이는 마음만이 절실한 것이라는 뜻.

그렇다면 현상계를 떠나서 마음이 존재하는가? 이 대목에 관한 야보(冶父)스님의 다음과 같은 게송을 살펴볼 필요가 있다.

'산시산(山是山) 수시수(水是水)니 불(佛)이 재심마처(在甚麼處)오. 산은 산이요 물은 물이로다. 부처는 어느 곳에 있는가.'(만약 佛身

이 相이 없다 하면 상 밖에 반드시 불신이 있어야 하거늘 이제 산을 보고 산이요 물을 보고 물이라면 부처는 어느 곳에 있는가. - 함허스님의 해석)

이어 야보스님은 '상(相)이 있고 구(求)함이 있으면 모두 허망한 것이요, 모양이 없고 봄이 없다 함도 치우침에 떨어지는 것이라……' 운운.(有에 집착하고 無에 집착하는 것은 다 邪見을 이루는 것이니, 있고 없고가 둘 다 없어야 一味가 항상 나타나리라. - 함허스님 해석)

허물어져 가는 몸을 볼 때 괴로움에서 벗어나기 위하여 우리는 그 방법을 고구정녕하게 일러주신 세존의 말씀에 새삼 귀를 기울이지 않을 수 없다. 우리의 생사를 초월하는 방법이 오직 여기에 있기 때문이다.

생멸(生滅) 있는 몸은 보아도 생멸이 없는 자성불(自性佛)은 볼 줄 모르는 것이 중생이 아닌가.

권력과 법난(法難)

나는 이번 법난을 지켜보았다. 이 법난에 항거하여 수좌스님네들은 조용한 산문을 지키려 일제히 일어서 개혁의 깃발을 높이 들었다. 참으로 한국불교 1,600년 사상 초유의 일대 장거가 아닐 수 없다.

역사의 죄인을 절복(折伏)시키고, 종단의 비리를 정화하는 그 의로운 행동은, 2천만 불자의 선도자로서 후세에 길이 빛날 귀감이 되기에 충분했다. 더욱이 수천의 무장경찰이 부패와 폭력을 비호하려 신성한 법당을 마구 난입한 그 살벌한 와중에서도 오직 불법을 지키기 위하여 적수공권 비폭력으로 끝까지 저항, 물러섬이 없었다.

이와 때를 같이하여 원로스님들과 상당수의 중견스님들은 권력 앞에 순교(殉敎)를 각오하고 현장에서 단식농성을 감행하여 비장한 개혁의지를 내외에 천명하였다.

이것이 어찌 선지식이나 사문의 본분사(本分事)이겠는가. 석가세존이 왕국을 버리듯, 세간의 영화를 버리고 명리를 떠나 부처님의 혜명을 이어 사바세계의 중생을 고해에서 건지려는 오직 그 한 가지 원(願). 입산 수도의 목적은 오직 여기에 있다.

하지만 정치 권력의 거센 세파는 불교 종단이라고 해서 조용히 예외로 두지는 않았다. 그 유혹과 사주에 일부 사판 소임자들이 타락해 갔다. 이것은 한국불교의 위험한 적신호가 아닐 수 없었다.

뜻 있는 스님들은 여러 차례 경고의 목탁을 울리기도 하였다. 하지만 권력의 덫에 걸린 그들은 그 마력에서 자력으로 빠져나올 기력을 잃은 지 이미 오래다.

병은 나날이 깊어, 하루 빨리 그 환부(患部)를 도려내지 않으면 종단 전체가 기사회생이 불가능할는지 모를 일이었다. 이런 긴박한 상황에서 선방의 수좌라고 해서 어찌 가만히 앉아 있을 수 있으랴.

산에 사는 스님네들은 세상 물정은 잘 모르지만 한 가지, 후각만은 남달리 예민하다. 시정의 부패를 보지 않아도 냄새로 알 수 있었다. 권력에 눈이 어두운 그런 이들에게 종교가 무엇인지, 부처님의 가르침과 그 교단과 그 제자가 얼마나 소중한 것인지, 사원이 어떻게 신성하고 거룩한 것인지 제대로 보일 리가 만무하다. 이런 무지(無知)에 저항하여 교단을 지키기 위해서는 순교를 불사하고 피를 흘리지 않을 수 없다.

이번 법난이 얼마나 처절하였는가 하는 것은, 스님네들의 부상자가 얼마나 많았는가 하는 점으로도 미루어 알 수 있다.

이 법난 중에 어느 신문지상에서 '경찰이 가톨릭 성당에는 허락 없이 한 발도 들여놓지 못하면서 어찌하여 법당에는 마구 들어가며, 신부는 한 사람도 연행하지 못하면서 왜 스님네는 멋대로 데려가고, 심지어는 많은 스님들에게 상처를 입히는지 모르겠다'는 요지의 기고를 읽은 기억이 난다.

이런 법난은 인도·중국·일본에도 없지는 않았다. 그것은 오

랜 과거의 일이었다. 현대에 와서는 중국의 문화혁명을 들 수 있
다. 그리고 우리 한국의 예가 될 것이다.

중국의 법난은 5세기부터 10세기에 걸쳐 일어났는데 그것을 삼
무일종(三武一宗)의 법난이라 부른다. 북위(北魏)의 태무제, 북주(北
周)의 무제, 당(唐)의 무종과 후주(後周)의 세종의 그것을 말한다.

하지만 그 어느 시대고 그 다음 황제가 등극하고는 곧 불교부흥
정책을 펴왔다.

국토에는 천망 같은 그물이 쳐져 있어
세상에 선악의 과보가 나타나지 않는 일이 없다.
或有國土如天網
世界成敗無不現

(『화엄경』 권6에서)

또 어떤 경에는, '네 스스로 지은 악업은 네 자신이 먹게 되고
그가 지은 업은 다른 사람이 받는 일은 없다(汝自作惡業 汝如是自
食 非此人作業 餘人受果報)' 하였다.

눈만 속이면 그것으로 끝난다고 여길지 모르지만 인과법칙에서
볼 때 그처럼 어리석은 생각은 없다. 선성악패(善成惡敗)의 준엄한
심판은 세세생생에 그림자처럼 그의 뒤를 따른다. 이것을 자승자
박이라고 한다.

눈썹의 의미

아래와 같은 안면설화(顔面說話)가 있다.

입은 이목구비 중에서 자기가 제일 중요한 직분을 맡고 있다고 생각했다. 이식위천(以食爲天)으로 봐서도 그러하지만 언어를 구사할 수 있다는 것은 다른 것들이 감히 흉내조차 낼 수 없는 비범한 일이기 때문이다. 코 같은 것은 별것도 아닌 주제에 자기보다 높은 지위에 있어서 입은 이것이 늘 불만이었다. 입은 더 이상 견딜 수가 없어서, 자고(自高)스런 발상으로 드디어 코에 대한 정면 도전의 기회를 맞는다.

코로서는 천만 뜻밖이었다. 입의 구실이 중요하지 않은 것은 아니로되 그렇다고 감히 코인 나에게 도전을 해오다니 무례하기 짝이 없어 보였다. 냄새를 맡는다는 것은 부차적인 일이고, 그 주기능인 호흡이야말로 입의 기능에 비하면 천양지차라 할 만큼 생사에 직결되는 중차대한 임무가 아닐 수 없다.

코의 신분에 승복하게 된 입은 차제에 코와 더불어 평소 하찮게 여겨오던 눈에게 항의의 화살을 던져보기로 했다.

면책(面責)을 당하게 된 눈으로서는 참으로 어이가 없었다. 한마디로 입과 코의 무지의 소치가 아닐 수 없었다. 사물을 보는 데 그치지 않고 식별 판단할 능력까지 갖추고 있다. 게다가 문자를 보고 글을 보아 그로 인해 세상 온갖 지혜를 체득한다. 입과 코는 고작 형이하학에 국한하지만, 눈의 기능은 형이상학에까지 비약할 수 있다. 그래서 마음의 창이라고도 한다. 그러니 그만한 자리에 있어 마땅하다.

이들에 비하여 귀는 원래 시비가 없는 조용한 위치에 있다. 그저 자기의 소임만 다할 뿐 남들과 다툴 그런 위치에 놓여 있지 않다. 지위의 고하가 없는 한직이기 때문이다. 고독은 그만큼 여유가 있는지도 모른다.

아무래도 알 수 없는 것은 눈썹의 존재이다. 눈이나 코는 함이 있고 쓰임이 있다. 하지만 함도 쓰임도 없는 것이 눈썹이기 때문이다. 세상에는 가식적인 유위(有爲)나 유공용(有功用)만이 전부는 아니다. 이에 비해 무위(無爲)와 무공용(無功用)은 한층 그 차원을 달리한다. 눈썹이 가장 높은 지위에 있는 것은 그 때문인지도 모른다.

각자에게는 분수(分數)라는 것이 있다. 그러나 그것을 자각하지 못하는 수가 종종 있다. 내 분수와 남의 분수를 착각조차 하는 일도 없지 않다. 시비가 분분한 것은 그 때문이기도 하다.

얼굴의 여러 모습도 그 맡은 바 직분에 따라 그 위치가 정해져 있다. 이것은 원래대로 자연적인 것이어서 당처(當處)를 얻은 것임에 틀림없다.

요사이처럼 개인주의시대에 살고 있는 우리는 자기의 분수를 감수, 인정하기보다는 공연한 망상을 일으켜 여기 안면설화 같은 그런 어리석음을 범하기가 쉽다. 원래는 직분도 지위도 다 평등한 것인데, 얼굴이 코나 입을 위해 있는 것은 아니다. 그렇다고 귀나

눈 없이도 얼굴은 성립되지 않는다.

함이 없다고 해서 눈썹이 불필요한 존재는 아니다. 눈썹 없는 사람의 얼굴을 상상해 보자. 그러면 그 진실을 알 수 있다.

또 전체를 떠나서 개체를 생각할 수 없듯이 개체의 조화 없이는 전체는 존속하기 어렵다. 더욱이 전체와 개체의 조화, 거기에서 비로소 바람직한 이상은 구현될 수 있기 때문이다.

오늘을 사는 우리는 손에 잡히고, 배를 채우고 관능을 충족시키는 그런 물질적 공리주의 위주로 살고 있기 때문에, 자칫 입과 코 같은 생산직만이 중요시되고 눈썹 같은 것의 존재 의미를 망각하는 수가 없지 않다.

사람은 분명 가축이 아니다. 누구도 그 사실을 모르지 않는다. 그러나 그 삶은 자꾸 가축과 혼동되어 가고 있다.

우리의 비좁은 얼굴에도 세간과 출세간이 있고 유공용과 무공용의 세계는 있다. 이것은 사람이 바로 이렇게 만들어졌기 때문이다.

과학기술의 개발은 어떤 면에서 인간의 존엄성을 망각케 하여 세상을 가축 수용소로 만들어 가는 그런 기우마저 가지게 한다.

불집에서 벗어났던 장자의 아들들조차 다시 그 불난 집으로 되돌아가는 착각을 갖게 한다.

문 밖에서 놀던 장자의 아들들이
다시 불붙은 집으로 들어간다.
門外長者子 還入火宅中

(『법화경』 비유품에서)

사바세계를 극락으로

시간의 실체가 따로 있지 않아
꽃이 피니 때를 알 수 있다.
時無別體 依華以位

장안(長安) 거리에 연등을 보니 부처님 오신 날을 다시 생각하게 된다. 봄이 와서 꽃이 피겠지만, 꽃이 핀 것을 보면 봄이 온 것을 알 수 있다.

무한한 시간 속에 원래는 봄도 없고 겨울도 없겠지만 인연따라 사계절이 나타나듯이, 부처님의 법에도 생사가 없어 원래 오고 감이 없겠지만 인연따라 그 모습을 이 세상에 나투셨으니, 부처님 오신 날을 우리는 또 기념하게 된다.

일대사인연(一大事因緣). 우리 미혹한 중생을 제도하러 오셨으니; 이보다 더 반가운 일이 없다.

천상천하에 홀로 존귀한 부처님. 무상(無上)의 법을 우리에게 일러주셨으니, 이보다 더 존귀할 수가 없다.

인류의 역사가 생긴 이래, 이런 법(法)보다 더한 진리를 발견한 사람은 아무도 없다. 게다가 일체 중생에게 모두 불성(佛性)이 있음을 알려주어 우리로 하여금 인간의 존엄성을 깨닫게 하여 주었다. 이로써 우리도 똑같은 부처임을 자부하게 된다.

그러나 부처님 오신 지 3,000년이 되었지만 이 지구상에는 아직도 그 혜택을 모르는 이가 많다. 그 법이 높고 미묘하며 심히 깊어서, 인연이 없으면 백천만겁을 살아도 만나기가 어렵다고 하였다. 아직도 불교의 진리에서 소외된 사람들이 많은 것은 그 때문이다. 그러므로 우리 형제에게 인연을 만들어 주어 불법의 진리를 알게 하는 일, 그것이 바로 오늘의 불자들의 사명이다.

한국불교가 개혁의 깃발을 높이 들어 자주불교를 포효(咆哮)하고 있다. 그동안 새 바람이 세차게 불어 안으로 막혔던 물꼬를 트고, 밖으로 가렸던 그늘이 벗겨져 산사의 샘은 더욱 맑게 흐르고, 산하(山河)에 불광(佛光)은 더욱 밝게 빛나고 있다. 이 여세를 타고 불교의 사회 참여가 더욱 활발해졌다. 만고의 진리를 우리 현실에 살리는 일이다.

그러나 불법을 발견하고 깨닫기도 어렵지만, 이 법을 현실에 적용하기도 쉬운 일은 아니다. 평등한 진리를 차별의 현실에 살린다는 것은 그만한 지혜가 필요하기 때문이다.

더욱이 우리는 말법시대에 살고 있다. 투쟁견고시(鬪爭堅固時)에 즈음하여 인인개개(人人個個)가 이해관계에 갇혀, 물질 본위의 알력과 갈등으로 항시 충돌 속에 살아가고 있다.

국가 간의 이해관계는 두 차례의 세계대전을 치러 인간끼리 형제살상을 서슴지 않았다. 게다가 인지(人智)가 발전하면서 이데올로기란 것이 생겨 과학의 이름으로 교묘하게 논리로 무장하여 완전무결한 듯 하나의 주의(主義)로 등장하게 되었다. 이 주의를 방패삼아, 그 이념은 어떠한 진리도 거부하는 투쟁으로 절대 권위를 누려왔다. 드디어 이런 주의나 주장이 퇴조되면서, 일부 종교나 소수민족들의 해방운동 등으로 이어져 역사는 다시 지구상 여기저기서 흘리는 피를 기록하게 되었다.

우리에게 가장 절박한 일의 하나는 고도의 경제성장이란 아름다운 간판에 가려진 환경의 악화이다.

스웨덴 스톡홀름에서 '로마클럽'이란 지성인들의 모임에서 지구의 위기를 알렸던 지구환경회의는 벌써 1972년의 일이다. 이로부터 20년, 그간 제자가 스승을 때리고 아들이 아버지를 죽이는 일도 생겼다. 이런 현실을 보고 말법시대임을 안다. 하지만 겨울이 오면 봄이 멀지 않았음을 또한 알 수 있다. 수레바퀴는 자꾸 돌기 때문이다.

불교의 진리와 불자들의 노력으로 사바세계도 극락으로 만들 수 있음을 불법은 예언하고 있다.

현실 참여

요즈음은 종교인들의 사회 참여도 자못 활발해지고 있다. 그 집단적 응집력이 강하기 때문에 사회에 끼치는 영향력도 한층 두드러지게 나타났다.

현대사회에 있어서 그 구성원들의 참여는 권리이며 또 의무이기도 하다. 책임을 나누어진다는 점에서도 참여는 그만큼 바람직한 것이다. 그래서 행동의 적극성은 곧 적극적인 협조를 의미한다. 어느 사회나 그 구성원의 참여가 결여되어 있다면 무관심과 현실 도피로 보일 수도 있다. 이런 점에서, 우리 불자들도 현실 참여에 소극성을 벗어나고 있다는 것은 신행과 포교에 그만큼 전진적인 자세를 보여주는 것이라 할 수 있다.

오늘 같은 절박한 현실에서 누구도 좌시할 수만은 없다. 인간 사회는 인간이 만들어 가는 것이기 때문에, 백지 한 장도 맞들어야 할 의무가 누구에게나 있는 것임은 물론이다. 그럼에도 다른 종교인들에 비해 어찌 보면 우리 불자들은 그런 점에 소홀했거나 뒤늦은 감이 없지 않다.

아마, 다른 종교는 절대자를 추앙하여 밖에서 그 구원을 찾는 데 비하여 불교는 자기 안에서 진리를 구하는 지명일심(只明一心)

에 목표를 두고 있기 때문인지도 모른다.

아무튼 상구보리와 하화중생은, 그리고 지혜의 연마와 자비의 실천은 불가불리의 관계에 있기 때문에, 중생계와의 관계가 조금이라도 예사로울 수는 없다.

그러나 한 가지, 종교인들의 현실 참여는, 특히 불교인들의 참여는 그 한계가 있는 것이 아니라 참여의 의미가 자명하다. 현실을 목도할 때, 현재에서 그 안목을 넓혀 과거와 미래에서 바라볼 수 있어야 하고, 전체와 개체를 동시에 생각하며, 그 상황이 벌어지고 있는 때와 곳을 아울러 고려하지 않으면 안 된다.

평등한 불법을 차별의 세계에 운용하는 선교방편(善巧方便)이 되어 오늘의 참여가 내일의 창조로 이어져야 한다. 부처님의 처소를 안식처로 찾아오는 그들과 함께 고뇌하며 자비를 실천하는 그것도 곧 불자들의 사회 참여가 될 것이다.

이 좋은 양약을 지금 여기 놓아두니
너는 이 약을 마실 것이며
병이 낫지 않을까
걱정하지 말라.
是好良藥 今留在此
汝可取服 勿憂不差

(『법화경』 비유품에서)

양의(良醫)인 부친이 멀리 타국에 나간 사이에, 자식들이 미혹해서 독약을 마시고 괴로워하고 있었다. 집에 돌아온 아버지는 여러 약을 조제해서 색깔도 냄새도 맛도 좋은 양약을 만들어 아이들에게 먹이기로 하였다.

아이들 중에 아직 본심을 잃지 않은 놈은 이 약을 마시고 치유가 되었지만 제정신을 잃은 아이는 이 약을 먹으려 하지 않았다. 그 아버지는 방편을 써서 스스로 외국에 다시 나가 인편으로 자기가 죽었다고 아이에게 알렸다.

본심을 잃었던 아이도 부친의 부보를 듣고 아버지가 죽어서 의지할 곳이 없음을 알고 제정신을 차려 부친이 두고 간 약을 드디어 마시고 독에서 풀려났다. 아이들이 모두 완쾌된 것을 알고 집에 돌아온 아버지는 자식들과 대면하게 된다.

여기 양의는 부처님이고 아이는 미혹에 사로잡힌 중생이며 양약은 세존의 가르침이다. 그리고 부처님의 열반 후에 태어난 중생이 바로 그 양약 마시기를 꺼려하는 아이들로 비유되고 있다.

부처님께서 입멸하였다는 것도 하나의 방편으로써, 본심을 잃은 아이에게 양약을 먹이기 위한 수단이었음을 알 수 있다. 이토록 부처님의 가르침은 언제나 우리 곁에 양약으로 존재하며, 우리는 항시 그 양약을 마시기만 하면 본래에 부처라는 사실을 자각하게 된다. 이렇게 부처님은 이 세상에 상주불멸, 자비로써 우리를 감싸고 있다.

"천상천하에도 부처님 같은 분은 없고, 시방세계에도 부처님에 비유할 분은 없으며, 세간에서 모든 것을 우리가 다 보았지만 부처님 같은 분은 아니 계시네."

이와 같이 더할 나위 없이 위대한 스승을 모시게 된 우리 불자들은 이런 가르침 밖에 달리 더 구할 것도 줄 것도 없다. 집에 있는 아흔아홉 마리의 양보다 길 잃은 한 마리의 양을 위해 자비는 더욱 필요한 것이리라.

법(法)은 안에 있는데

자연계에도 여덟 가지 바람(炎·條·惠·巨·凉·飂·麗·寒)이 있듯이 인생살이에도 팔풍(八風)이 있다. 이(利)·쇠(衰)·훼(毀)·예(譽)·칭(稱)·기(譏)·고(苦)·낙(樂)이 그것이다.

이 바람에 우리는 항시 마음이 흔들리기 쉽다. 이득과 손실에 좋아하고 싫어하며, 나 모르게 사람들의 험담과 칭찬이 엇갈리고, 면전에서도 찬사와 비방이 없지 않다. 게다가 괴로움과 즐거움이 번갈아 이어지고 있다. 이런 것이 우리 삶의 전부인 것처럼 여겨진다.

이런 어지러운 바람에 흔들리지 않기 위하여 삼세 부처님과 역대 조사들은 수행을 쌓아왔다. 그리고 그 법을 우리에게 전하고 있다. 『법구경』에는 이런 게송이 있다.

사람이 수미산에 의지하여 서 있다면 팔풍이 불어도 미동도 하지 않듯이, 선지식의 법에 의지하면 여덟 가지 어려운 바람이라 하더라도 우리의 마음은 흔들리지 않을 것이다.
譬如有人依須彌山假使八風不能吹動
依善知識亦復如是八難之風不能吹動

이런 법(法)의 지주가 없으면 세상에 대한 가치기준이 설정되기 어려워, 이해득실과 훼예포폄(毁譽褒貶)에 따라 광야의 갈대처럼 흔들려 멈출 줄을 모른다.

이와 같은 비유로 두더지 사위 고르는 이야기가 있다.

과년한 딸 하나를 둔 두더지는 좋은 사위를 얻어 자신의 팔자를 고쳐보고 싶었다. 이 세상에서 제일가는 사윗감을 구하러 나섰다. 햇님은 지위도 제일 높기도 하거니와 그 위세도 천하를 뒤덮고 남음이 있어 보였다. 사윗감으로 더할 나위 없이 훌륭했다.

두더지의 청혼을 받은 태양은 고개를 가로저었다.

"아니올시다. 나보다 훌륭한 존재가 많습니다. 내가 아무리 강해 보여도 구름 앞에는 꼼짝을 못합니다."

다음에는 구름을 찾아가서 "구름이면 내 사윗감으로 손색이 없으니 사양치 마시고 이를 허락하여 주시오" 하고 두번째 청혼을 하였다.

"호의는 감사합니다만, 우선 불초소생은 두더지님의 그런 사위가 될 자격이 없습니다. 그럴 것이 바람 앞에는 내 그림자조차 가눌 길이 없으니까요" 하며 고개를 떨구고 말았다.

세번째 찾은 곳은 바람이었다. 그 역시 사양하며 이렇게 말하였다. "천상천하에 제일가는 두더지님의 사윗감이 되기에는 저 역시 부족합니다. 제 힘으로 감당 못할 것이 하나둘이 아니지만, 미륵의 돌부처 상은 제가 아무리 거센 강풍을 불어대도 미동도 하지 않습니다. 이런 주제에 어찌 감히 그런 자리에 합당하다 하겠습니까."

돌부처 역시 난색을 표명하는 것이었다. "잘 아시겠지만 저도 겉으로 보기와는 달리 남모르는 고충이 없지 않습니다. 다름아닌 두더지님들이 제 상(像) 밑을 파기 시작하면 그 지반이 무너져 제 위상은 땅에 떨어지고 말기 때문입니다.”

이에 두더지는 무릎을 탁 치며 자신이 천하제일임을 깨닫게 되었다. 우리는 안에 보배를 두고 그것을 흔히 밖에서 구한다.

『육조단경』에 이런 게송이 있다.

법은 원래 세간에 있어서
세간에서 세간을 벗어나나니
세간을 떠나지 말며
밖에서 출세간의 법을 구하지 말라.
法元在世間　於世出世間
勿離世間上　外求出世間

게다가 해도 구름도 바람도 돌부처도, 그 위세로도 다할 수 없는 제약 속에 있다. 만약 이런 제약이 없다고 가정할 때, 하루종일 내리쪼이는 그 뜨거운 햇빛은 구름이 없다면 그 폐단을 무엇으로 감당할 수 있으랴.

「보왕삼매론」에도 ‘몸에 병 없기를 바라지 말라. 몸에 병이 없으면 탐욕이 생기기 쉽다.…… 그러니 병고로써 양약(良藥)을 삼아라’ 하였다.

제5장

일 없는 도인〔閑道人〕

안 맞는다 맞는다 서로 다투면
이것이 마음에 병이 되고
조금이라도 시비를 하면
어지러이 본심을 잃는다.

심은 대로 나고

자고로 사람들은 행복의 조건으로 5복을 생각해 왔다. 수(壽)·부(富)·강녕(康寧)·유호덕(攸好德)·고종명(考終命) 또는 수·부·귀(貴)·강녕·자손중다(子孫衆多)가 그것이다.

오래 살며, 부귀영화를 누리고, 몸이 건강하고 마음이 편안하며, 덕이 있어 외롭지 않고, 자손이 창성한 가운데 명대로 살다가 편안히 죽는 것을 뜻하고 있다.

이런 행동의 다섯 가지 조건은 비록 세속적 현상계의 일이긴 하지만, 각각 그 조건을 갖춘다는 것도 그리 쉬운 일은 아니다.

그러나 이런 오복을 손에 쥐었다고 해도 그것이 진정한 행복이 되는지 단정하기는 어렵다. 행복이란 그런 외형적인 것에서 구할 수 있는 성질의 것이 아니기 때문이다.

우리가 이런 현상계에 치중한 물질 위주의 행복을 구하고 있는 한 참다운 즐거움을 얻기는 어렵다. 즐거움보다는 도리어 괴로움을 피할 수 없게 될는지도 모른다. 그럴 것이 모든 현상은 생기고 사라지는 생멸의 법칙을 벗어날 수가 없어서, 거기에 집착하는 한 우리도 일희일비를 면할 수가 없기 때문이다.

맹자 같은 분도 무항산(無恒産)이면 무항심(無恒心)이라 하여 '일정한 살림이 없으면 떳떳한 마음이 없게 된다'고 하였고, 관자(管子)도 '창고가 차 있으면 예절을 알고, 의식이 넉넉하면 영욕을 안다(倉庫實而知禮節 衣食足而知榮辱)'고 하였다. 수긍이 간다. 백성을 다스리는 기준으로 마땅한 것이다.

하지만 사람의 욕망에는 한정이 없다. 물욕·재욕·소유욕은 일정한 끝이 보이지 않는다. 따라서 물질적 추구에는 제한이 없기 때문에 그 욕망을 채우지 못하는 한 만족은 있을 수 없다. 그러므로 행복이 만족에 있다면 만족 없이 행복은 있을 수 없을 것이다.

> 만족할 줄 아는 사람은
> 땅바닥에 누워 자도 오히려 편안하고,
> 만족을 모르는 사람은
> 천당에 살아도 역시 마음이 흡족하지 못하니라.
> 그래서 만족할 줄 모르는 사람은
> 비록 부자라도 기실 가난한 것이다.
> 知足之人　雖臥地上　猶爲安樂
> 不知足者　雖處天堂　亦不稱意
> 不知足者　雖富而貧

『불유교경(佛遺敎經)』의 말씀이다.

사람의 근심 걱정은 무한한 욕망에서 생겨나므로, 욕망을 조절함으로써 인간의 고뇌도 가라앉힐 수가 있는 것이다. 행복의 조건은 번거롭게 오복을 추구하는 데 있기보다, 단순한 소욕지족(少欲知足)에 있지 않을까.

일찍부터 선각자들이 우리에게 자족(自足)을 가르치는 까닭도 여기에 있음이 틀림없다. 공자님도 '나물 먹고 물 마시고 팔을 베고 잠을 자도 즐거움이 또한 그 속에 있으니 불의(不義)의 부귀(富貴)는 나에게 뜬구름과 같으니라' 하였다.

현자들이 의롭지 않은 명리를 멀리 하고 자족함으로써 행복을 구하여온 데 비하여, 어리석은 이들은 심지어 그 공직에서까지 그 지위를 이용, 부정한 방법으로 공금을 가로채어 부를 축적함으로써 행복을 추구하고 있다.

법망을 피하고 사람의 눈을 속이면 그것으로 무사하다는 소견도 지극히 어리석은 발상임에 틀림없다.

노자(老子)는 '하늘이 친 그물은 하도 커서 얼른 보기에는 엉성해 보이지만 실은 하나도 새는 것이 없다(天網恢恢 疏而不漏)'고 하였다.

인과응보의 법칙, 이보다 더 과학적인 것은 없다. 원인에 따르는 과보, 이보다 더 분명한 그림자는 없다.

심은 대로 나고 가꾼 대로 거둔다. 이것은 진리이다.

우리의 삶은 진리 위에 서 있다. 진리를 외면하는 것은 자기의 삶을 포기하는 것이 된다. 행복의 운행은 진리의 궤도 위에서만 가능하다. 행복의 차 타기를 희구하면서 진리를 외면하는 것은 궤도 없는 기차처럼 이 또한 어리석은 이의 소행이 아닐 수 없다.

우리가 달라져야 할 까닭

이제 또다시 부처님의 열반재를 맞이하여, 오늘의 이 긴급한 현실을 바라보며 그간 흐트러진 우리의 자세를 가다듬고 그 의미를 되새겨 본다.

석존께서 한번은 왕사성 가야시사 산상에 올라 네란자라강 건너 저편을 바라보며, "비구들이여, 모든 것은 타고 있다. 먼저 이 사실을 알아야 한다. 눈이 타고 있다. 귀도 타고 있다. 코도 타고 있다. 마음도 타고 있다. 모두 그 대상을 향해 훨훨 타고 있다. 탐욕의 불꽃에 의해 타고 있고, 노여움의 불꽃에 의해 타고 있고, 어리석음의 불꽃에 의해 타고 있다"고 하였다.

석존은 『잡아함경』 등에서도 밧차라는 외도의 질문에 이런 설명을 하고 있다.

"인생은 괴로움으로 차 있다. 그것은 탐진치 삼독 때문이며, 사람이 어리석어서 격정에 사로잡혀 있기 때문이다. 그러므로 그 격정이 가라앉으면 불안과 괴로움도 없어진다. 마치 훨훨 타오르고 있는 불이 그 연료가 다하고 나면 꺼져 버리는 것과 같다. 이것이 열반이다."

『법구경』에도 '근심이 없음은 더없는 이익, 족함을 앎은 더없는 재물, 신뢰는 더없는 친구, 열반은 바로 최상의 안락'이라 하였다.

열반은 부처님의 죽음을 의미하기도 하는데, 이것은 그 육체마저 벗어버리게 됨으로써 영원한 적멸에 들었기 때문이다. 따라서 이것을 무여열반(無餘涅槃)이라 하고 번뇌가 소멸된 것을 유여열반이라 한다.

달마스님은 「오성론(悟性論)」에서 '치우치지 않는 다르마의 관점에서 보면 중생은 성인(聖人)과 다르게 보이지 않는다. 삶을 죽음과 다르게 보거나 동(動)을 정(靜)과 다르게 보는 것은 이미 한쪽으로 치우친 것이다. 치우치지 않는다는 것은 고통을 열반과 다르게 보지 않는 것을 뜻한다. 그들의 본질이 원래 텅 빈 것이기 때문이다. 자신들이 고통에 종지부를 찍었다거나 열반에 들어갔다고 상상함으로써 아라한들은 결국 열반이란 덫에 걸리고 만다.

그러나 보살들은 고통도 본래 텅 빈 것이라는 사실을 안다. 그래서 그들은 텅 빔에 머물기에 열반에 머물러 있다. 열반은 생(生)도 아니고 사(死)도 아니다. 그것은 생사를 초월하며, 열반이라는 것 자체도 초월한다. 마음의 움직임을 멈출 때 그것은 열반에 들어가는 것이다. 열반은 텅 빈 마음이다'라고 하였다.

이와 같이 '생사니 열반이니 하는 것은 요컨대 마음의 작용에 불과한 것이다. 용수 보살도 그의 「중론송(中論頌)」에서 생사의 세계는 열반과 구별이 없다. 열반도 생사와 아무 구별이 없다. 생사의 세계도 사람이 생각해 낸 것이고, 열반의 세계도 사람의 생각에서 나온 것이다. 지금 살고 있는 이 세계를 떠나서 우리가 살 수 있는 세계는 없다. 번뇌의 세계니 열반의 세계니 하지만 그것은 우리가 살고 있는 세계 안에 있는 것이다.

생사의 세계를 떠나서 열반의 세계를 간다고 하지만 자기 자신을 떠나서 생각할 수 없는 문제다. 생사니 열반이니 하는 것은 자기 중심으로 하는 말이다. 본래 생사도 열반도 없으니 그것은 각자의 입장에서 하는 소리다'라는 요지의 말을 하고 있다.

> 번뇌를 끊는 것을 열반이라 하지 않고
> 번뇌가 생기지 않는 것을 곧 열반이라 한다.
> 斷煩惱者不名涅槃
> 不生煩惱及名涅槃

(『대반열반경』)

오늘도 우리는 주위에서 탐진치 삼독 때문에 타고 있는 불꽃을 보고 있다. 점점 더 격정적인 불꽃을.

이권과 돈에 대한 갈애 때문에 영일(寧日)이 없이 타고 있다. 이런 현실을 정보매체들은 밤낮 없이 숨가쁘게 전하고 있다. 어쩌면 전 세계, 온 지구가 이렇게 타고 있는 것 같다.

이런 불을 끄지 못하는 한 인류의 행복은 기대하기 어려울 것이다. 누구나 자유를 갈망하고 있지만 이런 삼독심의 예속으로부터 벗어나지 못하는 한 자재와 해탈은 손에 잡히지 않을 것이다. 그러므로 오늘의 우리가 달라져야 할 까닭이 여기에 있는 것이다.

삶의 질(質)

일인당 국민소득이 만 달러에 이르고 수출고가 일천억 불을 달성했다니 참으로 고마운 일이다. 지구촌에는 아직도 굶주림에 허덕이는 인구가 적지 않다는 사실을 생각할 때 이런 부(富)를 함께 누리지 못하는 것이 송구스럽기까지 하다.

유엔기구에서도 1996년을 '빈곤퇴치의 해'로 정하고, 지구상에서 인류의 기아로부터의 해방을 선언하고 있다.

가난이 얼마나 무서운 것인가는 그것을 겪어보지 못하고는 실감하지 못하리라. 하지만 요람에서 죽음까지 한번도 체험하지 못하고 살아가는 국민도 있고, 과거의 체험을 이제는 완전히 망각하고 사는 국민도 없지 않다.

우리의 경우도, 생활의 기초를 이루게 되었으므로 이제는 삶의 질(質)을 높여야 한다는 생각을 하게 되었다. 당연히 밟아야 할 순서라고 느끼면서도, 물질의 풍요가 어김없이 인간의 질을 높일 수 있을까 하는 문제에 대해서는 자고로 그 해답이 일치하지 않았던 것 같다.

의식주가 풍족해야 사람으로서의 예의를 갖출 수 있다는 선각자들의 말이 그른 것은 아니겠지만, 그 반대로 재화가 많으면 도리어 그것이 사람을 해친다는 성현의 말씀도 있기 때문이다. 어느 것이나 사람에게 중요한 교훈임에는 틀림없다.

경제성장과 더불어 삶의 질을 끌어올려, 자칫 경제적 동물로 전락하기 쉬운 소지를 막아 존엄한 인간으로 발돋움할 계기가 되었으면 싶다.

오늘 고도의 경제성장을 이룬 뒤에, 우리가 시급히 해결해 나가야 할 점이 바로 이런 것이 아닐까. 부의 성장을 이루고 나서 인간의 질을 높여 가는 것. 하지만 물질 위주의 삶은 아무래도 인간의 본래적인 삶은 아닌 것 같다. 우리가 예기치 않았던 일을 겪고 있는 것은 우리의 살림 형편이 차차 나아지면서 시작된 것이기 때문이다.

이같은 비인간적인 형태가 우리의 경제성장과 비례해 나간다면, 결과적으로 얼마나 가공할 일이 벌어질는지 상상조차 하기 두렵다. 그러므로 경제발전에 걸맞게 삶의 질을 높이자는 말은, 어쩌면 많이 벌었으니 많이 쓰자는 얘기로 들릴 수도 있다. 하지만 그것은 양을 늘린다는 말과는 통하겠지만, 삶의 질을 높인다는 것과는 의미가 다른 것이다.

물질의 유혹은 부단히 우리의 인간다운 삶을 방해하려 하고 있는 것이다. 지금처럼 물량의 힘이 극심한 때도 일찍이 없었다. 사람의 양심을 마비시키고 인간성을 여지없이 파괴시켜 사람이 사는 세상을 폐허로 만들어 가고 있는 것이 바로 그 돈의 위력이 아닌가.

우리의 삶에 꼭 필요한 것이 물질이긴 하지만, 그렇다고 인간의 존엄과 바꿀 수 있을 만큼 그렇게 가치가 있는 것은 아니다. 그 유혹의 강도가 날이 갈수록 더해서 인간의 마지막 보루인 자유마저도 점령당하는 수가 없지 않다. 인간이 인간으로서의 자유마저 잃는다면 그것은 완전히 돈의 종으로 전락되고 만다. 여기에 예속되는 한 인간의 존엄성 같은 것은 돌아볼 여지조차 없어진다. 인간 파멸의 선고를 받은 셈이다.

몸이 사슬에 묶이지 않았기 때문에 외형적으로는 자유인으로 보일 수도 있다. 기실 마음속에 갈등과 시기, 질투, 그리고 명예와 이기심 또 어떤 지위를 탐한다면 그는 벌써 거기에 사로잡혀 있는 것이다. 자유인과는 먼 거리에 서 있다.

우리가 무엇에 매인다는 것은 자유를 잃는 것이 된다. 사람이 자유를 지킨다는 것은 그만큼 쉬운 일이 아님을 알 수 있다.

우리의 마음이 부자유스럽다면, 행복이 깃을 칠 곳은 아무 데도 없다. 그러므로 인간의 삶의 질을 유지한다는 것은 어떤 유혹이라도 뿌리칠 수 있고 무엇에도 예속됨이 없이 자유를 굳건히 지키는 거기에 있을 것이다.

일체 중생들이
해탈을 얻지 못하는 것은
모두 탐욕으로 인하여
생사에 떨어지기 때문이다.
一切諸衆生　不得大解脫
皆由貪欲故　墮落於生死

(『원각경』 미륵장 제5)

우리에겐 무가보주(無價寶珠)가…

　오염으로 죽어가는 산하대지(山河大地)를 소생시키기 위하여 요
즈음 그 캠페인이 한창이다.

　현명한 사람은 병을 예방하는 데 초점을 둔다. 병이 나서 약을
구하는 것은 범부의 일이요, 사후의 약방문은 어리석은 이의 짓이
다.

　'우리도 별 수 없구나' 하는 체념에 앞서, 우리가 지금 가고 있
는 길은 틀림이 없는지 의심스럽다.

　그간 잘 살아보겠다고 이리 뛰고 저리 뛰어 밥술이나 먹게 되니
미처 상상도 못했던 어마어마한 대가를 치르게 되었다. 정치적 흑
막, 이혼사태, 패륜 등등 가공할 사건들이 꼬리를 물고 터져 나오
고 있다. 참으로 어처구니없는 세상을 실감하게 된다.

　산 너머에서 연기가 나면 불이 난 줄 알아야 하고, 담 너머에
두 개의 뿔이 움직이면 소가 가는 줄 알아야 한다는 명언이 있다.
미처 알아차리지 못한 우리로서는 만시지탄(晩時之歎)이란 말이
나올 수밖에 없다.

　'일확천금을 노리는 자는 사람을 못 보고, 사슴을 쫓는 자는 산
이 안 보인다'는 말이 있다. 부당하게 재물을 탐내는 자에겐 곁에

서 사람이 죽어가도 무관심하고, 이권(利權)에 혈안이 된 자에겐 국가 민족의 장래가 안중에 없을 것이다.

오늘에 와서 도리(道理)를 잃어가는 사람과 허물어져 가는 국토를 대하고 보니, 이제까지 그 소임에 당한 분들의 그 노고(?)가 얼마나 값진 것인가를 알 만도 하다. 국가라는 이름의 부실공사. 그 책임의 소재는 언제나 흑막에 가려져 왔다. 심증이 아무리 굳어도 물증이 나타나지 않기 때문이다.

범죄는 비리 여하로 성립되는 것이 아니라, 물증 유무로 이루어진다. 여기에 법률의 맹점이 있는 것이다. 이래서 정치적 의혹은 안개 속에 가리워져 역사의 장(章)으로 넘겨지기 50년.

그동안 이렇게 뒤안길에 쌓이고 쌓인 쓰레기가 만삭이 되어 언젠가는 터져나오고 만다. 수도꼭지에서 쏟아져 나오는 검은 물이 어찌 우연이며, 패륜이 어찌 인연 없이 생겨날 수 있고, 일부 공무원의 복지부동이 어찌 그들만의 잘못이겠는가.

권력은 비록 부정에 대하여 법률로 하여금 침묵을 지키게 할 수는 있어도 역사를 눈멀게 할 수는 없을 것이다. 때문에 법률상으로는 무죄가 되더라도 역사의 죄인은 면할 도리가 없다.

하지만 그 사람과 범죄가 다 인연 소생이기 때문에 그 원인을 규명해 보면 무명(無明, 無知) 그 하나로 돌아가고 만다. 우리에게 선각자의 예지가 필요한 것은 그것이 우리 무명을 일깨워 주기 때문이다.

고도의 경제성장과 첨단 과학기술의 발달, 이것을 위하여 우리도 숨가쁜 경제의 장에 나서고 있다. 하지만 우리가 열매를 거둘 때는 부산물로 역겨운 열매도 함께 따야 한다. 만사는 상반된 양면성을 동시에 가지고 있기 때문이다. 경제제일주의는 우리를 돈

위주의 삶으로 전락시키고, 과학기술 앞에서 사람은 그 존엄성을 상실하게 된다. 오늘과 같은 산업사회에서 존엄한 존재로서의 인간회복이 시급한 것은 이 때문이다.

> 한생각을 일으켜
> 나는 범부라고 한다면
> 삼세 부처님을 비방하는 것과 같아서
> 불법에서 중죄를 짓는 것이다.
> 或起於一念　言我是凡夫
> 同謗三世佛　法中結重罪

('五字陀羅尼頌')

성불할 수 있는 자신의 인간 존엄을 망각하고 무지(無知)에서 망상을 일으켜 범부로 자처한다면, 그것은 삼세제불을 욕되게 하는 것으로서, 법에 비추어 무거운 죄를 범하게 되는 것이다.

중생은 물질문화에 자족하고 거기서 얻는 자유가 전부인 것으로 착각한다. 돈이라는 목전의 이익만을 추구하는 것은 어리석은 범부로 전락해 가는 행위. 사람에겐 본래 무가보주(無價寶珠)가 있다는 사실을 자각하고 명리의 집착에서 벗어날 때, 우물 안 개구리가 넓은 바다를 보게 되련만.

부처님의 사랑

　부처님은 일대사 인연으로 이 땅에 오셨다. 일대사 인연이란 무엇인가? 중생들에게 부처님의 지견을 열어 보여 깨달음에 들어가게 하기 위한 것이다. 즉 진리를 깨닫게 하기 위해서다.

　그러므로 부처님께서 이 땅에 오셨다는 것은 우리에게 있어서 매우 중요한 의미가 있다.

　더욱이 세존께서 이 현상계에 몸을 나투시면서 중대한 선언을 하셨다. ‘천상천하 유아독존’이 그것이다. 사실 부처님은 우주간에 홀로 존귀한 분임에 틀림없다. 천상천하에서 이제까지 그토록 위대한 진리를 발견한 분은 없었기 때문이다.

　이와 아울러 이 선언은 인류 역사상 최초로 인간 존엄을 설파한 것이기도 하다. 이제까지는 인간이 얼마나 존귀한 존재인지를 인간 자신도 잘 모르고 있었을 것이다. 석존이 이 선언을 하기 이전에는 신에게 속박되어 있기가 일쑤였다. 심지어 불귀신·물귀신 바람귀신들에게도 예속되어 왔다. 귀신뿐만 아니라 하등동물에게까지 그것들이 힘이 세다는 이유 때문에 공포를 느끼며 살아왔다.

　그런 의미에서 부처님의 탄생은 인간 존엄의 사상을 이 땅에 가져온 것이다.

서양에 있어서 이와 유사한 사건은 프랑스혁명 당시 인간의 자유와 평등을 위하여 인권선언을 부르짖은 일이다. 그러나 이 인권선언은 신에게 예속되어 제한된 인간의 존엄을 말하고 있을 뿐이다.

이에 비하여 부처님의 인간존엄사상은 인간이 우주의 만유를 지배하는 절대적인 존재를 의미하는 것이다. 그럴 것이 사람은 누구나 불성을 간직하고 있기 때문이다. 비록 현상계에서 볼 때는 남녀가 있고 노소가 있고 귀천이 있는 것처럼 보이지만 그것은 한갓 인연의 소치일 뿐, 본체(本體)에 있어서는 한가지로 평등하게 부처의 성품을 지니고 있는 것이다. 이래서 사람은 본래 존엄한 존재인 것이다.

이 세상에서 인간이 제일 위대한 존재라고 해서, 어떤 식자(識者)는 상형문자 큰대〔大〕자를 인간의 모습으로 풀이하기도 한다. 머리를 하늘로 향하고 두 팔을 벌리고 있으며, 두 다리는 땅을 딛고 서 있는 자세이다. 허공을 향한 머리는 이상(理想)을, 땅을 디딘 다리는 현실을, 그리고 두 팔과 손은 그 사이에서 이상과 현실을 조화시키고 있다. 그리고 동체(胴體)가 체(體)라면 거기에 달린 사지는 용(用)의 작용을 한다.

석존께서도 탄생하신 그 순간에 한 손으로 하늘을 또 한 손으로는 땅을 가리켰다는 것은 실상계와 현상계를 아울러 지적하는 것이었으며, 달리 말해 이상과 현실을 가리키고 있는 것으로 풀이할 수도 있다.

부처님이 이 땅에 오셨다는 것은 미혹의 바다에 빠져 있는 중생을 건져주기 위해서이다. 저 언덕에서 자비롭게 소리치는 부처님의 말씀을 사람들은 좀처럼 알아듣지를 못한다. 그러므로 부처님은 친히 직접 미망의 바다에까지 들어와서 중생과 더불어 살며 구제의 방편을 강구한 것이다. 그 방편이 『법화경』 신해품(信解品)에 잘 나타나 있다.

장자의 외아들이 어려서 가출하여 집을 잃고 떠돌이로 방황하기 50년. 장자도 외아들을 찾기 위하여 노심초사하였다. 오랜 세월이 흘러 아들은 우연히 아버지 집 근처에까지 오게 되었다.

아들을 발견한 아버지는 기쁨에 넘쳐 하인으로 하여금 아들을 데려오게 하였다. 아들은 장자의 집이 하도 화려한 데 놀라 음해를 입을까 두려움이 앞서, 한사코 집에 돌아오기를 거부하였다. 이에 장자는 방편을 써서 당분간은 하인들과 더불어 넉넉한 품삯으로 그 집에서 머슴살이를 하게 하여 차츰 그 집의 출입을 자유롭게 하였다. 이윽고 곳간의 금은보화의 관리까지도 맡기게 되었다.

장자는 자신의 여명이 다한 것을 알고 하루는 일가친척·친구·지기들을 모아 놓고, 하인의 한 사람이 자기 아들임을 모두에게 알리는 동시에 자기 재산의 전부를 그 아들에게 물려주었다. 그리던 아버지를 찾고 막대한 유산을 물려받은 아들은 기쁨에 넘쳐 그 아버지의 유업을 계승하게 되었다.

이 장자는 부처님이고 그 아들은 중생이다. 부처님은 중생을 외아들처럼 사랑하고 있다.

장자는 아들의 뜻이 용렬한 것을 알아서
방편으로써 부드럽게 그 마음을 조복시키고
그러한 뒤에 이에 일체 재물을 부탁하는 것과 같이
부처님도 이와 같이 드물게 있는 일을 나타내었도다.

如富長者知子志劣
以方便力柔伏其心
然後乃付一切財物
佛亦如是現希有事

(『법화경』 신해품 게송의 일부)

너희들은 마땅히 보라

주체〔能〕는 객체〔境=所〕를 따라 소멸하고
객체는 주체를 따라 사라지며,
객체는 주체로 말미암은 객체요
주체는 객체로 말미암은 주체니라.
能隨境滅　境逐能沈
境由能境　能由境能

이 게송을 올바로 이해하기 위하여 우리는 연기(緣起)의 원리를
이해하지 않으면 안 된다.

이것이 있으므로 저것이 있고 이것이 생기므로 저것이 생긴다.
이것이 없으므로 저것이 없고 이것이 멸하므로 저것이 멸한다.

이것이 연기의 원리이다. 부처님이 보리수 아래서 깨달은 내용
이다. 불교사상은 이 원리가 기본이 된다고 할 수 있다. 그러므로
불교를 이해하는 데 가장 중요한 것이 바로 이 연기의 원리이다.
즉 모든 존재는 원인이 있어서 생긴다는 것이다. 그래서 인과원리

라고도 한다.

이 원리는 지혜로운 자만이 이해할 수 있다고 하신 부처님의 말씀으로 미루어 짐작하더라도 알기가 그리 쉬운 것은 아닌 것 같다. 왜냐하면 그 원리는 심히 깊고, 보기 어렵고, 깨닫기 어렵기 때문이다. 다시 말해서 적연미묘(寂然微妙)하여 사람들의 생각을 초월해 있기 때문이라고 한다.

경에서는 일반 사람들이 이해하기 어려운 이유를 다시 설명하고 있다.

'세상 사람들은 욕망을 즐기고 욕망에 빠지고 욕망을 좋아하기' 때문이라고 한다. 그러므로 이 원리를 이해하기 위해서는 탐욕을 떠나는 일이 선결되어야 할 것이다.

우리는 흔히 '불교는 난해하다'고 한다. 그런데 불교 자체가 무상심심미묘법(無上甚深微妙法)이기도 하지만, 한편으로는 불교에 접근하는 그 사람의 마음에 탐욕이 가리워져 있기 때문이기도 하다. 이 연기의 원리에 대하여 상응부(相應部)에서는 이렇게 기록하고 있다.

"비구들아, 연기란 무엇인가. 비구들아, 생이 있는 것으로 말미암아 노사(老死)가 있느니라. 이 사실은 내가 세상에 나오든 안 나오든 법으로써 정해져 있다. 그것은 상의성(相依性)이다. 나는 이를 깨닫고 이를 이해하였다. 그래서 이를 가르치고 이를 선포하고 이를 설명하고 이를 나타내고 이를 분별하고 이를 분명히 하여 '너희들은 마땅히 보라'고 말하느니라."

이런 원리를 발견할 수 있는 부처님은 창조자가 아니라 발견자라는 것을 알 수 있고, 탐욕을 떠난 지혜 있는 분이라는 것을 알 수 있고, 남을 위해 법을 널리 펴는 상구보리 하화중생의 실천자임을 알 수 있다.

부처님이 발견한 이 상의성(相依性)대로 삼라만상 중의 어느 하나도 우연히 생기는 것은 없다. 모든 존재는 어떤 조건하에서 생기고, 또 그 조건이 없어지면 그 존재도 사라지는 것, 이것은 철칙이다. 그러므로 홀로 영원히 변하지 않고 존재하는 것은 이 세상에 아무것도 없다.

그러므로 주관과 객관도 독립해서 존재하지는 않는다. 객관하면 주관이, 주관하면 객관이 전제되어야 한다. 주관과 객관은 동시이며 따라서 둘이 아니다.

'생이 있으므로 노사(老死)가 있다.' 이것이 바로 상의성의 원리이다. 연생(緣生) 또는 연멸(緣滅)이라고도 한다.

이 연기의 원리를 구체적으로 설명하기 위하여, 그것을 어떻게 이해하여야 되겠느냐는 부처님의 질문에 사리불은 이렇게 예를 들고 있다.

"친구여, 이를테면 여기에 갈대단이 있다고 하자. 그 갈대단은 서로 의지하고 있을 때는 서 있을 수가 있다. 마찬가지로 이것이 있음으로 말미암아 저것이 있는 것이다. 그러나 두 갈대단 중에서 하나를 없앤다면 다른 갈대단도 역시 넘어질 것이다. 이와 같이 이것이 없으면 저것도 없는 것이다."

그러므로 괴로움을 없애기 위해서는 그 조건을 변경시킴으로써 가능한 원리가 있음을 우리는 알 수 있다.

이를 위해서 사성제(四聖諦)가 설해지고 그 방법으로 팔정도(八正道)의 실천이 필요하게 된다. 그 중 대표적인 것이 정견(正見)이라면 바르다[正]는 것은 무엇인가? 정(正)에 이르기 위하여 탐·진·치로 인해 생겨나는 네 가지 전도(顚倒), 상(常)·낙(樂)·아

(我)·정(淨)이 있듯 잘못된 생각을 고쳐서 극단을 피하는 데 중(中)이 있고, 이 중이 있는 곳에 정(正)이 있다. 이 중도(中道)의 예로 거문고를 들어 부처님은 설명한다.

거문고 줄이 느슨하지도 않고 팽팽하지도 않은 것을 중도라 한다. 이것을 불교실천의 근본으로 삼는다.

청빈한 삶

　‘거친 밥에 물 마시고 팔을 굽혀 베개삼아 누워도 즐거움이 그 가운데 있으니, 의롭지 않은 부(富)와 귀(貴)는 나에게 뜬구름과 같도다.’

　『논어』 술이(述而)편에 나오는 공자의 이 말씀은 안빈낙도(安貧樂道)의 전형적인 예가 될 것이다.

　또 공자가 “참으로 회(回)는 어질도다! 한 그릇 밥과 한 쪽박 물로 누추한 동네에 살면서도 남들은 그 괴로움을 참지 못하거늘, 회는 그 즐거움이 변치 않으니, 참으로 회는 어질도다!”라고 제자 안회(顔回)의 청빈(淸貧)을 극구 칭찬하는 대목도 있다.

　이와 같이 안빈낙도니 청빈이니 하는 한 삶의 실례를 이런 고전에서 인용한다는 자체가 우리의 일상생활과 그것과의 사이에 거리가 멀다는 느낌을 갖게 한다.

　‘부귀는 누구나 탐내는 것이고 빈천은 누구나 싫어하는 것이지만, 빈천에 처하게 되었을 때 구태여 그것을 버리지 말라’고 한 것은 부정한 수단과 방법으로 부귀영화를 꾀하기보다는 차라리 청빈으로 사는 편을 강조하고 있는 것. 이 진리를 어길 때 더 큰 재난과 불행을 피할 길이 없기 때문이다.

일반적으로 가난이란 바람직한 것은 아니다. 그러나 청부(淸富)가 없을 때 택하는 것, 그것이 청빈이다. 그리고 거기에 자족하는 일, 그곳에 안빈낙도가 있다.

그러나 가난을 즐길 수 있다는 이것은 아무나 해낼 수 있는 일은 아니다. 사람은 식이위천(食而爲天)에서 벗어나기가 쉽지 않기 때문이다.

사람이 산다는 것, 이것부터가 알아야 할 과제이다. 우리가 한 평생을 살았다고 해서 과연 삶의 묘미를 알았다고 할 수 있을까. 삶이 무엇이며 어떻게 살아야 하는지, 이것을 아는 이도 있고 또 모르는 이도 없지 않다. 아는 이와 모르는 이를 공자는 대인(大人)과 소인(小人)으로 구분하고 세존은 부처와 중생으로 나누기도 한다. 우리가 현자를 가까이 하고 그로부터 배우는 까닭은 그 때문일 것이다.

어쩌면 부(富)가 반드시 좋은 것만이 아닌 것처럼 가난이 꼭 나쁜 것만은 아닌 것 같다. 인생을 아는 이들의 교훈에서 우리는 이것을 배운다.

'인간에게는 모든 것이 역설적이다. 창작을 할 수 있도록 빵을 보장해 주면 그는 잠을 잔다. 승리한 정복자도 이내 나약해지고, 인심 좋던 사람도 돈이 생기면 인색해진다. …… 사람은 살만 찌면 되는 가축이 아니다. 가난한 한 사람의 파스칼의 출현이 부유한 여러 사람의 탄생보다 무게가 나간다.'(생텍쥐페리『인간의 대지』에서)

사람답게 산다는 것, 그리 쉬운 일은 아니리라. 지식보다 명예보다 돈보다 권력보다 더 소중한 것, 그것이 아마 인간답게 사는 일일 것이다.

　현자와 범인의 차이도 바로 여기에 있지 않을까. 관념적인 우리의 삶은 비본질적인 것에 발목을 잡혀 한발짝도 본질적인 것으로 향하지 못하고 만다.

　사람은 탐하면 가질 수도 있다. 권력도 돈도. 그 대신 더 소중한 것을 잃어버린다. 더 소중한 그것은 눈에 보이지 않는다. 탐욕이 맑은 눈을 흐리게 하기 때문이다.

　탐욕이 있는 사람은 바르게 살 줄을 모른다. 탐욕에 가리어 삶이 투철하지 못하기 때문이다. 그래서 부처님은 이렇게 타이르신다.

　　세상의 뜬 이름을 탐내는 것은
　　헛된 수고로 몸만 괴롭힐 뿐이요,
　　세속의 명리를 구하는 것은
　　업의 불에 섶을 더하는 것이다.
　　貪世浮名 枉功勞形
　　營求世利 業火加薪

　그렇거늘 눈앞의 쾌락이 곧 후세의 괴로움인 줄 도무지 생각지 않고 있다.

봄이 와서 즐겁다

봄이 오니 풀은 절로 푸르고, 꽃봉오리도 만삭에 가까웠다. 벌·나비는 다시 춤을 추고, 숲속의 새들은 춘흥을 못이겨 짝지어 노래한다. 산하대지 그대로가 불보살의 미소 아님이 없으리라.

하지만 어떤 이는 봄이 왔다 하여 이를 구가하고, 어떤 이는 봄이 와도 봄같지 않다 하네.

우리 인간사에 이것이 문제로다. 마음이 청정하면 곧 불토(佛土)가 청정하다 하니, 일체 존재에 대한 차별은 오직 우리 망념의 소치가 아니랴. 상(相)에 집착하여 취하고 버리는 취사심(取捨心), 거기에 허물이 있다 하지 않는가.

무상의 도는 어렵지 않네
버릴 것은 오직 간택심뿐.
밉다 곱다 마음 없으면
툭 트이어 명백하리라.
至道無難　唯嫌揀擇
但莫憎愛　洞然明白

(『신심명』에서)

도에는 밝음도 어둠도 없느니라. …… 이것은 서로 상대하여 그 이름을 세운 것이다. 법은 견줄 것이 없어서 상대가 없다. 밝음은 지혜로, 어둠은 번뇌로 비유하지만…… 번뇌가 곧 보리이니 이는 둘이 아닌 이치이며 다름도 없는 것이다. …… 지혜로써 번뇌를 없애버리려는 이것은 이승(二乘 : 성문·연각의 소승)의 견해이며 …… 상지(上智) 대근(大根)의 견해는 모두 그렇지가 않다. 범부들은 명(明 : 깨달음)과 무명(無明)을 둘로 보지만 지혜 있는 이는 원래 그 성품이 둘이 아님을 안다.

실다운 성품은 범부에게도 덜하지 않고 성현에게도 더하지 않으며, 단(斷 : 없다는 것)도 아니며 상(常 : 있다는 것)도 아니며…… 본래 나지도 않으며 멸(滅)하지도 않으며 본성과 형상이 그대로 항상 머물러서 변천이 없는 것이니 이것을 이름하여 도(道)라고 한다.

『육조단경(六祖壇經)』에서 이 도(道)란 곧 중도(中道)를 이름이다. 현상계에서 나타나기도 하고 사라지기도 하는 모든 사물을 범부들이 '있다'·'없다'로 보는 여기에 착각이 있다.

사물의 실상은 그 실체가 없기 때문에 있는 것도 없는 것도 아니며, 오직 인연(원인과 조건)따라 나타나기도 하고 사라지기도 할 뿐이다.

차별은 진실이 아니다. 그래서 지혜로운 이는 유무극단(有無極端), 단상이변(斷常二邊)을 피한다. 왜냐하면 이런 분단(分段)에 떨어지는 순간 미혹의 세계에 빠지게 되기 때문이다.

우리는 흔히 불행을 두려워하고 행복만을 갈망하지만, 소위 행복이란 것은 불행이란 것과 이어지고 불행이란 것은 다시 행복이란 것과 통하는 이 법칙을 잘 모르고 있다. 그래서 그때그때 변화하는 사태에 기뻐하고 슬퍼하며 울고 웃고 할 따름이다.

새옹(塞翁)과 같은 현자는 이 선악·시비·미추·행불행(幸不幸)의 둘 아닌〔不二〕 이치를 알기에 변화하는 환경과 바뀌는 상황에 항상 평등한 마음으로 대처할 수 있었다. 남들의 성공에 대한 치하에도 흥분하지 않았고 실패에 대한 위로에도 실망하지 않았다.

그는 중도(中道)의 진리를 체득하고 있었기 때문이다. 중도에 대한 육조혜능 스님의 게송이다.

유별나게 선도 닦으려 하지말고
구태여 악도 짓지 말 것이며
모름지기 견문을 끊어
어디에도 집착하지 말지어다.
兀兀不修善 騰騰不造惡
寂寂斷見聞 蕩蕩心無着

이와 같이 양처이변에 떨어지지 않고 시비곡절이 끊어져서 마음이 중도 평등에 이를 때 본래 제자리를 찾게 되니, 마음이 고요히 쉬게 되어 진리에 계합하게 된다.

봄이 와서 즐겁다.

봄이 가도 괴롭지 않다.

일 없는 도인〔閑道人〕

흙탕물을 조급히 가라앉게 하려고 자꾸 흔들어대면 만 년을 가도 맑아지지는 않는다. 오히려 조용히 놓아두면 혼탁은 저절로 가라앉아 그 물은 본래 모습대로 맑아지고 그 바닥은 환히 드러날 것이다.

우리 마음도 이와 같아서 세파에 시달리면 시달릴수록 혼란만 더해갈 뿐이다. 풍랑에 흔들리는 편주(片舟)와 같이 우리는 풍진(風塵) 속에 간단 없이 흔들리고 있다. 그리고 뜻 모를 함성을 외쳐대며 부질없이 거리를 방황하고 있다. 우리의 답답한 문제를 해결하기 위해서이다. 그러나 해결의 실마리는 보이지 않고 도리어 자꾸 얽히어만 간다.

안 맞는다 맞는다 서로 다투면
이것이 마음에 병이 된다.
違順相爭 是爲心病

조금이라도 시비를 하면
어지러이 본심을 잃는다.

纏有是非 紛然失心

우리는 자고 새면, 아니 꿈속에서까지 항다반사(恒茶飯事)에 시비가 분분하다. 맞고 안 맞고, 옳고 그르고, 좋고 나쁘고 이런 따위의 따지고 가리고 밝히는 일로 날이 저물고 달이 가고 해가 지나서 우리는 귀중한 한평생을 속절없이 무의미하게 보내고 만다.

부질없이 시비곡직을 가리는 일은 마치 흐린 물을 흔들어대는 것과 같아서 도리어 우리의 마음을 혼란스럽게 만들 뿐이다. 본래 우리 마음자리에는 선도 악도 없기 때문이라고 한다. 그래서 본래 없는 선악시비를 가린다는 것은 고요한 마음에 돌을 던져 평지풍파를 일으키는 격.

우리가 세상살이에서 선악의 시비를 가리게 되는 것은 우리 자신이 미혹하기 때문에 불가피한 일이지만, 그 때문에 그만큼 우리는 괴로움을 받지 않을 수 없는 것도 또한 불가피한 일이다. 그래서 육조스님도 괴로움을 벗어나기 위해서는 악도 생각하지 말고 선도 생각하지 말라(不思善 不思惡)고 하지 않았던가.

선(禪)이란 바로 혼탁한 물을 정화하듯, 우리의 어지러운 마음을 가라앉히는 작업이다. 선에서는 이런 차별심을 망상의 일종으로 규정하고 있다. 이 분별심은 매듭을 푸는 것이 아니라 도리어 우리의 맑은 마음을 혼탁하게 하기 때문이다.

원래 얻을 것이 없는데도(以無所得) 우리는 공연히 명리의 허깨비를 찾아 무엇인가를 쉴새 없이 구하고 있다.

그래서 옛 조사들도 '……만약 부처에게 매달려 구하면 부처에게 얽매인 것이고, 조사에게 매달려 구하면 조사에게 얽매이게 된다. 무엇이든 구하는 것이 있다면 고통이 되므로 아무 일 없는 것만 같지 못하니라' 하였다.

우리는 구하는 것이 없을 때 자유를 누릴 수가 있다.

'생각을 끊고 반연을 쉰다는 것은 마음에 자득(自得)함을 가리킴이니 이른바 일 없는 도인[閑道人]을 이름이다. 그런 사람은 본래 걸림이 없고 본래 할 일이 없어…… 녹수청산을 마음대로 오가며 어촌(漁村) 주막을 걸림 없이 지나가리…….'

'안개 긴 다리 위에서' 온 곳도 모르고 갈 곳도 몰라 좌불안석으로 날이 새면 거리를 방황하고 해가 지면 긴긴 밤을 지새야 하는 오늘을 사는 우리에게 꼭 필요한 안식처가 있다.

선(禪)의 문은 남녀노소 빈부귀천 누구에게나 개방되어 있다.

'범부를 초월해서 성인의 지위에 갈 수 있고 앉아서 육신을 벗고 서서 갈 수 있는 힘이 선정(禪定)에서 나온다'고 하였고, '걸림 없는 청정한 지혜는 모두 선정에서 나온다(無碍淸淨慧 皆因禪定生)'고 하였다.

우리가 고요히 선정에 들 때, 나라와 겨레를 위하는 길도 우리의 마음 밖에 따로 있지 않음을 깨닫게 될 것이다. 순일무잡(純一無雜)한 선의 경지, 사무사(思無邪)의 시의 경지, 여기서 시와 선이 둘 아님을 알 수 있다.

내세의 결과를 알고자 하면

봄에는 씨를 뿌리는 계절이다. 심은 대로 나서 가을에는 가꾼 대로 거둔다. 아무리 정성 들여 가꾸어도 보리밭에는 깜부기가 있고 논에는 돌피가 없지 않다. 그러나 너무 많으면 가꾼 자의 허물이다.

봄을 만끽하기에는 우리 주위가 너무도 어수선하다. 암과 교통사고에 있어서 우리나라가 세계 제일이라는 소식. 이보다 더 놀라지 않을 수 없는 것은 장애자가 그렇게도 많아졌다는 뉴스. 등록된 수만 24만 명이고 전체는 95만에 이른다는 보사부 집계. 4,000만 인구에 100만을 육박하는 장애자. 해마다 그 수가 늘어간다는 거기에 문제의 심각성은 더욱 크다.

그 원인을 규명하자면 역시 산업사회 탓으로 돌리는 수밖에 없을 것이다. 이 사회가 몰고 온 여러 가지 공해, 그 때문임을 짐작하기에 어렵지 않으리라.

이런 사회에서 생겨난 '맞벌이', 이것도 하나의 공해임에 틀림없다. 특히 아기들에게 있어서는……. 기혼여성의 41%가 맞벌이 직업전선에 나서고 있다니.

아침 7시 30분. 아파트 입구마다 미처 잠이 덜깬 꼬마들과 이들을 앞장세운 엄마 아빠의 발길은 바쁘다. 가까이 사는 할머니 집에 가는 아이, 옆집 아주머니댁 놀이방에 가는 아이…….

○○신문 사회면 기사에서

자기가 뿌린 씨를 자기가 가꿀 수 없는 안타까운 사정, 수입도 변변치 않으면서 제 자식도 마음놓고 기르지 못하는 딱한 형편, 그러면서 직장을 단념할 수도 없는 갈등. 본인이 아니고는 이해하기 쉽지 않다. 비록 이런 풍조가 세계적인 추세라고는 하지만 아무래도 제대로 되가는 풍조 같지는 않다. 일정한 시기까지 스스로 책임을 지고 키우는 하등동물의 육아법에 비해서 글쎄 어떨까. 어쩌다 인간이 이토록 인간 영역을 벗어나게 되었는지. 제 자식도 제 손으로 키울 수 없이 그토록 바쁜 세상이 되어버렸는지…….

하지만 이것은 세상 탓만 할 수도 없고 누구에게 책임을 물을 문제도 아니다. 다만, 이렇게 자라난 아이의 장래가 궁금할 뿐이다. 양친이 구족하여 정성을 다하고, 심혈을 기울여 사랑을 다 바쳐 키워도 사람 만들기가 그리 쉬운 일이 아니라는데…….

맹모삼천지교(孟母三遷之敎)란 자식을 낳아 사람 만들기가 지극히 어렵다는 것을 전해주고 있는 것이리라.

우리는 한결같이 나라가 잘되기를 바라고 있다. 사람을 만드는 일은 나라 잘되기에 선행되어야 할 조건이다.

우리는 흔히 외국, 소위 선진국의 예를 들어 우리 자신의 행위를 정당화하고 심지어는 그것을 닮아가는 경향마저 없지 않다. 선진국이란 우리보다 물질문명에 앞섰다는 그것이고 그 외에 다른 것을 의미하지는 않는다. 그럼에도 불구하고 선진국을 모방하다

결국 170만 어린이만 맡길 곳조차 없게 된 것이 아닌가.

이런 현실 속에서 어찌 장애자가 늘어나지 않겠는가. 뿌린 씨는 가꾸어야 하고, 그것도 제때 손수 정성들여 가꾸어야 소기의 좋은 열매를 딸 수 있다. 이것은 털끝만큼도 어길 수 없는 인과응보(因果應報)의 철칙이다.

여기까지 생각해 볼 때 장애자가 늘어나는 원인이 불을 보듯 환하다. 해결책도 어디에 있는지 알 듯하다.

오늘 우리의 삶을 바로잡지 않는 한 내일도 쓴 열매는 우리 자신이 먹지 않을 수 없다. '호랑이에 물려가도 정신만 차리면 산다'는 속담도 있다. 세상이 아무리 복잡해도, 아니 복잡하면 복잡할수록 단순하게 사는 방법을 찾는 것, 이것이 현대를 살아가는 가장 현명한 비결이 됨직도 하다.

과거는 물론 필요가 없다. 하지만 우리의 과거가 어떠했기에 오늘의 현실이 이러한가는 미루어 생각하기에 어렵지 않다. 그러므로 미래가 어떠할까는 오늘의 삶에서 충분히 알고도 남음이 있을 것이다.

전생의 원인을 알고자 하면
금생에 받고 있는 일이 그것이며,
내세의 결과를 알고자 하면
금생에 하고 있는 일이 곧 그것이다.
欲知前世因 今生受者是
欲知來世果 今生作者是

본래의 고요한 제 모습, 수행

우리의 삶이 더욱 시끄러워져 간다. 맑은 공기 깨끗한 물이 그리워지듯, 조용한 환경이 그리워진다.

물질문명의 척도는 얼마나 빨리 가고 얼마나 높이 오르고 얼마나 파괴력이 큰가에 달렸다지만, 정신문명의 척도는 아무래도 인간이 얼마나 조용하게 살 수 있느냐에 달려 있는 것 같다. 선진국과 후진국의 차이도 조용하고 소란한 차이로 가늠할 수 있을 것 같다. 개인의 품위도 그가 얼마나 차분한 자세를 취할 수 있느냐로 가늠하고.

일찍부터 선현들은 고요함에 대하여 매우 무거운 비중을 두어 왔던 것을 알 수 있다. 그 까닭은 인간이나 천지 만물에 있어서 이 정(靜)이라는 것이 기본자세이며 또 본래모습으로 여겨지기 때문일 것이다.

유교 경전의 하나인 『대학(大學)』에서도 '그침〔止〕을 안 후에 정(定)이 있고, 정이 있은 후에 고요〔靜〕할 수 있으며, 고요한 후에 편안할 수 있고, 편안한 후에 생각〔慮〕할 수 있으며, 생각한 후에 얻을〔得〕 수 있다(知止而后有定 定而后能靜 靜而后能安 安而后能慮 慮而后能得)'고 하였다.

그리고 노자의 『도덕경(道德經)』에서도 '마음 비우기를 지극히 하면 정(靜)을 두터이 지킬 수가 있다. …… 만물은 각각 뿌리로 돌아가니, 이 근본으로 돌아감을 정(靜)이라고 한다.……'고 했다.

이 조용한 상태로 돌아가는 것, 이것을 천명(天命)으로 돌아간다고 한다. 사람의 조용한 성품은 바로 천성(天性)인 것이다. 그러므로 사람이 고요한 상태를 유지하는 것은 인간 본래모습이며, 뿐만 아니라 천지 자연의 참모습이기도 하다.

또 노자는 '무거운 것은 가벼운 것의 뿌리가 되고, 고요한 것은 소란한 것의 군주가 된다(重爲輕根 靜爲躁君)'고 하였다.

초목의 지엽은 가볍고 뿌리는 무겁다. 동정(動靜) 관계에 있어서도 정은 동을 지배하는 왕의 위치에 있다. 군주처럼 소란한 세속에서 초연할 수 있는 것이 고요함이기 때문이다. 그러나 이 고요는 지극히 무욕의 경지에서만 얻어질 수 있는 것이다.

『영가집(永嘉集)』 하권 우필차(優畢叉)의 게송에서도 '모든 깨달은 이는 동(動)을 등지고 정(靜)을 따르며 어두움을 버리고 밝음을 구한다' 하였다. 동이란 생사를 말하고, 정은 열반을 뜻하며, 어두움은 번뇌를, 밝음은 보리를 의미한다고 주석되어 있다.

또 '저 모든 보살이 고요한 지혜를 쓰는 까닭에 지극히 고요한 본성을 증득하여 곧 번뇌를 끊고 생사를 영원히 벗어난다'는 『원각경』의 구절도 인용되고 있다.

이어서 '밝음이 나면 어리석음을 바꾸어 지혜를 이루고 고요함이 성립되면 산란은 선정을 이룬다' 하였으며, '선정과 지혜는 고요함과 밝음을 서로 돕고 어리석음과 산란함은 어둠과 움직임을 서로 얽어맨다' 하였다.

그러나 '움직이는 데 고요할 수 있는 이는 산란한 데 나아가도 안정되고, 어두운 데서 밝을 수 있는 이는 어리석은 데 나아가도 지혜롭다' 하였다.

이런 참모습으로 돌아가기 위하여 우리는 수행을 필요로 한다. 결국 우리의 수행이란 본래의 고요한 제 모습을 되찾으려는 노력인 것이다. 따라서 모든 수행은 고요한 자세로부터 시작된다. 불교의 좌선을 비롯하여 도교의 단전 호흡법이나 유교의 경(敬)이나 기타 요가나 최면술까지도 모두 정좌(靜坐)로 시작된다.

우리의 소란한 자세가 얼마나 부자연스런 것이며 천지 질서에 얼마나 역행하는 것인가를 알 수 있다.

과욕은 우리의 마음을 불행하게 하고 비뚤어진 자세는 우리의 몸을 이지러뜨린다. 고요한 마음과 바른 자세는 심신의 안정을 주어, 정좌(靜坐)만으로도 우리를 즐겁게 한다.

거리에서 직장에서 우리의 일거일동 일언일구가 차분하고 조용할 때, 이것이 바로 우리 환경을 극락으로 만들 수 있다.

대자암(大慈庵) 밝은 달도
눈 속에 괴괴하고
풍경도 잠이 들어
적정(寂靜)이 만허공(滿虛空)한데
설화(雪花) 계곡물소리
더욱 고요하구나.

(동안거 중 계룡산에서)

문화유산은 인류의 보물

요즈음 온 국민의 관심을 고조시키고 있는 두 가지 문제 중의 하나는 고속철도 경주 통과에 관한 사건이다.

이 일에 대해서는 우선 그 정책 입안자의 무지를 나무라지 않을 수 없다. 그 길은 얼마든지 달리 뚫을 수 있음에도 불구하고 하필 도심통과를 고집하여 귀중한 문화유산의 훼손을 가져오게 하기 때문이다.

설사 그 지역 주민들이 편리상 또는 이해관계로 전철의 도심통과를 원한다 할지라도 그 때문에 정책이 기울어진다면 그것은 시정(施政)의 정도(正道)가 아닐 것이다. 한 나라의 문화유산은 한 지역에 소속되는 것이 아니라 한 겨레의 공동 소유이기 때문이다.

사계 전문가들과 지성인들은 '고속전철 경주 도심통과는 절대로 막아야 한다'는 한목소리를 내고 있다.

'우리 민족의 자랑스런 살아 있는 박물관이며, 유네스코가 세계 10대 유적지로 지정할 만큼 인류의 문화유산이기 때문이다.'

'소음진동이 지진 2도에 해당하며, 그래서 프랑스 관계자도 500m 이내에는 시설물이 없는 것을 전제로 하고 설계하였다.'

'지하를 통과하는 경우에도 지하에는 더 많은 유물이 있을 수

있기 때문에 그 파손은 상상하기에 어렵지 않다.'

또 전문가들은 환경과 경관에 대해서도 언급하고 있다. 연간 약 600만 명이 남산과 선도산에 붐빈다고 가상할 때, 소음과 오염, 쓰레기 공해, 게다가 교통의 혼잡을 더하면 문화재의 비정한 황폐화가 불을 보듯 예상된다고 한다.

관광 면에서 볼 때에도 문화재는 한 번 망가지면 두 번 다시 돌이킬 수가 없기 때문에 잘못되는 경우 사실상 문화유적지로서 경주는 영영 막을 내리게 될는지도 모른다는 것이다.

한 집안의 가보를 간수하지 못한다면 그것은 그 후손이 못났기 때문이다. 이렇듯 우리의 천 년의 국보를 간직하지 못한다면 우리 역시 그 못난 후예가 되고 말 것이다.

식자들은 '세계 어느 곳에서도 이렇게 무지하게 고도(古都)와 유적지를 파괴하는 일에 정부가 앞장서는 일은 없다'고 개탄하고 있다.

그도 그럴 것이, 이웃 일본에서도 교토 같은 곳은 고도로 지정하고 일체 개발을 법으로 금지하고 있지 않은가. 중국의 경우 진시황의 왕릉이 이미 개발된 것을 제외하고는 더 이상 건드리지 않고 있는 것은 유물의 파손과 상실을 염려하기 때문임을 주지하는 바다.

또 장개석 총통이 천하를 잃고 바다를 건너 다급한 망명길에 오르면서도 귀중한 국보를 자기 몸같이 소중하게 옮기어 안전하게 보호해 놓은 실례를 우리는 알지 않는가. 문화혁명이란 구실아래 수천 년 조상의 얼이 담긴 문화유산을 무차별 파괴한 모택동의 행적과는 좋은 대조가 된다.

문화재를 아끼고 사랑하는 것은 세계적인 통례이다. 무법자 아돌프 히틀러의 파리 폭파의 밀령에도 파리를 지킨 것은 그 또한 산 증거이다. 패전의 울분을 터뜨리기 위하여 히틀러는 그 심복에게 파리의 전 시가를 파괴하도록 명령하였다. 이 독일 장교는 밀령을 받고 돌아서서 생각하였다. 인류의 문화유산은 독일의 총통보다도, 군령보다도, 불복에 의한 자신의 처형보다도 더 중요하다는 것을. 이토록 문화재란 국적을 초월해 있는 것이다.

드디어 악명 높은 무법자는 가고 파리는 지켜졌다. 망명에서 돌아온 드골은 이방인 독일 소령에게 프랑스 국가훈장을 주며 세계인의 박수 속에 그를 인류애로 뜨겁게 포옹하였다.

문화유산은 시공을 초월해서 지켜져야 한다. 역사의 산물이며 인류의 공동의 보물이기 때문이다. 하물며 종교가 다르다고 해서 문화재에 대한 편견을 가질 수가 있으랴. 세계적인 대영박물관이나 루브르박물관에 전시된 유물에 국적과 인종과 종교의 차별이 있던가.

지금 우리가 가지고 있는 종교 이전에 우리 조상은 하나였고, 이후에도 우리의 후손은 하나일 것이다. 종교를 따지기 전에 우리는 다같이 경주 유물의 후예라는 자각이 앞선다.

석굴암 미소 앞에 지켜온 천 년 고도
부귀에 어둔 후예 보물 팔아 엽전 사네.
온 겨레 다 일어나 경주 유물 지켜가리
철마가 지난 후면 애닲다 어이하리.

철학은 곧 삶

"크리톤! 아스트레피오스 집에서 닭 한 마리 꾸어 온 것이 있으니 갚는 것 잊지 않도록 부탁하오."

"네, 꼭 갚도록 명심하겠습니다. 그 외에 하실 말씀은 없으신지요."

소크라테스는 더 이상 말이 없었다. 이것이 독배(毒杯)를 마신 후에 옥리(獄吏)에게 전한 마지막 당부였다. 이 간단한 대화 속에서도 그의 삶이 얼마나 진지하였나를 엿볼 수 있다.

첫째 그가 평소에 아주 청빈하게 살았다는 것을 알 수 있고, 둘째 죽음을 눈앞에 두고 그 태도가 변함 없이 의연하다는 것을 짐작케 한다.

그는 날마다 아테네 광장으로 나와 사람들을 모아 놓고 청년들과 이야기를 주고받으며 철학하는 일에 골몰하였다.

그는 겉으로 보기에 잘난 인물이 아니었다. 둥근 얼굴에 대머리, 두 눈은 튀어나오고 납작한 사자코에 안짱다리 거위걸음으로 뒤뚱발이었다. 하지만 젊은이들은 이 소탈한 노인과 격의 없는 대화를 나누는 동안 그에게서 그지없는 친근감을 느끼었다.

따뜻한 인간미와 가식 없는 순진성이 사람들의 마음을 사로잡았을 것이다. 그에게서 언제나 인간에 대한 깊은 애정이 풍기고 있었다. 2천 3백년이란 장구한 세월이 흘렀지만, 그의 인간적인 친근감은 아직도 우리를 매료시키고 있다.

아니 오히려 도시의 사막화가 가속화되어 가는 오늘이기 때문에, 반사적으로 그만큼 더 그의 그윽한 향훈이 아쉬운 것이 아닌가.

그에게 비장된 무가(無價)의 보배는 그것만이 아니었다. 무지를 일깨우는 지혜도 아울러 갖추고 있었다. 하지만 그는 자신이 가지고 있는 그 귀중한 보배를 함부로 드러내는 일이 좀처럼 없었다. 그는 자신에게 지혜가 있다고 말하지 않고, 단지 지혜를 사랑하기 때문에 오직 그것을 탐구하고 있다고 말했을 뿐이다. 그는 자기가 아는 것이 있다면 오직 한 가지 '나는 아무것도 모르고 있다'는 그것뿐이라 하였다.

철학하는 일의 기본은 바로 여기에 있었다. 곧 무지(無知)의 지(知). 그러므로 이제까지의 모든 선입견을 놓아 버리고 자신을 되돌아보는 일에서부터 철학하는 일은 시작된다. '너 자신을 알라'는 명제는 바로 여기서 나온 것이다.

철학은 철학자의 전유물일 수 없다. 삶을 떠나 철학은 있을 수 없기 때문이다. 그러므로 그 사람의 철학의 빈곤은 곧 그 사람의 삶의 빈곤을 의미한다.

소크라테스 이전에도 철학자는 있었다. 그들은 한결같이 철학의 해답을 자기 밖에서 구했다. 우주의 원리나 자연의 법칙이 그들이 탐구하는 대상이었다. 머리를 들어 허공의 별을 헤다가 발이 개천에 빠지는 수도 종종 있었다.

그러니 발 밑을 아니 살필 수 없었다. 조고각하(照顧脚下)란 이런 의미를 갖는다. 이상(理想)에 치우쳤던 철학이 현실로 다가오게 되었다. 인간의 문제, 나 자신의 문제로 철학은 와 닿게 되었다.

지구가 좁아지면서 인류는 함께 살지 않을 수 없게 되었다. 절해고도(絶海孤島)가 그리워질 만큼 복잡다단한 과제들이 연속부절로 생겨나고 있는 오늘이다.

함께 사는 지혜가 오늘처럼 절실하게 느껴진 시대가 일찍이 있었던가. 남과 나 사이에 일어나는 시비와 갈등, 그러나 우리의 눈은 불행하게도 밖으로 향하고 있다. 남의 비리는 보기 쉬운 그만큼 나의 잘못은 알기가 어렵다. 여기에 자타간의 근본적인 모순이 깔려 있다.

심안(心眼)이 계발되어야 할 필요성이 여기에 있다. 그것은 곧 나 자신을 들여다보는 내시경의 구실을 한다. 이제까지 누구나 마음밭을 가꾸는 일을 너무도 등한히 해왔다. 오랫동안 외계(外界)의 물질에만 매달려왔기 때문이다.

모든 물질은 허망하기가 꿈이나 허깨비 같고 물거품이나 그림자 같으며 이슬이나 번개같다고 하지 않는가.

너와 내가 함께 살 수 있기 위해서는 치부(致富)만이 행복이라는 그런 환상에서 깨어나야 할 때다.

청천(靑天) 구름 밖에 높이 뜬 저 기럭아,
도량(稻粱)을 탐하여서 망라(網羅)에 앉지마라.
녹수(綠水)의 이끼만 먹고 살 못 찐들 어떠리.

장미동산 가꾸기

『어린왕자』에 나오는 '바오밥' 나무와 장미 이야기는 너무도 유명하다. 이 나무가 어려서는 흡사 장미와 같아서 쉽사리 구별하지 못한다. 그리고 그 나무의 어린 싹은 어디에나 널려 있다. 그것을 일찍 뽑아 주지 않으면, 뿌리가 깊어져 뽑기도 어렵고 나중에는 별 전체가 그 뿌리로 꿰뚫어져 별이 드디어 폭파하고 만다.

그러므로 아름다운 장미동산을 가꾸기 위해서는 떡잎일 때부터 그것을 알아보자마자 규칙적으로 뽑아버려야 한다. 게으른 사람은 그 일을 소홀히 하여 큰 재난을 당하는 일도 비일비재하다. 하지만 이 중대한 위험을 저마다 다 알고 있는 것은 아니다. 그래서 이런 사실을 알리는 일이 더욱 긴급하다.

위의 이런 요지의 이야기는 주로 어린이를 위한 것이다.

별마다 널려 있는 이 가공할 바오밥 나무는 바로 우리 각자의 마음속에 자라고 있는지도 모른다. 어려서부터 우리 마음속에 나고 있는 이 씨는 알게 모르게 어느 틈에 자라서 돌이킬 수 없는 나쁜 습관으로 나타나기도 한다.

이 뿌리 깊은 악습은 고질화되어 좀처럼 고쳐지지 않는다. 드디어 패가망신으로 몸과 가정을 무너뜨리고 나아가서 국가·사회를 송두리째 뒤흔들어 놓기까지 한다.

어린이 교육은, 아니 인간교육은 바로 이 바오밥 나무를 어릴 적부터 질서 있게 규칙적으로 뽑아주는 데에 있고, 장미의 정원처럼 아름답게 가꾸는 데에 있을 것이다. 아름다운 장미동산을 가꾸지 못하는 것은 바로 게으름 때문이라 할 수 있다. 원래부터 좋고 나쁜 사람이 있을까. 인연따라 바오밥 나무도 장미도 될 수 있는 것을.

『어린왕자』에서처럼 권력에 집착하다 보니 신하 없는 제왕(帝王)처럼 기회주의의 화신이 되기도 하고, 사치와 방종에 물이 들어 허영주머니가 되기도 하고, 투철한 자각 없이 술 속에 살다보니 술에 먹혀 알코올중독자가 되기도 한다. 또 별만큼 많은 무한한 소유의 탐욕 속에 영일(寧日)이 없이 바쁜 사람들. 이들도 본래부터 그렇게 태어나지는 않았을 것이다.

그들에게 한 가지 잘못이 있었다면 무명(無明), 즉 무지(無知) 때문일 것이다. 이 무지 속에 자각 없이 살았고 또 방일하게 지내왔다. 그동안 바오밥 나무가 자신의 심신에 그토록 뿌리깊게 자라가는 줄을 미처 몰랐다. 이제는 그 무거운 인습의 사슬에 묶여 쉽사리 헤어날 수가 없게 되었다.

모든 악을 짓지 말고
착한 일은 다 받들어 행하며
그 마음을 스스로 깨끗이 하는 것
이것이 부처님의 가르침이다.
諸惡莫作 衆善奉行
自淨其意 是諸佛敎

아닌 게 아니라 삼척동자도 이것을 모르지는 않으리라. 하지만 이것을 실행하기는 그리 쉬운 일이 아니다. 그래서 수행이 필요한 것이다.

우리의 주위는 더욱 바빠진다. 장미동산을 가꾸기에는 너무도 여가가 없다. 바로 이런 때가 우리의 자각을 더욱 촉구하는 때다. 우리의 산만한 마음을 더욱 가다듬을 때라고도 생각된다. 어쩌면 이런 소란 속에 우리는 휘말릴는지도 모르기 때문이다.

아무리 소란하고 어지러워도, 아니 그럴수록 우리 주위에 난잡하게 자라나는 잡목을 정리하고 내 마음의 바오밥 나무를 뽑아 버려야 하기 때문이다.

그래서 아상(我相)으로부터 벗어나야 한다고 하는지도 모른다. 아상이 있는 한 선악의 표준이 서지 않기 때문이다. 선악의 표준이 없이 바오밥과 장미는 구분되지 않는다.

구산선사의 여운

출가 수행자들은 혁명가들처럼 그렇게 하지 않을 수 없는 특별한 동기가 있다. 대개의 경우 현실 적응이 부적절하거나 그가 처한 입지에서 욕구의 해소가 불가능할 때 그런 동기가 될 수 있다.

현실에 만족한다면 구태여 정든 보금자리를 등지기가 어려울 것이다. 그럴 만한 사유가 없이는 깊이 든 울을 박차고 떠나오기가 그리 쉬운 일이 아니다. 이런 외적인 조건에 의해서라기보다도 보이지 않는 어떤 인연이 그런 계기가 되는 점을 더 중요시하긴 하지만.

그러나 어떤 경우든 그간의 인습을 끊고 현실을 부정하며 미지의 세계로 탈출한다는 것은 그만한 용기가 없다면 불가능에 가까운 일이다. 서산대사나 사명당, 그리고 효봉스님의 경우도 그런 동기가 출가를 필연적으로 이끌었음을 알 수 있다.

서산대사의 경우, 조실부모하고 어떤 벼슬 높은 유학자의 도움으로 성균관 유생이 되었다. 과거에 응시했으나 여의치 않아 다시 그 사대부의 벼슬길을 따라 남쪽으로 내려가 산천경계를 구경할 겸 지리산을 배회하다가 어떤 스님에게 발탁된 것이 그 계기가 된다.

사명당의 경우는, 한마디로 여난(女難) 때문이라고 할 수 있다. 워낙 젊어서부터 기골이 장대하고 인품이 준수해서 그를 대하게 되면 그 인물을 탐내지 않는 이가 없었다. 딸을 가진 글방 훈장을 비롯해서 그 고을 원님처럼 지체 높은 사대부들 가문에서는 일찍부터 그 집에 매파를 보내 조르기 시작했다. 차차 그 고을 점잖은 집안의 규수 중에는 사생결단으로 그 청년을 깊이 사모하여 연정을 품는 여자들까지 생기게 되었다.

그래서 어떤 규수를 따로 선택할 여유조차 없게 된 스님은 출가로써 이런 인연을 끊어보려 하였다. 하지만 그 중에는 애모불망하는 처녀들도 없지 않았다. 산문(山門) 안까지 자주 찾아 들어 결국 스님에게 여환(女患)을 끼치고 말았다. 그 때문에 사명스님은 절에서 대중에게 빈척(擯斥)을 당할 수밖에 없었다. 이로 인해 스님은 제2의 출가를 더욱 굳게 결심하게 되었다.

효봉스님의 경우는 그 동기가 하도 극적이어서 세상에 너무도 잘 알려져 있다. 사람 팔자 모른다지만 복심(고등)법원 판사가 삭발 입산한다는 것은 그야말로 기상천외한 일이 아닐 수 없다.

출가하여 불제자가 되는 까닭이 이와 같이 가지가지 이색적인 동기도 많겠지만, 공통적이고 가장 대표적 예로는 아마 신병(身病)이 아닌가 생각된다. 보조국사와 구산스님의 경우가 바로 그러하다.

스님은 원래 남원 고을의 유명한 이발사였다. 그때는 자동차 운전사만큼 인기가 대단하지는 않았지만, 고종 황제 당시 1895년에 단발령이 내린 후부터 이발사도 기술을 요해 아무나 할 수 없는 신종(新種) 직업이었다. 이 점에서 스님은 우바리 존자의 후예가 된다. 스님의 지병은 견딜 만큼 증세는 가벼웠지만, 만성병이라 늘 괴롭게 살아갔다. 그러던 어느 날, 이발소에 우연히 들른 한 노인은 이발사의 기침소리를 듣고 병세가 안으로 심상치 않음을 짐작하였다.

스님이 지리산 영원사에 이르러 100일 기도를 마치게 된 것은 바로 이 노인의 권유를 따른 결과였다. 오랜 지병이 깨끗이 사라지자, 그 부사의한 부처님의 위신력을 믿게 되어 스님은 이때 크게 발심하기에 이른다.

이와 같이 불제자가 되기 위한 출가 동기가 표면상으로 각각 다르긴 하지만, 내면에 있어서는 역시 숙세 인연이라는 한 가지 인과로 귀결되어지리라.

효봉선사와 구산스님의 남다른 사자(師資)관계도 과거세의 인연을 떠나서는 이해할 수 없다.

효봉 큰스님을 은사로 송광사에서 사미계를 받은 것은 구산스님이 30세 때, 1938년 봄 4월 8일의 일이었다. 구산스님은 선방 수좌로서 계속 수행을 쌓아갔다. 하지만 스님은 효봉스님의 곁을 별로 떠난 적이 없다. 효봉스님께서 해인사 가야총림의 방장으로 추대되자, 구산스님은 도감으로서 법왕대 신축불사를 이루었다.

한국전쟁으로 가야총림이 해산된 후에는 진주 응석사에서, 다음 해에는 충무 용화사에서 계속 스님을 모시게 되었다. 효봉스님에게서 전법게를 받은 것도 이때 용화사 도솔암에서의 일이었다.

게다가 구산스님은 통영 미래사의 창건불사를 이룩하였으니 한국전쟁이 완전히 가시기 전이라 그 어려움은 상상으로는 미치지 못할 것이다. 이것 역시 효봉 큰스님의 주석을 위한 것임은 물론이다.

사찰에서도 일제 36년의 잔재를 말끔히 불식하기 위하여 1954년에는 큰스님들이 전국적으로 정화불사의 기치를 높이 올렸다.

이때 이 정화운동에 불꽃을 더욱 돋은 사건이 있었으니, 구산스님의 500자 혈서(血書)가 그것이다. 뿐만 아니라 이런 와중에서도 효봉스님과 구산스님의 주장은 남다른바, 기왕의 대처승 중에도 계속 수행에 뜻이 있는 이에게는 기득권을 인정해 줘야 마땅하다는 것이었다.

고색창연한 비전(秘殿)이 송광사에 그대로 보존되어 있어 그 후 두 스님의 자비로운 뜻을 연상케 한다. 조계종이 정리되면서 효봉 큰스님이 초대 종정으로 추대되니, 구산스님은 감찰원장의 직무로써 역시 큰스님을 보좌하게 된다.

구산스님은 은사를 극진히 모시어 상봉(上奉)을 하고, 한편 하솔(下率)로서 부족함이 없었으니 학인들을 제접하는 데 항상 여법하였기 때문이다.

스님은 이렇게 스승을 지극히 받들고, 불사에 큰 힘을 기울이고, 그뿐만 아니라 수행 정진에 있어서도 한가닥 흐트러짐이 없어 불조의 혜명을 이으니, 다음의 오도송(悟道頌)이 이를 말하고 있다.

깊이 보현의 터럭 속에 들어가
문수를 붙잡으니 대지가 한가롭구나.
동짓날에 소나무가 스스로 푸르르니
돌 사람이 학을 타고 청산을 지나가네.
深入普賢毛孔裡　捉敗文殊大地閑
冬至陽生松自綠　石人駕鶴過靑山.

스님이 계획을 세워 송광사 8차의 거창한 중창불사가 끝나고, 이어 서울분원 법련사가 2년의 공기를 마치고 새 모습으로 건립되어 화려한 준공이 가까운데, 스님의 12주기를 맞는다.

이제 500년의 조선조는 꿈같이 지나가고, 그 고궁 옆에 고려불
교가 재현되니 구산 큰스님의 복혜(福慧)의 구족함을 다시 한번 느
끼게 된다.

시작하기도 쉽지 않지만 끝맺기는 더욱 어렵다. 스님은 좌탈입
망(坐脫立亡)으로 이 생을 장식하니 조계산에 불일(佛日)이 거듭 빛
나도다.

말이 많고 생각이 많으면

말이 많고 생각이 많으면 도리어 서로 통하지 못하고,
말과 생각이 끊어지면 통하지 않는 곳이 없다.
多言多慮　轉不相應
絶言絶慮　無處不通.

　중국의 3조 승찬(僧璨)대사가 지은 『신심명(信心銘)』의 한 구절
이다.
　우리 인간이 살아가는 데 있어 가장 귀중한 것 중의 하나가 말
이다. 사람이 절해고도에서 혼자 산다고 하면 여기서는 말이 필요
없을지 모른다. 그러나 두 사람 이상이 함께 살게 될 때 말이란 없
어서는 안 되는 것이다.
　말이란 사상·감정을 표현하여 의사소통을 하는 필수불가결의
수단이다. 물론 말 없이 손짓, 발짓을 그 수단으로 삼는 경우도 있
다. 농아가 구화(口話)대신 수화의 수단을 쓰고 있는 경우가 그것
이다. 이것도 부득이한 말의 대용인 것이다.
　그리고 말은 시간과 공간의 제약을 받기 때문에 여기에서 해방
되기 위하여 글이라는 것이 발명되었다. 글이 발명된 뒤부터 말은

시공을 초월한 존재가 되었다.

인류의 문화는 이 말과 글을 통해서 발전되어 왔으며, 따라서 말과 글은 인류문화의 기본적 요소라고 할 수 있다. 말과 글이 인류생활에서 차지하는 비중은 이토록 중요한 것이다.

그럼에도 불구하고 이 말이란 것이 본래 거짓말이란 사실을 우리는 별로 의식하지 못하고 있다. 이와 아울러, 우리는 일상생활에서 이 말을 인습적으로·습관적으로·무의식적으로, 그리고 무의미하게 사용하고 있다는 사실도 알아야 할 일이다.

더욱 놀라운 사실은, 말은 우리 생활에 이토록 필요하고 소중하고 편리한 것이지만, 이 말로는 무엇 하나 진실을 표현할 수 없다는 것이다. 또 어떤 사물도 정확하게 나타낼 수 없다.

불행하게도, 아무리 문화가 발전하고 과학이 진보하더라도 사람의 사상·감정이나 사물의 본질을 있는 그대로 표현할 수 있는 말은 아직까지 발견되지도 못했고 또 발명되지도 못했다.

말이나 글은 알고 보면 이토록 불완전한 것이다. 하지만 이런 불완전한 수단을 통해서밖에 인간 상호간의 의사를 전달하고 사물의 본질을 설명할 수 없다. 그러므로 이런 불완전한 수단을 통하여 전달된 의사나 설명은 또한 그만큼 불완전을 면할 수가 없다.

이런 불완전성을 극복하기 위하여 더욱더 교묘한 표현을 시도해 오고 있다. 따라서 말은 자꾸 발달되어 왔다. 말도 사람과 더불어 살아오고 또 사람과 더불어 지나간다. 한 시대가 지나가고 또 한 시대가 다시 오는 동안에, 말도 시대를 따라가고 또 새 시대를 따라온다. 그래서 고어(古語)가 되고 새 말이 생긴다. 그렇다고 말의 본질이 바뀐 것은 아니다. 말의 불완전성은 영원히 변치 않고 남아 있다.

그런데 문제는 이와 같이 불완전한 말을 불완전하다고 정확히 인식하는 대신에 마치 완전한 존재처럼 착각하고 있는 데에 있다. 우리 대부분의 사람들이 말에 속고 있는 까닭이 바로 여기에 있는 것이다. 즉, 불완전한 것을 완전한 것처럼 착각하고 있는 데에 있다.

누구는 옳고 누구는 그르다는 시비와, 무엇은 좋고 무엇은 나쁘다는 간택의 표현이 또한 말을 통해서 전달된다. 이런 시비와 간택을 규정하는 것은 말로 이루어지는 것이다. 그리고 대개는 전해오는 말을 통해서 그것을 진실처럼 그냥 받아들이는 수가 많다. 그것은 우리가 말의 공허함을 인식하고 있지 않기 때문이다. 시비의 그 본체와 간택의 진의(眞意)를 판단하기 전에 무비판적으로 그 말을 그대로 받아들이는 것이 우리들의 일상적인 상례라고 할 수 있다.

그러나 시비의 본질, 간택의 진상은 그 말과는 아무 관계없이 존재해 있는 것이다. 그러므로 말에 속는 것은 말이 표현하고 있는 세상의 모든 것에 속는 것이 된다. 따라서 사물의 본질을 말이나 글로 표현해 보려고 온갖 교묘한 수단을 동원하지만 말이 많을수록, 그리고 글이 복잡할수록 그만큼 말을 듣는 이나 글을 읽는 이는 더 많이 속게 마련이다.

생각도 이와 같아 생각을 통해서, 즉 사량분별로 사물의 본질을 규명하려는 것은 그만큼 본래의 뜻과 더욱 어긋난다는 것을 역대 조사들은 충고하고 있다.

그러므로 아무리 훌륭한 웅변가나 능변가라고 해도 그들이 청중에게 전달하려는 그 진의가 과연 몇 퍼센트나 전달이 될지 가히 의심스러울 뿐이다.

결국엔 웅변가나 능변가는 진실을 청중에게 전달하지 못하고, 듣는 이도 말하는 사람의 진의를 충분히 이해하지 못한다. 심지어는 진실을 왜곡, 오해하는 데 그칠지도 모른다. 그래서 이러한 사실을 잘 알고 있는 노자(老子)는 지자불언(知者不言)이라고 하여, 함부로 지껄이는 것을 삼가토록 권하고 있다.

글도 마찬가지여서, 아무리 논리정연하게 이론을 빈틈없이 전개하고 실례를 수없이 들어 논증을 한다고 해도 그것은 한낱 논리나 말의 유희에 지나지 않는 것이며, 사물의 본질과는 별개의 것이 되고 마는 것이다.

그러므로 아무리 훌륭한 과학적·철학적 체계를 세워 놓아도, 그 학문적 체계는 어디까지나 이론에 그치고 마는 것이다. 이런 빈틈없는 이론체계는 도리어 사람을 논리의 함정으로 몰아넣는, 보이지 않는 속박의 사슬이 될 수도 있다. 그럴 것이 진리라는 것이 일정불변하게 고정되어 있는 것도 아니고, 거듭 말하거니와 본래부터 말이나 글로 표현될 수 있는 성질의 것도 아니기 때문이다.

아무리 완벽한 논리의 체계를 이루어 놓았다 해도 그것은 진실과는 아무 관계가 없는, 완벽한 논리의 체계일 뿐이다. 그럴 것이 말과 글과 학문의 체계는 그것 그대로가 진실과는 동떨어진 허구이기 때문이다.

그래서 사람을 구속하는 두 가지 방법 중의 그 하나는 눈에 보이는 폭력이고, 다른 하나는 눈에 보이지 않는 폭력, 즉 학문이라는 이름의 이른바 이데올로기라는 사슬이다.

그러므로 사물의 본질에 접근하려면 말이나 글, 그리고 사량분

별을 통해서가 아니라, 차라리 말이나 글이나 생각 없이 접근하는
방법을 시도해야 할 것. 말과 생각은 도리어 장애가 되기 때문이
다.

해란강 밝은 달은 의구하리라

금오산엔 천 년 달이 밝고
낙동강엔 만 리 파도가 이네.
고기잡이배들은 어디로 갔나
옛 그대로 갈꽃 속에 머무네.
金烏千秋月
洛東萬里波
漁舟何處去
依舊宿蘆花

용성(龍城)스님의 오도송이다.
스님은 구한말에 전북 장수군에서 1864년에 출생, 경허스님보
다 15세 연하이고, 만해스님보다는 15세 연상이다.

대각(大覺) 도량 거닐며
사자후 하던 큰스님
지금 어디 계신지.

백운산 화과원에서
역경(譯經)으로 밤 새던 스님
지금 어디에 계신지.

지리산 칠불암, 천성산, 도봉산, 조계산 등지에서
법의 깃대 높이 세우시더니
일송정(一松亭) 스치는
해란강 바람결에 잠 못 이루며
우리 옛 땅 간도 용정(龍井)에서
독립군들의 함성 깊게 새기고
나라 잃은 서러움 멍든 가슴에
고달픈 삶을 잇는
우리 동포를 위해
깨침의 길을 열어가던 스님,
보살님, 독립운동가, 견성해탈 대도인.

경율론(經律論) 삼장(三藏)을 두루 통한
모두를 싸안은 마음 허공이신 채
기미년 3·1독립선언
민족대표 33인의 1인으로
만세 만만세 드높이다가
삼 년 간 옥고(獄苦)에서 시간을 벌어
눈 먼 이웃들의 의지가 될
부처님 말씀을 펴내기 위해 보임하셨네.

한글화엄경, 금강경, 능엄경
그 밖의 경론과 수많은 저서들

세종대왕의 한글 창제 후

우리 말

우리 얼

우리 글을 빛낸

가장 수승한 대작불사(大作佛事).

〔『용성큰스님 어록』「평상심이 도라 이르지 말라」에 찬시(讚詩)〕

이 찬시를 통해 용성스님 행장의 대강을 알 수 있다. 다재다능한 천품에, 다사다난한 생애를 보내야 했다. 불교에 기여한 공적과 국가와 민족에 바친 업적은 실로 다 형언키 어렵다. 해인사 극락전에서 삭발, 상허혜조(相虛慧造) 율사로부터 10계를 받고 사미가 된 것은 19세 때의 일. 진종(震鐘)은 법명, 용성(龍城)은 법호이다.

통도사 금강계단에서 선곡(禪谷)율사로부터 비구계와 보살계를 받은 것은 21세, 1884년의 일. 이로부터 스님의 백운유수(白雲流水), 구도의 행각은 잠시도 멈추지 않았다.

1919년, 기미년 독립만세 때 만해스님과 민족대표 33인의 한 사람으로 참여, 삼 년 간 옥고(獄苦)를 계기로 대각교 창립과 더불어 대사회활동이 두드러졌다. 불교의 대중화를 위해 중국용정까지 교화를 확대해 갔다. 그리고 왜색불교 침투를 막고 민족불교 수호를 위하여 승려의 자정운동을 펼치기도 하였다. 뿐만 아니다. 산간에서 도시로 그 활동을 적극화하여 갔다.

대중교화의 편의를 위하여 역경사업 또한 불가피했다. 글자불교에 머물지 않고 만일(萬日) 참선결사운동을 전개하여 대중을 깨침으로 이끄는 데 다시 박차를 가하였다. 중국에 백장청규(百丈淸

規)가 있었듯이, 우리나라 처음으로 선농불교(禪農佛敎)를 주창한 것은 스님의 대각사상의 실천방안의 하나였다. 백운산에 토지를 마련, 화과원(華果園)을 창설, 일일부작 일일불식(一日不作一日不食)의 자급자족, 자주불교의 실을 거두기 위해서이기도 하다.

스님의 여러 가지 유훈 중의 하나는 현재 일부가 개설되고, 또 건축중에 있는 네팔의 대성석가사(大聖釋迦寺)가 그 열매를 맺어가고 있다. 이렇듯 임은 가시어도 그 뜻은 오래 남으리라. 후학들의 정성어린 시봉으로.

1940년 세수 77세, 법랍 61세를 일기로 분주다사한 가운데 많은 공적을 남기고 한 생의 막을 내렸다.

제행이 무상하며
만법이 다 고요하고
박꽃이 울을 뚫고 나가서
삼밭 위에 한가로이 누웠구나.
諸行之無常
萬法之俱寂
匏花穿籬出
閑臥麻田上

임종게와 더불어 해란강 가 밝은 달은 의구하리라.

옛 등걸에 핀 매화

매화찬(梅花讚)

옛 뿌리 굳게 지켜 절반이나 마른 가지
희귀한 몇 송이 꽃 스스로 신기함을 드러내네.
한 몸 철석인 양 견고함이 이러하여
만고풍상 백절불굴 고고한 뜻 저러하리.
古根牢守半枯枝
忽着疎花自見奇
一腔鐵石堅如許
百折風霜能孤志

만공(滿空)스님의 선시.

　시들어 가는 듯, 힘 없는 매화나무 가지에서 비록 성글게나마 몇 송이 꽃이 피었다. 보는 이로 하여금 희열을 절로 솟구치게 하였으리라. 실로 희유한 사건이 아닐 수 없다. 사유상하(四維上下) 시방세계의 온 대지는 여전히 적막한데, 쌀쌀한 겨울의 냉혹(冷酷)은 아직도 가시지 않았다. 오직 춘설이 분분할 뿐이었다. 하지만

만화(萬花)의 선구자, 설중군자(雪中君子)가 예 있으니 봄도 머지 않았을 것이다.

만공도인은 한말(韓末)에서 일제강점기를 거쳐 조국광복을 확인하고 1946년에 세수 76세, 법랍 64세를 일기로 편안히 눈을 감았다. 하지만 1872년에 이 세상에 생을 받은 만공도인은 매화나무의 일생만큼이나 만고풍상을 겪어야 했다. 나라 잃은 백성으로서 식민지 치하에서 가지가지의 고난과 역경과 시련을 감수하며 남달리 수행인으로서 긍지와 자부를 지켜 항일(抗日) 불교운동에 크게 기여하기도 하였다.

1,600년의 뿌리깊은 한국불교가 옛 등걸에서 그 맥이 뛰고 숨이 통하게 하기 위하여 불철주야 뼈를 깎고 피를 말리는 정진을 다해 드디어 고목(枯木)에서 꽃을 피웠다. 때로는 한국불교의 전통을 허물고 왜색불교로 속화(俗化)시키려는 미나미 총독의 음모를 대갈일성(大喝一聲)으로 분쇄하기도 하고.

또 때로는 관청 앞잡이의 농간으로 마곡사의 울울창창한 거목들이 벌목 와중에 있을 때, 이를 하루아침에 막아내는 남다른 법력을 보이기도 하였다. 아무튼 만공선사는 한국 근대 선불교의 중흥조 경허선사(鏡虛禪師)의 뒤를 이은 선지식으로서, 14세 때 천장암에서 출가하여 23세에 만법귀일 일귀하처(萬法歸一一歸何處)의 화두를 깨쳤고, 다시 31세에 통도사 백운암에서 크게 오도(悟道), 34세 때 경허선사로부터 전법게를 받았다.

선사는 덕숭산 수덕사에 주로 머물며 많은 납자들을 제접하여 뛰어난 제자들을 길러냈다. 흔히 '만공' 하면 수월(水月)을 연상한다. 그래서 남(南) 만공, 북(北) 수월이라 부르곤 했다. 비록 국운은 쇠했지만 선맥(禪脈)은 더욱 뻗어갔다. 마치 매화가 가지는 잘려져

도 그 뿌리는 속 깊숙이 뻗어가듯이.

만공스님이 풍전등화 같던 조국의 품안에서 그 땅을 지키고 가꾸는 데 사력을 다하는 동안 수월도인은 도둑에 쫓겨 정든 고향 땅을 등지고 유랑하는 동포를 따라 북간도로 건너가야 했다. 스러져 가는 조국의 비운을 보고만 있을 수 없었다. 한 분은 안에서, 한 분은 밖에서 한결같이 동포들과 더불어 고뇌와 슬픔을 같이 하였다.

수월스님이 어느 날, 만공스님에게 숭늉그릇을 들어 보이며,

"이 숭늉그릇을 숭늉그릇이라 하지도 말고 숭늉그릇이 아니라 하지도 말고 한마디 똑바로 일러보소" 하였다.

만공스님이 문득 숭늉그릇을 들어 밖으로 집어 던지고 묵묵히 앉아 있으니, 수월스님이 "참 잘 하였소!" 하고 찬탄하였다.

전하는 바, 수월스님은 그 자신이 글자에 밝지 못한 대신, 김매고 풀 베고, 땔나무하고 물긷고, 그리고 밤이면 짚신 삼고. 스님은 잠시도 쉬는 시간이 없었다. 잠도 조금 잤다. 그리고 부지런히 일했다. 동포들 곁에서, 그들을 떠나지 않고.

수월도인과 짚신. 짚신이 있는 곳에 수월도인이 있고 수월스님이 있는 곳엔 짚신이 있었다. 길가는 이의 편의를 위하여 짚신을 네거리 나뭇가지에 걸어 놓기도 했다. 동네 사람은 스님이 계신 동안 아예 신발 걱정은 하지 않아도 되었다. 이것이 겉으로는 스님이 할 수 있는 일의 전부였다. 원근 각처에서 모여드는 수많은 납자, 그들을 제접하는 일 이외는.

그 당시 국내에서 만공선사와 쌍벽을 이룬 또 한 분은 한암(漢岩)스님이다. 만공, 한암. 이 두 이름은 늘 붙어 다녔다. 여기에서

『한암집』에 실린 만공선사와 나눈 법담의 일부를 옮겨본다.

　만공스님이 한암스님에게 글을 보내기를 "우리가 이별한 지 십 년
이 되도록 서로 못 보았으니 구름과 달, 산과 물은 어디 가나 같것만
은 언제나 살고 계시는 북쪽을 바라보고 경앙(敬仰)하나이다. 그러나
북쪽 땅은 춥고 더움이 고르지 못한 것이 염려되오니 바라건대 이제
북방에만 계시지 말고 걸망을 지고 남쪽으로 오셔서 납자들을 지도
함이 어떠한지요?"
　한암스님이 답장하기를 "가난뱅이가 묵은 빚을 생각함이로다."
　만공스님이 다시 이르되 "손자를 사랑하는 늙은이는 자연히 업이
가난하도다."
　한암스님이 이르기를 "도둑이 간 뒤에 활을 당김이라."
　만공스님이 이르기를 "도둑놈 머리에 벌써 화살이 꽂혔느니라."

다시 한암스님의 선시 한 편을 옮겨본다.

　푸른 솔 깊은 골에 말없이 앉았으니
　어젯밤 삼경 달이 하늘에 가득하네.
　백천삼매가 무엇에 요긴하랴.
　목마르면 차 달이고 곤하면 누워 자리라.
　碧松深谷坐無言
　昨夜三更月滿天
　百千三昧何須要
　渴則前茶困則眠

자취 감춘 천고의 학

'천고(千古)에 자취를 감춘 학(鶴)이 될지언정, 삼춘(三春)에 말 잘하는 앵무새의 재주는 배우지 않겠노라.'

한암스님이 남긴 유명한 말씀이다. 그리고 오대산으로 들어갔다. 그때 세수 50세, 22세에 금강산에서 머리 깎고 법복을 입은 지 약 한 세대가 지났다.

부엌에 불 지피다 홀연히 눈이 밝아
이를 좇아 옛 길이 인연 따라 맑도다.
누군가 조사가 서쪽에서 온 뜻을 묻는다면
바위 아래 샘물 소리는 젖지 않는다 하리.
着火廚中眼忽明
從玆古路隨緣淸
若人間我西來意
岩下泉鳴不濕聲

이 시는 스님이 34세 때, 맹산 우두암에서 수행중에 읊은 오도송. 스님은 상원사 숲속에서 오로지 보임에 들어갔다. 땅속에서 남

모르게 봄을 준비하듯이 한 포기의 풀, 한 그루의 나무도 그 나름
의 세월을 허송하는 일은 결코 없다. 때를 맞추어 한 송이의 꽃이
그 아름다운 모습을 드러낼 때, 비로소 보는 이로 하여금 감탄을
자아내게 한다. 그간에는 소리도 없고, 티도 없고, 어떤 낌새조차
도 나타내지 않는다. 이것은 힘을 축적하기 위함이리라. 천지만물
은 모두 힘의 소산이므로.

'안이비설신의'의 모든 동작은 힘에 의하여 이루어진다. 거동
하나하나는 다 힘의 소모를 의미한다. 필요 이상의 작동은 필요이
상의 힘을 소모한다. 보임은 성태장양(聖胎長養)의 시간이다.

알려진 바, 스님은 말을 지극히 절제하였다. 결제와 해제 이외
에는 법문도 하지 않았다. 차를 마시는 쉬는 틈을 이용하였다. 제
방에서 모여드는 납자들을 제접할 때도 '한 장을 말하는 것은 한
자를 가느니만 못하다(說得一丈不如行得一尺)'고 하였다.

스님의 절제는 말에 한하지 않았다. 행동조차도 극히 제한하였
다. 불출동구(不出洞口)는 말할 것도 없고 산문(山門) 밖까지도 출
입을 자제하였다. 종정의 자리에 있으면서도 조선 총독 미나미의
초청을 거절하였다. 그 대신 정무총감의 오대산 방문은 정중히 맞
이하였다. 뿐만 아니라 어수선한 종단문제를 비롯해서 정치적인
문제는 말할 것도 없고 어떠한 사회문제에 대해서도 전혀 간여하
지 않았다.

현실참여에 적극적이었던 용성스님이나 만해스님과는 매우 대
조적이었다. 한암스님은 스스로를 졸(拙)하다고 낮추어 생각하고
있었기 때문인가? 무진(戊辰) 3월 7일, 경봉(鏡峰)스님에게 보낸 한
암스님의 간찰(簡札) 가운데 이런 말씀이 있다.

(前略) 그러나 깨달은 뒤의 조심은 깨닫기 전보다 더 중요한 것입니다. 깨닫기 전에는 깨달을 분(分)이라도 있지만 깨달은 뒤에 만일 수행을 정밀히 하지 않고 게으름을 피우면 여전히 생사에 유랑하여 영영 나올 기약이 없는 것입니다.

흔히 고인들이 깨달은 뒤에 자취를 감추고 이름을 숨겨서 물러나 성태를 오래오래 기르는 것이 바로 이것이니, 어쩌다 사람을 대하면 지혜의 칼을 휘둘러서 마군을 항복 받으며, 또 어쩌다 사람이 오면 벽을 보고 돌아앉았습니다. 그렇게 하기를 삼십 년 사십 년 내지 평생토록 영영 산에서 나오지 않기도 하였으니 예전에 상상(上上)의 큰 기틀을 지닌 분들도 그렇게 하였거늘 하물며 말엽(末葉)의 우리들이겠습니까?

대혜화상(大慧和尙)이 말하기를 '간혹 근기가 날카로운 무리들이 많은 힘을 들이지 않고 이 일을 판단하여 마치고는 문득 쉽다는 생각을 해서 닦아 다스리지 않다가 오랜 세월이 지남에 영영 마군에게 포섭된다' 하니, 이와 같이 뒷날 중생들을 위하여 고구정녕하게 지도하여 삿된 그물에 걸리지 않게 하신 말씀을 일일이 들어서 다 말할 수가 없습니다. (下略)

또 통도사 극락선원 발행, 『한암집(漢岩集)』에는 두 분 선사의 여러 차례 나눈 법문답이 실려 있다.

오대산이 첩첩하고 또 첩첩하여 산운과 해월의 정 다하기 어렵습니다. 산이여 달이여, 산운이라 해야 할지, 해월이라 해야 할지, 이 산운과 해월을 형께 일임하니 잘 간취간래(看取看來) 하셔서 언어(言語) 문자(文字) 성색(聲色) 동정(動靜), 그밖에 한 번 법을 보여 주시기를 간절히 비나이다.

내가 지난해에 꽃을 한 가지 심었더니
올해엔 가지와 잎이 무성하게 자랐네.
형이여 꽃동산의 오묘함을 생각해 보오
만 떨기 울긋불긋한 꽃들 반 움큼 싹에서 나왔네, 미소

봄날이 지나니 여름날이 길어졌구료.

我植去年一種花
今年枝葉盡參差
吾兄回憶園中妙
萬孕靑紅半掬芽

春已過夏日長

기묘년 7월 11일
문제(門弟) 경봉(鏡峰) 삼가 올림

· · · · · · · · · · · · · · · · ·

보내온 글 잘 받았습니다.

요사이 더위에 도체(道體) 만중하시다니 무엇으로 기쁨을 표현하리까?

제(弟)는 여전하고 대중도 편안하니 안심하십시오. 그런데 보내온
글 가운데 산운해월(山雲海月)의 정(情)을 말씀하셨는데 몇 사람이나
여기서 그르쳤으며, 몇 사람이나 성취하였는지요. 또 언어, 성색, 문
자, 동정 외에 다시 한 번 법을 보이라 하였으니 1.언(言) 2.어(語) 3.성
(聲) 4.색(色) 5.문(文) 6.자(字) 7.(動) 8.(靜)이라 하겠습니다. 세상에서
쓰는 인사말을 갖추지 않겠습니다.

티끌같이 많은 부처님 세계 모두 헛것이라
한 번 생각 일면 크게 어기네.
그곳에 비록 만 떨기 꽃이 있다지만
어찌 이곳에 뿌리 없는 싹만 하리오, 쯧

微塵佛刹總空花
一念纔生便大差
貴處靑紅雖萬孕
爭似這裡無根牙

　　　門弟 漢岩 拜謝

고인의 양생법

오늘 우리는 병의 시대에 살고 있다. 그 종류도 다양하고 그 질의 괴이함도 놀랍다. 그 공통적인 원인의 하나를 스트레스로 단정하고 있다. 그만큼 우리가 정신적으로 얼마나 심하게 시달림을 받고 있는가 하는 것을 알 수 있다. 이것은 누구라도 일상적으로 체험하는 사실이기 때문이다.

즉 스트레스의 처방은 마음의 휴식이다. 그럼에도 우리는 쉴 여가를 갖지 못한다. 여가가 없어서가 아니라 여가마저도 스트레스로 허비하는 경우가 없지 않다.

우리에게는 움직이는 것이 중요한 것처럼 쉰다는 그것이 이에 못지 않다는 사실. 어쩌면 이 사실을 몰라서가 아니라 그 방법을 알기가 그리 쉽지 않기 때문. 그래서 휴가가 오히려 스트레스를 가중시키는 결과가 되는지도 모른다.

아무튼 우리의 삶이 복잡해진 이래로 병도 다단(多端)해졌다. 그러므로 복잡한 삶이 소박해진다면 병도 그만큼 단순화되지 않을까? 일찍이 고인들은 병의 치유방법을 복잡다단해진 우리의 삶을 단순 소박한 그것으로 되돌려 놓는 거기에서 찾으려 한 것 같다.

'밖으로부터 오는 여러 인연을 쉬고, 안으로는 마음의 헐떡임을 없이 하라(外息諸緣 內心無喘).'

달마대사가 그 제자 혜가의 불안의 병을 고쳐준 처방이다.

중국의 천태지의(天台智顗)선사는 보다 더 구체적인 처방을 제시하고 있다.

단전은 기의 바다이므로
능히 만병을 녹여 없앤다.
마음을 단전에 집중하면
곧 기와 식이 조화되어
능히 병이 치유되느니라.
丹田是氣海
能銷呑萬病
若止心丹田
則氣息調和
故能愈疾

흔히 말하는 이 단전호흡법은 선사의 마하지관(摩訶止觀)에서 좌선법의 일환으로 전해지고 있다. 단좌정신(端坐正身)하여 호흡을 가지런히 하고 마음을 고르게 하여 배꼽아래, 두 치 닷분에 기점을 두고 들숨보다 날숨을 가급적 길게 하는 것이 상례다. 요는 몸과 마음이 안정을 얻는 데 그 목적이 있다.

일본, 에도(江戶)시대의 하꾸잉선사도 「야선한화(夜船閑話)」에서 기해단전에 마음을 집중하면 사백사병(四百四病)이 모두 낫는다고 했다. 하꾸잉선사가 남달리 양생법에 관심을 갖고 이를 널리 전하려고 고심한 것은 그럴 만한 연유가 있다. 그가 출가하여 침식을 잊고 좌선에 몰두한 나머지, 이른바 선병(禪病)에 걸리고 말았다. 상기병을 얻고 수족이 저리고 차며 내장에 이상이 오고 정신적으로는 환각증세마저 생겼다. 하지만 백약이 무효. 어떤 양의(良醫)도 전혀 손을 쓸 수 없게 되고 말았다.

백방으로 수소문한 끝에, 지성이면 감천이라, 드디어 백유(白幽)라는 선인(仙人)을 만나게 되었다. 이 선인의 지시대로 내관법(內觀法)을 통하여, 비로소 시들던 나무가 다시 소생하게 되었다. 아래〔下〕를 오로지 하고 위〔上〕의 자행(恣行)을 경계하는 거기에 지극한 양생의 비결이 있음을 알게 되었다. 개인의 건강을 지키는 요령이 몸의 하반부를 잘 다스리는 데 있다는 것은 나라를 튼튼히 하는 요령이 상박하후(上薄下厚)에 있음과 같다고 하였다. 흔히 통치자는 자기의 측근인 상부 관료들을 중시하고 아래의 국민들은 경시하기가 쉽다. 치국이 제대로 이루어지지 않는다면, 그것도 큰 병이기 때문이다.

하꾸잉가꾸(白隱慧鶴)선사는 일본 임제종의 중흥조로서 오백년 간출인(五百年間出人)이라 하여, 500년 만에 한 사람 나올까 말까 한 위대한 인물로 손꼽히고 있다. 그는 시즈오현 송음사에 머물면서 한 번도 도회지나 본산에 나타나는 일 없이 언제나 검은 누더기를 걸치고, 오로지 도제양성과 대중교화에만 힘을 쏟았다. 하꾸잉선사는 그 시대에 84세라는 장수를 누렸다. 그와 같은 건강과 장수의 비결은, 아주 가깝고 작은 데서 구했다. 식욕과 성욕의 절제 바로 그것이라고 세인들에게 일렀다.

동양권에서는 일찍부터 양생법으로 단전을 매우 중요시해 왔다. 거기에는 기가 모이는 곳. 정신 집중과 복식호흡으로 기력을 충만시키면 무병장수를 누릴 수 있다고 하였다.